The
Sydney
You
Don't
Know

悉尼隨想

迅清 著

最初讀到迅清的詩，印象深刻的，是〈我們的桃花源〉。「我們的桃花源／有花／有草／卻沒有桃花……」詩刊登在一九七六年六月十八日出版的《大拇指》「詩之頁」上，寫少年卸下學習的壓力，脫去虛飾的外殼，投入大自然懷抱，盡情享受青春的情懷，感覺很清新。加入大拇指，成為第二代大拇指人後，知道迅清還是個中學生，才十多歲，已拿過好幾個文學獎，教人刮目相看。到迅清也加入大拇指時才開始真正接觸他。記憶之中，他長有一頭細密的曲髮，卻梳得十分整齊；夏天穿短袖 T 恤，卻是有領的；很少見他穿牛仔褲，好像總愛穿西褲的樣子……從外貌和談吐來看，直覺他本人比作品「老成」，做事也「持重」得多。

迅清原名姚啟榮，我們問他為甚麼以此為筆名（總是有人會這樣問吧）。他就以喜愛魯迅和朱自清的作品，各取一字拼成回答。就是那麼簡單？我們追問。是的，正是。有一回，一位文友（好像是第一代大拇指人杜杜吧？）出了個燈謎，謎面大意是「洗白白洗得快」，打一個大拇指人，謎底就是「迅清」，教人莞爾。

迅清「洗白白」，是否真的「洗得快」，外人自然無從稽考。但從七十年代後期到八十年代中期，迅清就寫得很勤快，即使他大學畢業後當上了教師，在《大拇指》甚或其他詩刊、文學雜誌上，都可以讀到這個自稱為「穿單衣的少年」（見〈自照〉一詩）的作品。

九十年代初，從一份周刊的專號知道迅清成為「最年輕的中學校長」，猛然想起，自己教書多年，早就輟筆，與文友息交絕遊已久，也和迅清少了聯絡，後來才知道他當了十多年校長後，移民澳洲去了。

二〇一三年初，也斯病逝，第二代大拇指人重聚。《大拇指》停刊四分一個世紀後，大拇指臉書開門，失聯多年的文友，透過互聯網一一網回，也聯絡到在悉尼生活的迅清。

二〇一四年五月，迅清開始在《852 郵報》開了個「悉尼Online」的網誌（類似報章專欄），以姚啟榮為名，每周發表一篇文章，少則千言，多則二千字，記憶中真能做到風雨無間（當然不受天氣阻擋），至今刊出了超過二百四十篇，並應允在大拇指臉書上轉載。

日，得悉迅清精選其中八十篇，結集成書，題為《悉尼隨想》，欣然接下為是書寫序的「任務」。

劉勰《文心雕龍·情采》云：「繁采寡情，味之必厭。」舉凡隨筆或隨想之作，貌似不經意，但絕不隨意，必須訴之以情，並言之有物，讀者才會折服。在網上初讀這些文章，總覺得昔日這位「穿（不簡）單衣的少年」（惟得用語），似乎已洗淨鉛華，抹去文藝腔，以平實的文字，把隨想娓娓道來，以數據來加強說服力，少說空話，有的放矢，點睛之筆，往往在末段幾句，可說是本書的一大特色。

本書八十篇，分成三輯，從一國（澳洲這個國家）、一城（新州·悉尼）至一日（生活），當是大概劃分。重讀這些文章時，特別留意迅清雖已移民他鄉，仍存留香港情懷。帶色香味的食物，最能撫慰離鄉者的味覺，也會抓住他的視覺，甚至殘留在他的嗅覺之中，揮之不去。迅清對對帶有牛奶香味的港式麵包、卜公碼頭入口大牌檔的滑蛋三文治、灣仔天樂里口一間茶餐廳的香滑奶茶……印象至今難以磨滅，「只能說記憶中的點滴，經過歲月累積，帶一點不可理喻的情意結，非常個人。」（麵包）有些味道，「只是吃過那麼的一次，印象就無法從腦海消失。」（雞蛋）這份「情意結」，無疑是因為「香港是我出生長大的地方」（尋找至愛茶餐廳），他到底是個「香港仔」的關係。〈人生跑道〉那篇，寫作者在中一時參加學校的社際越野比賽，自然有人虛應故事（香港仔嘛），但最後半公里，途經一個豬場時，「撲面而來是一陣又一陣的豬糞和餿水的味道，若不加快腳步，定會氣絕而亡」，於是既要張口呼吸，又要掩鼻而跑，讀來教人忍俊不禁，豬糞和餿水的臭味難當，衝擊着這些少年的嗅覺，但首二十名先衝過終點者，可得到一支可口可樂作為獎勵，最終能一嚐名牌汽水甜絲絲的味道，苦盡甘來，倒是理想人生的寫照。而在〈新年煙花〉那篇，寫人們都湧到悉尼港去看煙花，作者說自己「不愛看煙花」，卻帶出自己大學畢業後，和父親在灣仔海旁一塊空地靠着鐵絲網看煙花的情景，卻忘了是否曾帶着「自己用第一個月的薪金買下第一部相機」去拍照，「那是第一次香港在維港上空放煙花，也是記憶中清楚難得的一次。是否是年初二的晚上呢？」我得告訴他，查查《維基百科》就知道，那該是一九八二年農曆正月初一晚，到一九八五年開始，港府才將煙花匯演延至年初二晚舉行。不過這些「硬資料」都不重要，難得的是一個年輕人願意和父親一起跑去看煙花，至今仍難忘。

迅清的香港情懷，不同於古代遊子離鄉別井，因關山遠隔、鴻雁傳書不易所萌生的思鄉愁緒；也不是五、六十年代南來作家，受制於政局時勢，因還鄉機會渺茫而對鄉土情懷揮之不去的鬱結。他筆下對香港的縈念，緣於他生於斯、長於斯的長

期孕育，自然留下地域與人文深刻的烙印，但絕不是流於自虐式的依戀。除了迅清個人品性外，不能不歸功於航空業的發展蓬勃和互聯網的無遠弗屆：只須坐九個鐘頭民航機，便可以飛越重洋，重臨故地探親訪友。退而求其次，也可以透過通訊軟件，以文字、語音甚至視像來即時聯繫。難能可貴的是兩地都享有通訊自由，通過互聯網，對瞭解各方資訊，幾乎全無間隔，天涯就在咫尺，正應了「秀才不出門，能知天下事」的俗諺。迅清本書，既云《悉尼隨想》，立足悉尼／澳洲，自然以當地風物人情時勢為主，對香港讀者，初讀時，或許感到隔了一重；再三細味，自可知道他很多時透過悉尼／澳洲近事，月旦人物，觀照世相，不忘由此及彼，以雙城（悉尼、香港）來互相參照，隔山打牛，往往切中要害。

書中觸及香港食水含鉛事件、塗鴉話題、的士司機太拚搏、地鐵列車太擁擠……一針見血，直接指出其中弊病所在。有時，他更以悉尼一城為座標，再折射回澳洲一國，甚或劍指他城、他國許些現象，往往有項莊舞劍之意，讀者不難意會。例如他談到傳媒問題時寫道：「我寧願看本地的英文報章，因為說的都比較自由開放……這個世界可愛之處在於多元化。有些傳媒放棄自己的職業操守，為當權者為虎作倀，除了說犯賤，沒有甚麼好說的。」（悉尼的報紙）他談到當地政客決定興建鐵路和機場，「既然我們無法改變決定，希望通過民間的監察，不要變成一個大白象的工程。」（悉尼機場）他告誡人們「不能夠只顧沈默。要改變世界的不義和不公平，還是需要每一個人的積極和努力的。」（遊園）「每一個納稅人都有權要求政客解釋，為甚麼會錢花得那麼豪爽奢華？」（公帑）回望我城，儘管經過民間激烈反對，在保皇黨政客的配合下，官商鄉黑勾結得以全力達成，多項大白象工程，結果還是一意孤行。不少耗資不菲的龐大工程，興建期間已嚴重超支，施工期間又出現人為失誤，醜聞愈挖愈深，背後到底涉及多少利益輸送？「手執數百票由小圈子選出的所謂領導人，把美好的家園弄得民怨沸騰，真正是恬不知恥。」（三年）「世上沒有一種完美的政治制度，但民主的選舉制度給選民有個重新考慮的機會。」（選舉）可惜的是我城走向民主之路，似乎漸行漸遠，連民生方面，也百病叢生，整座城市的核心價值受到蠶食，可謂江河日下，在在都觸及香港人的傷痛，讀來又豈會如隔靴搔癢？

迅清在〈尋找至愛茶餐廳〉一文中指出：「香港是我出生長大的地方，它的文化中西古今包容，自有份獨特的風格。」到底是在香港長大，深明香港的核心價值所在，字裏行間，不忘為這座城市的一場運動打抱不平。他這樣寫道：「傘子用作擋光遮雨，明顯是保護我們以免受到傷害。硬說雨傘是攻擊性武器，這是用謊言像

善良的人，應當受到嚴厲譴責。一個社會是非顛倒，曲直不分，難免令人痛心。」（滿樂滿人間）讀者的心思無須怎樣縝密，也知道作者的旨意所在。反之，對一個只圖經濟高速發展、不理環境受到破壞、禍延子孫後代的國家，他提出這樣的忠告：「現在中國的大城市的空氣質素有目共睹，遲早潔淨的空氣跟貴重金屬同價。這是一個沒有為下一代設想的國家。每個富裕有權勢的人不斷巧取豪奪，為自己建造美好的現在，摧毀其他的人的將來。」（人生跑道）這個自以為崛起來的大國，部份國民留學他鄉，弄虛作假之心，竟也死性不改：「一所論文工廠，向新南威爾士州的大學學生提供論文撰寫服務……約有一千個學生曾經使用它的服務，包括撰寫論文和完成作業，更有代考網上測驗。這個網站的主要服務對象是來自中國的留學生。每份功課大概收費一千澳元。」（人生學生）對海外華人，即使是讀書人，作者不忘他幽默的嘲諷：「近來愈來愈多的中文書給薄薄的透明膠密封，有些是原來出版社的做法，有些看得出是書店為現存的書加上去的。聰明的你，自然明白為甚麼中文書跟其他的書的待遇如此不同。」（萬語千言）古人說「橘越淮而枳」，相反，只移植到淮南，為甚麼也長不成橘子呢？實在值得學者研究。

迅清這樣寫道：「移民是某程度上放棄的原來生活方式，有許多說不出的痛苦理由。但結果到了另外一個國家，總是念念不忘自己的鄉土血緣，要完全脫離是不可能的事。」（過年）我們無須深究他移民的理由，卻可以想像到他對香港的念念不忘，其實也無須「完全脫離」，但從他寫的文章中，可見他已適應在「另一個國家」的生活。同樣，以晏嬰「南橘北枳」的寓言比喻用於迅清身上，可見只要人的本質不變，即使來到新環境，願意調整固有的思維，以正面的心態往前看，自然能結成更甜美更豐碩的果實。

迅清移居澳洲後，知道「很多澳洲人其實不做運動，進食也毫不節制」、「六成的成年人和四分之一的兒童過肥」（肉食之國），因為臭氧層穿了個大洞，直接受到紫外線的照射，澳洲人「患皮膚癌的發病率全球最高」（這個秋天不太涼），間中也有白人侮辱有色人種的報導，他也會發出「非白種人要和白種人爭取同一個職位，談何容易」（種族歧視）的慨嘆。作者做過老師、當過校長，自然關心教育問題，他批評當地教育開支高昂，但「許多的學校的管理層和政府都從來沒有把這個目標當做一回事。難怪只是蓋好高樓，對美輪美奐的外表讚嘆不已，而對裏面上課的學生的真正需要不聞不問。」（高樓上的學校）也發現「這種國家監控人民的過程在現今的社會無處不在，在悉尼的市中心監視錄影機隨處可見」（悉尼八達通：Opal 卡），指出「喬治奧威爾的小說《一九八四》寫於一九四九年，書中預言侵犯

私隱的社會好像逐步迫近了。」（大數據）國家以反恐反罪行為名，個人私隱愈來愈得不到保障。

迅清長居悉尼多年，體會到這個城市也面對貧富懸殊、樓價高企、交通擠塞、失業率稍高、生活費高等問題。他觀察入微，往往洞悉問題所在，例如他指出當地政府用專橫的行政手段，以為解決了單車和汽車爭路的問題，但「如何執行才是令人頭痛」（單車城市）；他又指出當局以只要用到「三腳架和配上笨重長鏡頭的相機」（街頭拍攝）便判斷是從商業攝影活動的荒謬。而他抨擊得最多也最激憤的，無疑是無恥的政客。他歸納出政客的本領有三：「第一是想像力豐富，天馬行空，不着邊際；第二是臉皮夠厚，犯了錯不認，把責任推給代罪羔羊；第三是心狠手辣，機關算盡。」（澳洲的解散兩院大選）他痛罵政客無能、無恥、滿嘴謊言和尸位素餐，往往直斥其非，痛快淋漓，同時表達出如果「從政的人只是考慮黨和自己的利益，人與人之間就不可能和平共處」（土地）的擔憂。

然而，他更能體會到在澳洲這個國家生活的好處，上述種種不滿，也只是大醇小疵而已。他說：「若是仍然繼續生活在一個地方，沒有離開，一定有許多值得的有形無形的點點滴滴，把我緊緊留住。」（澳洲三寶）根據《經濟學人》一項年度全球一百四十個宜居城市調查，原來澳洲居有其四，而第七位就是悉尼。「只要氣溫不要上升如此瘋狂，天氣不要變得那麼極端，悉尼還是一個值得居住的城市。」（每逢佳節）「許多澳洲人沒有視高學歷是唯一的成功標準」，（企業文化），「這世界上沒有一份比另外一份更『尊貴』的職業。」（澳洲式政變）我們常說的「職業無分貴賤」，職業平等，在此得以真正落實。這裏的國民，重視環保，配合法例，即使想移除個人家居庭園裏的一株樹，也要得到區議會批准，「悉尼雖然不能稱為花園城市，但是許多地區保留綠化面積頗有成績。」（看樹看林）人們尊重生命、愛護動物，真能做到眾生平等，例如作者這樣寫道：「某朝驅車出門，門前就站着一隻袋鼠動也不動，擋着去路。同事按響號，袋鼠又不離開，怎麼辦呢？結果他要等袋鼠施施然走後，才能駕車上班。」（動物兇猛）作者指出：「澳洲人普遍善良、戇直、有正義感，出兵國際，打的都是別人的戰爭。」回顧歷史，「第一次世界大戰中，一共有約六萬名澳洲士兵死亡。」（加利波利）在這國袋鼠國生活漸久，「便知道真理在前，我的權利叫我不要默不作聲。沒有發出聲音，別人就以為你同意和接受了。」（改變）國民都養成重視權益的習慣、珍惜實踐民主的心態，「投票是自願而認真的一個決定，在民主制度下，任何一票都有力量改變一切。」（脫歐這回事）

雖然迅清在〈悉尼八達通：Opal卡〉一文中引述一位朋友的話：「我年輕的時候對世界充滿盼望；現在老了，對世事充滿悲觀。」但他認為即使「這個世界充滿不公義，別因為條件不足而自悲絕望，也不必渴望運氣。只有逆境，才能鍛鍊出堅強的意志和信念。」（開學了）對於未來，「把命運交託於天，倒不如腳踏實地，自得其樂」（風暴），他還是滿懷希望；對餘下的人生，「壽命有定數，隨遇而安，不能強求」（肉食之國），他始終以樂觀面對。一如他在「悉尼Online」版面的自我介紹所言：「做牛做馬之餘，嘗試享受人生，吃喝玩樂。」筆下往往「實踐」這種「享受人生」的態度，假期到來時，他到處旅遊，足跡遍及澳洲乃至世界各地（這方面的遊記，未有收入本書）。

書中多次流露出對閒逸生活的嚮往：「如果星期天風和日麗，大清早跑到一個臨海的咖啡館，享受一下微風，聽一下海浪拍岸，然後慢慢進食早餐，開始一個美好的一天，才是美妙的人生。」（早餐）「若果我有能力選擇，我會找一個近悉尼灣的高層單位，最好還看到悉尼海港大橋。如此良辰美景，我會在露臺上休閒坐下，看着船來船往，喝口茶，讀讀書，動筆寫一個構思許久的小說。」（居不易）讀到這些文字，我們就知道迅清既然移居他鄉，已放下移民的包袱，沒有面對成長地與現居地必須下個抉擇的矛盾，全力投入當地的生活，落地生根，盡情擁抱當地的山川人物，享受故鄉日漸褪色的民主自由，誠為美事。

五代十國時代，一個名叫黃峭的人物寫有〈遣子詩〉一首，其中兩句是：「年深外境猶吾境，日久他鄉即故鄉。」正好是迅清移民生活的寫照。在迅清心目中，他再也不是個訪客，甚至過客，「已經不是天涯淪落人」（過年），澳洲也不再是他鄉。此刻，重讀到迅清的〈我們的桃花源〉，這裏也沒有桃花，卻成為他安居樂業的新桃花源了。

對人類未來，例如民主難敵官商勾結、自由備受強權的衝擊、人性在劣幣驅逐良幣下日趨卑下、環保意識抵不住高速發展的人為破壞……人類的普世價值有如江河日下，迅清間中也會流露悲觀之意，但全書的主調仍是樂觀的，在「樂」不掩「悲」的主旋律下，「每個人有不同的人生經歷，像翻開一本厚厚的書。年紀大的人走過康莊大道，也走過羊腸小徑，開心的是可以和心愛的人共處，和友好相聚……世事滄桑……但願一切安好。」（每逢佳節）人生也許真的不夠漫長，餘生也許時日無多，讓我們貢獻出一己力量來改變，且讓迅清把隨想繼續寫下去，以饗讀者。

二〇一九年二月

目錄

第一輯：澳洲這個國家

澳洲三寶

二十年前初訪澳洲，導遊想大家對澳洲別有一番記憶，煞有介事的告訴我澳洲有三「寶」：蒼蠅、醉酒佬和肥婆。這三寶，究竟有多少真？多少假？

今時今日，城市中蒼蠅並不多見，一般地方的衛生其實相當令人滿意，只是在近郊或者參觀果園時遇上有些大如一節手指的蒼蠅撲面而來。如果你正在張開嘴巴說話，說不定吞下三兩隻。我曾經在朋友的前院談個興高采烈之際，措手不及吞下一隻蒼蠅。想盡辦法嘔吐出來，可是不成功。但在朋友面前來不及解釋就嘔吐大作，無論如何真的有些嚇人。結果沒拉肚子，又沒有甚麼不舒服，可見蒼蠅身上的細菌不一定對人體有害。澳洲的蒼蠅的確比一般的特別壯大，可能來自真正大自然，所以生命頑強。但說是其中一寶，似乎有點牽強。

許多澳洲人從小嗜酒，所以不論男女，都不可輕視他們的酒量。澳洲有很多本土的酒莊，出產廉價但品質不差的餐酒。去年十二月英國廣播公司的一篇餐酒的報導中，記者發現墨爾本的一間超市中，一瓶紅酒只售一澳元，比一支瓶裝水還要便宜，難怪嗜杯中物的澳洲人欣喜若狂。到底是甚麼原因令餐酒的零售價如斯便宜？其中的一個主要原因是國際的需求減少，所以酒莊只好在本地市場減價促銷。另外一個原因是澳元近日疲弱，因此其他地方國家出產的餐酒趁着這個機會大量湧入。還有，不要忘記本地酒莊之間也有競爭，削價打擊對手。在新南威爾士州，一般人都聽說北部的獵人谷（Hunter Valley）有許多大酒莊，很多人都參加一天旅遊團前往品嚐美酒加午餐。淺

嚐之後，不少人都樂意買酒作手信或者回家自己慢慢享用。不過南部高地（Southern Highlands）也有許多像樣的大酒莊，亦歡迎任何人進內參觀試酒。好幾次經過，都曾經想過進去享受一個午餐，就算不試酒，也是見識一下。

酒價廉宜，加上悉尼兩間大型連鎖超市 Coles 和 Woolworths 開設出售餐酒和酒精飲料的部門，佔了新州全部酒鋪百分之七十，利潤非常豐厚。超市位置便利，間接誘導許多人容易購買酒精飲品。澳洲聯邦法例規定合法飲酒的年齡是十八歲，全國各地都必須依從，公共場所持酒牌的酒吧和食肆也不會違法售賣酒精飲料予十八歲以下人士。但是主要問題還是家庭的影響。很多父母酗酒的情況非常嚴重，家長的行為直接間接影響子女對飲酒的態度。有一齣政府的宣傳短片目的就是告訴父母，若是不檢點自己的行為，子女就覺得酗酒沒有甚麼大不了。有時候年輕人想扮得成熟一點，喝一點點酒表示自己像個大人，本來是成長的一部份，但上了酒癮就走上不歸路。有些醉酒傷人，也有些酒後駕車出了意外，失去了寶貴的生命。每個人成長的路其實並非一樣，也不一定要酗酒才像個成年人。

悉尼市中心東的英皇十字（Kings Cross）區，酒吧林立，晚間來喝酒的人特別多，曾經有一段時間有些人喝醉了借故生事，在街上和陌生人發生毆鬥衝突，甚至傷人殺人，每晚由救護車送到急診室的人愈來愈多。州政府為了制止這些暴力行為，通過立法禁立在市中心的 Surry Hills，Darlinghursts、岩石（The Rocks）、英皇十字等區的酒吧、夜總會和卡拉OK 會所凌晨一時半起接受新顧客，凌晨三時後禁止出售酒精飲料。其他地方的酒鋪也在晚上十時後不能出售外賣酒精，換言之要關門休息了。法例實施後，果然酗酒鬧事的人減少了，部份人轉到其他不受管制的地方繼續買

醉，誓要把一切煩惱忘記。

至於肥胖，不限於女性。根據數字澳洲應該是全球胖子最多的國家，超越美國。別以為有陽光和海灘，身體就會健康，大家就會多做運動。澳洲人的問題是吃，吃得不健康，也吃進許多反式脂肪。澳洲其中的一種飲食文化就是燒烤。我們的燒烤不是用燒烤叉串起雞翼腸仔豬扒，而是一個大型的汽體燃料鐵板燒烤爐。大家通常在公寓的陽臺上放置它在一角，然後放肉類和食物在鐵板上加熱。食物弄好了，夾在麵包中吃。大學的迎新活動，其中廣受歡迎就是提供免費的燒烤餐。說實話，要準備燒烤餐很容易，大家輕輕鬆鬆的圍在一起邊吃邊聊天，吃進肚子裏面的肉類就更多了。

很多澳洲人崇拜美國，所以對美國文化照單全收。麥當勞是其中最受歡迎的快餐連鎖店，可口可樂汽水也是許多人的日常飲品。脂肪和糖，現在已經証實成為引致許多疾病的主要原因。難怪電視臺其中的熱播真人 show 也是和減肥有關，但我卻沒有興趣看別人暴飲暴食然後如何進行地獄式的減肥計劃。人就如此奇怪，毫不愛惜自己的身體，卻又叫人收看如何用非常殘忍的訓練方式把脂肪去掉。這真是自作孽。

在今天看來，澳洲的三寶，一點可愛之處也沒有。我也再不是一個訪客，不會輕易相信這番話。我只相信若是仍然繼續生活在一個地方，沒有離開，一定有許多值得的有形無形的點點滴滴，把我緊緊留住。

二〇一五年三月二十九日

澳洲人怎樣找工作

我在澳洲的第一份工作，是個兩星期的研究合約，了解海外學生畢業後的去向。商學院的許多留學生來自中國大陸、香港、臺灣和澳門。其實我不知道具體人數多少，只知道他們讀的都是會計或財務的科目，在合資格移民的職業類別中得到較高的分數。在回答畢業後去向的問卷時，很多人都表示願意留在澳洲，找工作和繼續在這裏生活。還有些重新投入學院做學術研究。成為了永久居民以後，就讀博士的研究學位，一般是不用交學費的。這樣做，的確比待業好。

我的一個朋友就這樣讀下去，斷斷續續，好像經過了十年才得到博士學位，相信做了幾次的延期申請吧。他的研究室是個和其他研究生共用的小房間。他的工作間在一角，他把由圖書館借來的許多書本堆起來，變成小圍牆把他團團圍住。我們曾經想過要戲弄他，在圖書館的網站上把他借來的某些書要求歸還，看看他是否能夠找出來。

海外留學生把找工作當作讀書的目標，大不乏人。他們繳交昂貴的學費，所以一定不會浪費時間，儘快把課程修讀完畢。但有些澳洲人不是把完成大學學位當作唯一目標。有些家長贊成子女考取大學學位後，不立刻就讀，而是利用這一年的時間，做個交流生，到另一個社會生活，體驗另外一種文化，鍛鍊自己的獨立思考和處世。這個叫 gap year 的生活方式，愈來愈盛行，對個人的成長有一定好處，也對現在一些未經世故、即將進入大學的學生提供一些擴大生活圈子的途徑。

Gap year 未必對人人有用。而且所花的費用，可能跟就讀一年大學課程相若，對中下層家庭其實是一個負擔。我年輕時的香港社會，物資缺乏，生活較為艱苦，不需要 gap year 一年到海外生活，才能夠嚐過人生百般滋味。那時候一般的三年大學學位課程，為的是為社會提出足夠的人力資源，沒有想過其他心理和性格發展的空間。匆匆讀完大學，找到一份穩定工作，全家才放下心頭大石，父母的重擔才可減輕。

　　大學畢業生找工作，可能比較容易。澳洲統計局公布今年三月份的失業率為百分之六點一，相比二月份的百分之六點二，有輕微的下降。從歷史上看，失業率最高是一九九二年十二月的百分之十點九，最低是二〇〇八年二月的百分之四。失業率是根據勞動人口和找工作的人數的百分比計算出來的。澳洲現在人口約二千三百多萬，換言之，失業人口為一百二十多萬人。最高失業率的國家是西班牙，達到百分之二十三；最低是日本，為百分之三點四。澳洲的失業率還不算最差的。

　　澳洲人對工作一視同仁，不會對某些工作種類歧視。在辦公室的白領，收入不一定比藍領高。舉個例說，澳洲人平均週薪為一一二八點七澳元，製造業的工人反而有週薪一二六八點五澳元。很多從事自僱園藝或是屋子維修的人，他們的收入可能更好。前一陣子我們的房子要重新鋪設籬笆，於是請來兩個工人，把原來的木圍板和鐵絲網移走，樹立不銹鋼的籬笆圍牆。一個工匠帶來他的就讀十年級約十六歲的兒子幫手，早上七時開始工作。另外一個八時來到，帶同幾歲大的小女兒。

　　年輕的學生當然身手敏捷。他負責把所有材料從車上搬到後院，分類放

好在草地上，然後把拆下來的木板和鐵絲網紮穩，搬回卡車上。至於小女孩嘛，早上只見她在工地走走看看，在木板上塗塗劃劃；下午工程差不多完畢時，看見她把地上的廢物撿回手推車上，有條不紊，而且可以推動堆滿雜物的手推車。後來跟她的父親說起，才知道女兒經常在週末隨他出外工作。他也不介意女兒跟他一樣，長大後做鋪設籬笆的工作。

其實，這樣的想法在澳洲沒有甚麼稀奇？每個人的工作都是平等的，沒有高低之分。科技是專業，水電工、園藝工、修理工和製作小飾物也是專業。每個人都為他們的專業感到自豪，也帶給他們合理的收入。很多澳洲人喜愛建立自己的小生意。每個人是自僱的，遇上大工程，就找個朋友合作，這樣可以一直做到退休為止，而打工人士可能不時為公司的架構重組擔憂。最近看到澳洲的人權委員會（Human Rights Commission）發表研究報告，指出約超過四分之一的超過五十歲的澳洲人受到年齡歧視，很難找到新工作。

明白這個原因，就了解為甚麼澳洲人喜歡做小生意：開小店，開小咖啡館，在跳蚤市場出售自己的藝術品。他們要尋找的是職業，不是工作。至於你想要買這些有個性特色的貨品，價錢就不可能跟超級市場或 two dollar shop 一般便宜了。

二〇一五年五月三日

澳洲式政變

改朝換代，忙的不是新上任的大小官員，而是即將離去的總理和隨從。轉變得快，大家都措手不及。從政的人固然沒有想過自己捱不過任期，隨從也身不由己，飯碗朝不保夕。眼見大勢已去，自然要趕快執包袱，尋找新工作。澳洲治國的總理為執政黨的主席。誰當了主席，就必然是總理。黨內也必須繼續由主席領導。

要說的是澳洲自由黨政府不久之前換了新總理。上一屆總理東尼‧艾伯特（Tony Abbott）兩年前擊敗反對黨工黨登上寶座，可是上任後民望從未攀升，最近評分更跌至新低，比反對黨領袖相距一倍以上。若果要立刻舉行大選，許多的選民會重投工黨的懷抱。自由黨內的通訊部長馬爾科姆‧譚保（Malcolm Turnbull）對一國之首早已虎視眈眈，雖然口中說沒有想過當總理，但是暗地裏取得足夠票數支持，於九月十四日成功挑戰艾伯特的領導地位，就任成為澳洲第二十九任總理。

大家對譚保踢走艾伯特沒有異議，想一想執政黨內的鬥爭，必然你死我活，但這個挑戰很有澳洲的色彩。澳洲的教育一向鼓勵小孩子在眾人面前演說，訓練膽量。學校又多對學生鼓勵，只要有少許良好表現，老師例必讚揚給予獎勵，很少會作嚴厲批評。換言之，獲得嘉許，不表示成績特別驕人。你試想想全班差不多每一個人都獲得獎勵，由小到大都在掌聲之中成長，難怪許多澳洲人都以為自己的表現高人一等。

譚保挺身而出，竟然救了執政黨一命，因為自由黨民望立即飆升。自由

黨在工黨執政時為反對黨，譚保那時候是黨魁，但因為同意工黨的排碳法案引致黨內分裂，給艾伯特以一票之微取代，本來心想退出政壇。但艾伯特競選成為總理後，反而任命他為通訊部長，埋下捲土重來的契機。還是中國歷史上的帝王像漢高祖劉邦和明太祖朱元璋有遠見，為防謀反，對扶助他即位之人毫不手軟，趕盡殺絕。

難得澳洲人對譚保支持多於反對。就算自由黨換了黨魁，但大政策依然是自由黨的風格，所以歡迎的應該會維持，不受歡迎的也不要期待會改變。大家對這樣的政治生態有共識。許多人說凡事不要太政治化。誇張地把政治比喻為洪水猛獸，其實很符合老人政府的愚民政策。我反而覺得政治都不過是眾人之事。那些國會議員，不是特權階級，都是彼此身邊的人。我從來沒有覺得他們比我更加「尊貴」。議員是一份職業，這世界上沒有一份比另外一份更「尊貴」的職業。

我的鄰居曾經是新州的自由黨國會議員，當過律政司。我剛認識他的時候還是國會議員。有一次他看到我在後院花園剪草，就教我其中的竅妙：早上不好剪草，因為草上有露水，下午等草乾爽才方便；濕草塞滿剪草機推不動，就要輕輕提起少許，等剪刀可以順利旋轉。每年聖誕時他向我們送聖誕卡問候，我們也回禮。上屆州政府大選勝出後，他曾經當過檢察官，所以給委任出任律政司。最近因為受到一些不知名的騷擾，名之為保安理由，他的屋子和隔壁的圍牆就加固加高了，可能還安裝了監控錄影機。不過門前也是樹牆一幅，簡單得很。

後來新州長上場，安排別人做律政司，他索性連國會議員也不幹了，做

回他的本行：律師。我們還一樣在前院打招呼。有時候也見他再次動手剪修剪草坪，推着剪草機前後來回，也跟普通人一般，訪客也沒有像以前那樣多，只有間或看見子女回來探訪。人走茶涼是常理，英雄慣見亦尋常。

譚保成功登上總理一職，其實好像一場政變，並不違憲，也不流血，因為能者居之。他得到民眾的支持，短短一個月之內反而把反對黨的支持率遠遠拋離。有人會問，為甚麼以前譚保會落敗？現在為甚麼他又會得到如此多人的擁戴？世事從來沒有絕對，只可以說這個時勢造就了一個令人期待的人物。他能否符合大眾的期望目前言之尚早。不過在民主的社會制度中，譚保自然明白，不孚民望的總理，民眾會很快決定他的去留的。

二〇一五年十月二十五日

▎澳洲的解散兩院大選

本星期二財政預算案公布前夕，聯邦總理譚保（Malcolm Turnbull）四處向人推銷他的智能城市概念。他其中之一的承諾，就是希望澳洲大城市的居民每天上班時間減少到不用超過三十分鐘。究竟這三十分鐘的具體情況如何，無人知曉，恐怕連奧斯卡最佳編劇獎得主也寫不出這個偉大的劇本。政客的本領有幾個特點：第一是想像力豐富，天馬行空，不着邊際；第二是臉皮夠厚，犯了錯不認，把責任推給代罪羔羊。第三是心狠手辣，機關算盡，

譚保當年就是趁前任總理艾伯特（Tony Abbott）民望低迷那一刻，挺身而出把艾伯特拉下馬，取之代之。

　　譚保總理頻頻現在出現於鏡頭前，為的是爭取民眾支持自己連任。現在大家要準備的是，譚保是否因有議案得不到通過，從而解散眾議院和參議院所有議席，進行重選，這個稱之為「雙解散」（double dissolution）的做法，一般要法案經過這樣的程序：

　　1. 眾議院通過法案，交與參議院

　　2. 參議院拒絕通過法案，或者提出眾議院不同意的修訂

　　3. 參議院的決定經過三個月

　　4. 眾議院通過同樣法案，再提交參議院

　　5. 參議院再次拒絕通過法案，或者又再提出眾議院不同意的修訂

　　目前就有一個勞資關係的法案在參議院中面臨如斯困境，等待通過。譚保指出若果再次否決法案，就會請示總督，要求進行澳洲立國一百一十年來的第七次兩院雙解散。上次進行兩院雙解散，是因為辯論國民身份證。當年工黨的法案不獲得通過，觸發大選，霍克領導的工黨政府得以保住席位，打敗反對黨何華德領導的自由黨。國民身份證的法案始終不獲得通過，結果澳洲人也不需要持有類似香港的身份證。可以說澳洲人對自由和個人私隱的執着打敗了法案。我們一般的身份證明文件是駕駛執照，或是附有有照片的身份證件。除了駕車外，我們走在街上不必攜帶身份證。警察也沒有權力無端叫你出示身份證明文件。

有人問，我們奉公守法，警察執行法例，有甚麼問題？就算法案沒有問題，也有需要公眾的討論和時常質疑。警察執法時有沒有徇私和濫權都有法例監督和監察。澳洲的眾議院通過法案，參議院負責審查，甚至否決法案。澳洲有六個州（state）和三個領地（territory）；每個州選出十二名、每個領地選出兩名參議員。一般聯邦政府大選，參議院的議席都是一半重選，但「解散兩院」觸發的大選，重新選出所有一百五十名眾議員和七十六名參議員，差不多是改朝換代。其實今屆政府任期將於今年十一月十一日屆滿，必須至少於任期結束六個月之前，提出「解散兩院」。

譚保的如意算盤，相信和議席大換血有關。他取得黨魁一職成為總理後，自然並無對上屆總理艾伯特委以重任。但艾伯特仍是國會議員，眾議院內他的黨羽亦有影響力，令他可能東山再起。不知道艾伯特有否讀過中國近代史中鄧小平三落仍能三起？所以他仍然相信不斷保持高調現身，選民仍會繼續支持。艾伯特最近常常議政，指指點點，仍是譚保的心腹大患。

解散兩院然後進行大選，等於一場賭博。雖然譚保無法穩操勝算，但足以顯示他心中的計劃是何等複雜，他對自己的政治生涯提出了問號。上任後譚保曾經民望高企，但經過數個月的觀察後，民眾對他的滿意度逐漸下降，明星般的光環褪色了。現時工黨的支持度上升到百分之四十八，自由黨和國民黨的聯合政府只是百分之五十二。特恩布爾的個人聲望，比二〇一三年大選前艾伯特還要差。提出任何新政策，如果違反選民的意願，隨時葬送自由黨的前途。相反工黨的領袖索頓（Bill Shorten）這次是孤注一擲。上次他領導的工黨大敗。今次如果再次受挫，政治生涯應該完結。

譚保曾經於今年一月重新組閣，但似乎沒有提升民眾的信任。時至今日，兩黨的選民其實並無甚麼好選擇。黨魁認受性不足，政策模糊不清，幸好澳洲的經濟尚未衰退，大家也沒有甚麼大怨氣。不過看看政客的信口雌黃，不禁啞然失笑。我居住的地方距離工作的地方約二十公里，早上駕車上班平均要四十分鐘，但要六時半出門。傍晚下班駕車回家，不少於一小時。去年被迫開始選擇駕車，因為公共交通工具的票價比駕車用的氣油還要貴，火車車廂又太擠逼，唯一好處是可以掌握班次。有些住在近郊的人其實更不幸。他們乘坐正常班次的火車，比我們坐的快車要花更多時間。

政客信口開河，要令上班一族只花三十分鐘在交通上，本來是個美夢。但看來看去，都想不到如何令美夢成真。或許幻想是解決一切煩惱的良方。因為有夢想，才知道我們活得多天真。

二○一六年五月一日

▎動物凶猛

網上看到一段大家分享初到澳洲所見，實在忍俊不禁。一個寫：「太多蒼蠅了。」另外一個寫道：「翌日一覺醒來，我的手、手臂、頸和腿全被蚊子咬得遍體鱗傷。」另外一個這樣寫：「一九八五年我當時十四歲，一家人投宿在庫吉（Coogee）市的一個汽車旅館。我和弟弟們整天爬上爬下找尋樹

熊和袋鼠，不亦樂乎。」似乎有點尋荒的味道。另一個人寫道：「我在布里斯班下機，在機場停車場看見一隻澳洲白鵲，以為是珍貴的雀鳥。作為一個旅客，我雀躍不已，馬上拿出相機瘋狂拍攝。一旁的行李車收集員以為我腦袋有問題。我現在才知道牠不過是像隻會飛的老鼠，隨處可見。」看來布里斯班就好像是野生動物園一樣，到處可見奇珍異獸。

許多市郊的地方，動物的確隨便可見。我的同事住在只不過距離悉尼市中心二十五公里的特里希爾斯（Terry Hills）一個面積約兩英畝的農莊內。某朝驅車出門，門前就站着一隻袋鼠動也不動，擋着去路。同事按響號，袋鼠又不離開，怎麼辦呢？結果他要等袋鼠施施然走後，才能駕車上班。這裏絕少人故意駕車朝動物猛衝過去趕路。我的另外一個同事在家中捉到兩隻老鼠，把牠們放進籠子裏帶到公園放生。事後她讓我看她的手機上，關在籠子裏的老鼠照片。我說牠們把你家中的東西咬爛了，為甚麼放走牠們？她說老鼠很可愛呢。竟然完全不把老鼠的破壞放在心上。心想她也許有道理，難道要把老鼠殺之而後快嗎？

說起鼠類，澳洲許多動物都有個鼠的模樣。袋鼠、樹熊鼻子嘴尖尖，還有負鼠（Possum）、袋熊（Wombat）和通稱叫塔斯曼尼亞惡魔（Tasmanian Devil）的袋獾。先說大家都熟悉的袋鼠，基本上也有兩種。體形較高大、腿長、腳掌大和沒有前臼齒的就是我們常叫的 Kangaroo。體形較小、腿短、腳掌小、動作敏捷和有前臼齒的叫 Wallaby。Kangaroo 的毛色較為暗淡，Wallaby 的毛較為光亮。成年的 Wallaby 高約零點六米，體重二十四公斤；但 Kangaroo 站起來可高達二點六米，體重多至九十一公斤。澳洲國徽上的兩隻動物，右邊是鴯鶓（Emu），左邊的就是 Kangaroo 袋鼠。聽說選擇這

兩隻動物，因為牠們短跑速度快，向前衝，象徵年輕的澳洲充滿活力。

如果你在市郊駕駛，往往容易見到公路旁一個黃色路牌上面有個黑色袋鼠的標誌，表示「袋鼠出沒注意」，駕駛者需要特別小心及慢駛。袋鼠用下肢跳動，奔跑速度非常快，時速可達五十公里。尤其在路邊出沒，瞬間橫過公路，駕駛者不留神，很容易撞到牠們。我的同事知道我的夢想是駕車漫遊全澳洲，所以他提醒我途經新南威爾士州西部內陸的布羅肯希爾（Broken Hill）市附近要特別小心，因為黃昏和清晨時駕車趕路很容易撞到跳出來的袋鼠和其他動物。動物固然給你撞死了，但你也可能失控車毀人亡。因此許多鄉郊的汽車，一定在車子前端安裝防撞欄，保護駕駛者和乘客。據說撞到的動物中，袋鼠佔了百分之六十。如果你在塔斯曼尼亞州旅行，清晨時留意公路兩旁，一定會發現許多晚間撞死的大大小小的動物躺在地上，真可憐。

我的家靠近樹林，正是負鼠出沒之處。負鼠有像老鼠的頭，但眼睛很大；下身較肥胖，有點像袋鼠，但下肢像樹熊。袋鼠、樹熊和負鼠是澳洲新西蘭獨有，可能幾百萬年是一族，同樣有一個袋養育幼小。奇怪的是袋鼠和負鼠的袋在前面，樹熊的袋在後面。最大的負鼠約長零點七米，體重約十公斤。負鼠的食糧主要是樹葉，牠們一般在空心的樹幹裏和茂密的灌木叢建立巢穴。不過因為社區發展，大量砍伐樹木建造房子，影響負鼠找尋空心的樹幹作棲息地，近年牠們已經搬到城市的邊緣了，甚至搬進房子的屋頂和天花板的空間，繁殖牠們的下一代。負鼠是受保護的動物，不能用一般滅鼠的方法殺死牠們。若果牠們幸運地以你的房子屋頂某處為家，你得聘請專家，在屋外的樹上或適合地點為牠建造新巢穴，然後小心的請牠們一家大小移民過去。

負鼠怕人，有時見牠在懸空的電線上或房子間的木圍牆上奔跑。牠們曾經在夜間來訪，在我的房間屋頂邊緣咬破排水溝的保護網。我聽見牠們咬着網，發出吱吱的聲響，立刻跑出屋外看看。到了我用手電筒向發聲的地方照過去的時候，負鼠已經像閃電一樣，從屋頂跳到附近的大樹上不見了。接連幾天我用同樣的方法嚇走負鼠，又把靠近屋子旁的樹枝剪短，以免負鼠從樹枝上容易跳到屋頂。我的同事說得對，只要令牠們覺得無處安身，自然不會再來。

人口的發展破壞了動物的棲息地，將牠們滅絕。我逐漸察覺這些發展只不過是房地產項目，也懷疑到底有多少人可以有經濟能力購買心目中的理想家園。我來自城市，起初不習慣和動物作交道，慢慢了解到澳洲獨有的生態環境，大自然和老房子可以互相平衡融合。我不能像本土的澳洲人一樣，喜歡接近牠們，但也不會對失常的動物驚訝。在網上的錄像中看到在中國某城市有人用車子撞擊在馬路的牛，應該是想撞死牠。但接連給車子從後撞了幾下後，牛爬起又再向前走，走到樹叢裏，駕車的人於是下車持槍追殺。想起在澳洲這裏我們倒是儘量不想撞到動物，以免傷害牠們。那種對生命不尊重的野蠻心態，為甚麼是根深蒂固，改變不了的？

二〇一五年二月八日

改變

喜歡木村拓哉主演日劇的朋友，很難不追看他二○○一年主演的《Hero》，因為是他最為人熟悉的劇集。木村飾演的檢察官久利生公平除了衣着隨便之外，主理案件不按常規，難免和其他東京地檢的同事擦出火花。其實戲劇都是人生的縮影，但都比不上現實生活中的許多更不合理和荒謬的事情。難怪許多人也同樣追看二○一四年的《Hero 2》，相隔十三年，木村除了增添幾分滄桑外，劇情依舊環繞這個風格別樹一幟的檢察官身上。你可以怪責編輯毫不長進，但細心一想，因為現實如此荒誕不經，觀眾才會對這類劇情樂此不疲，把夢想都交託於一個英雄，真是有點意想不到。

木村主演的日劇題材多樣，而且齣齣都是收視保證。沉重的如《華麗一族》，改編自山崎豐子的小說，以一九六○年代後期日本金融重組為背景，木村飾演的萬俵鐵平最後在風雪中走上山上，倚着大樹吞槍自殺，結束痛苦的一生。但我偏愛二○○八年的《Change》，木村飾演的朝倉啟太因父親和大哥空難身亡，接受推薦出任眾議員，其後更成功當選黨魁出任最年輕的內閣總理大臣，但最後卻被醜聞逼退下臺。在辭職的前夕，朝倉有一段長達二十二分鐘的演說，簡直是經典臺詞。雖然不很記得那些內容，難得總算曾經感動過，雖然知道世界沒有如此美好。

《Change》的劇名，不知道是否和奧巴馬有關。民主黨候選人奧巴馬二○○八年競選美國總統的口號正是「Change We Believe in」或者簡單就叫「Change」，相比其他例如共和黨候選人約翰麥凱恩（John McCain）的

口號是「Country First」，真的精彩得多。奧巴馬二〇一二年為自己連任提出新的口號叫「Forward」，對手 Mitt Romney 的口號則是「Believe in America」。

由兩黨的口號看出，奧巴馬為美國的國民描繪了一個美麗的遠景，共和黨則把選民注意力重歸本土。但選民心中求變，奧巴馬的口號正中要害，不由分說，大家都覺得「Change」就是共同的目標，普世的真理。奧巴馬固然有他的個人魅力：年輕有為、有膽色，而且形象打破了白人為主的總統選舉。當然現在回首他就任七年，個人並沒有改變命運的能力。奧巴馬雖然有領導才能，但共和黨在政策上諸多阻撓，許多政策都不能成功推行。

澳洲現任自由黨總理東尼艾伯特二〇一二年擊敗工黨上任，口號是「Choose a stronger Australia: choose a better future」。道理雖然淺顯，但空洞無物，更不要說有甚麼具體的計劃。自由黨在野時，凡是執政工黨推行的政策皆反對，卻沒有反對的理由，更遑論新思維新政策。自由黨勝利，有部份原因是選民厭倦了工黨的內鬥，導致政策反覆不定，選民無所適從。艾伯特的特點是老實，像一個鄉郊的澳州農民，說話直率，但思維保守。

時至今日「Change」已經不能帶給任何人驚喜了。轉變過多，許多人都敬而遠之。機構裏的僱員再不相信「Change」，因為 Change 等於架構改變，要精簡要裁員，員工飯碗朝不保夕。而且好多例子証明改變是權力鬥爭，勝利者鏟除異己。起初以為是裁走表現不佳的員工，但結果辭退的反而是有能力的人，留下的只有唯唯諾諾。七年前的潮語，現在是個笑話。

你相信改變嗎？若果你還相信，恭喜你，証明你年輕，充滿熱血，想幹一番事情。Change 本來是無所謂對錯，但不變的生活就沒有甚麼希望。最近知道網上有個叫做 change.org 的組織，容許你提出一個請願，網站提供一個空間，讓發起者通過社交媒體，邀請志同道合者簽署聲援，然後遞交請願。我曾經簽署過一個今年聯署，向歐洲議會提出不要通過禁止拍攝全景（Panorama）照片的法案。因為法案通過了，拍照者要徵得建築物的建築師或公司的同意，才可以在社交媒體例如臉書發表照片。

結果請願得到全球超過五十五萬人的支持。今年七月十日，議會終於反對任何拍攝的限制，拍攝者可以隨意發表全景照片。當然沒有人是先知，也沒有人事先知道究竟有多少人支持。不過要改變不合理的事情還是靠每個人的一分力量。當然有時候你會遭到攻擊和責難。但在澳洲生活得久了，便知道真理在前，我的權利叫我不要默不作聲。沒有發出聲音，別人就以為你同意和接受了。

二〇一五年八月九日

▌公帑

香港食水含鉛事件鬧得熱哄哄，新聞媒體對誰要負責窮追猛打，政府卻吞吞吐吐。澳洲這邊媒體也忙個不了，正追查為甚麼眾議員院議長要乘坐直

升機由墨爾本市飛往西南部的吉朗（Geelong），花去五千澳元，出席一個自由黨的籌款活動。執政的自由黨政府總理東尼艾伯特（Tony Abbott）對此振振有辭，支持議長，表示此舉並非違法，態度上好像很強硬。不過這種態度毫不奇怪，因為政客知道這樣先發制人，目的是互相呼應，讓歪理會變成道理。但高興的是，似乎新聞媒體的取態，沒有因此軟化下來，反而通過不同的渠道，找到眾議院議長其他的事例，舉証這種異常的花費。

現任眾議院議長名叫布朗雯·畢曉普（Bronwyn Bishop），一九八五至八七年間曾經擔任過新南威爾士州自由黨的黨魁；也是首位女主席。二〇一三年獲總理提名，接替因胡亂花費的士車資下臺的前議長彼得·史列柏（Peter Slipper）。史列柏被揭發於二〇一〇年三度不當使用的士作私人用途，前往坎培拉和新州的酒莊參觀，只不過花掉九百五十四澳元。二〇一四年九月，法庭下令史列柏除了歸還這筆款項，還要服務社會三百小時和守行為兩年，可算是政治前途盡毀。畢曉普繼任議長，以為會憑她多年的從政經驗和人脈關係，幫上自由黨一把。這情況跟香港民建聯的曾鈺成當上立法會主席一樣。

香港電視網絡的劇集《選戰》說的是二〇二二年的特首選舉背後的勾心鬥角。劇中的傳媒集團，做的卻不是為了公義，而是借着種種關係和網絡，協助權勢取得政治和金錢的利益。戲劇可以誇張，不過現實有時候又比戲劇更意想不到。不知道是不是眾議院議長是個三煞位？今次畢曉普出事，肯定有知情的人向報館透露有一筆不尋常的花費，目的是借傳媒進一步打擊自由黨的民望，也是打擊總理的民望。怪不得前些日子有人放風，說自由黨有意提早大選，競逐連任。若果民望下跌，這個如意算盤就會打不響。

畢曉普的五千澳元直升機航程十五分鐘，旅費由公帑支付，是否值得，大可討論，不過聞者嘩然。從墨爾本市到吉朗約七十五公里，取道 M1 高速公路，根據網上地圖的指示，只需要一小時多便可抵達，汽油費用相當便宜，又有司機送她安全抵步。為甚麼畢曉普要放棄由陸路前往，固然有她的盤算。如果她出席的不是一個公職的活動，需要由額外的公帑支付，必須有具體的理據。不過正如另外一位眾議員說，如果畢曉普有權使用公帑作這個用途，那麼就顯示制度出現了問題，必須重新審視。

奇怪的是，事情曝光後，畢曉普立即歸還了那筆費用，加上罰款。大眾又給弄得一頭霧水。若果制度容許這樣做，我們只能怪當初想出這個理由的人的絕妙好計，為自己的便利由公帑支付，畢曉普只是借這個機會，盡量享受法例下的所有優惠而已，有甚麼不妥。要知道五千澳元不是一個小數目，相比她的前任史列柏，更顯得她的貪婪與無恥，難怪反對黨工黨趁機要求她辭職下臺。

歷史証明，無恥正是政客的特色，賴死不走，等風波過後，自然東山再起。翻閱畢曉普的政績，果然看出端倪。一九九四年畢曉普當選議員，被任命為影子內閣衛生部長。第一天上任，畢曉普公開支持煙草廣告，受到黨內外猛烈批評，不久被轉為負責城市和地區事務發展。畢曉普由一九九四年當選悉尼東北部的麥凱勒（Mackellar）區至今二十一年，以為一帆風順，想不到今次卻引起軒然大波。

正如一波未平，一波又起，接着又有一則報導，說畢曉普早前一個往瑞士的兩星期公務行程中，花掉九萬澳元，其中包括每日一千澳元的豪華接送

服務。這次畢曉普聰明得多了，說只不過花掉八萬八千澳元。不過電視臺晚間新聞報導說她出任眾議院議長半年內，出訪海外四次，每次約花掉五萬澳元。每一個納稅人都有權要求政客解釋，為甚麼會錢花得那麼豪爽奢華？

許多人會問：既然史列柏下臺，為甚麼畢曉普不？這倒要問問聯邦檢察官。上一次聯邦警察起訴史列柏，今次卻交還聯邦財政部，沒有證據顯示畢曉普不當。但傳媒和大眾的聲音響徹雲霄，窮追猛打，把史列柏和畢曉普相提並論。我沒有興趣知道誰是爆料的內鬼，只是關心是否真相。希望傳媒秉着良心和公義，還我們一個頭上的青天。

二〇一五年七月十九日

▌工作假期

上週香港的新聞報導兩名持工作假期簽証的香港女子，在澳洲昆士蘭省上班途中越線爬頭，迎面撞死在另一輛車子上的兩名當地人。澳洲和香港媒體的報導重點不同；若果不是香港的報導，我們在另外一個州根本不知道。感謝我的朋友將消息放在臉書上或把新聞的網址傳送給我，讓我更加看清楚內容。

這是一樁悲劇，沒有人想過它會發生。命運有時總在不適當的時候愛開玩笑。你可以說如果這兩名女子不是心急超越前車駛進對面的車道，意外可

能不會發生。又假設若不是持着工作假期簽証來到澳洲，她們可能現在還在香港工作或者在其他地方愉快旅遊。但這個可能是魯莽造成的片刻決定，從此改變了幾個家庭的一生，真是教人惋惜。

工作假期的名稱很有趣。你以為工作是工作，假期是假期。澳洲人把工作和假期合併在一起，變成一個短期逗留的新類別，反映出我們認為工作和假期沒有甚麼衝突。申請來澳洲的簽証裏，有兩種工作假期簽証：四一七類別和四六二類別，它們的分別在於國家或地方。香港屬於四一七類別的地方，其他國家包括比利時、加拿大、塞浦路斯、丹麥、愛沙尼亞、芬蘭、法國、愛爾蘭、意大利、日本、南韓、馬爾他、荷蘭、挪威、瑞典和英國。

至於四六二類別供來自阿根庭、孟加拉、智利、希臘、印尼、馬來西亞、泰國、美國和烏拉圭的公民申請。為甚麼有這兩個類別呢？不得而知。但四一七類別的申請人，逗留在澳洲的一年中，如果經過三個月的有關工作的訓練（例如種植、捕魚、採礦和建造），可以申請一個新的工作假期簽証。

澳洲入境處的網站，有清晰的資料，有興趣的，可以仔細閱讀一下。簡單地說，申請工作假期簽証，年齡必須是十八歲或以上，不超過三十一歲。申請人必須單獨成行，可以在澳洲工作或者假期一年，為每一個雇主工作最多六個月，或者進修短期課程不超過四個月。政府亦建議申請人準備約五千澳元作為應急生活開支。工作假期的目的，是通過這樣的簽証規定，鼓勵文化交流及加強澳洲和申請人原居地的聯繫。換言之，申請人要符合這樣的條件是非常容易的。合資格的人可以按步驟在澳洲入境處的網站上直接申請。

我遇見好幾個從香港來持工作假期簽証的女孩子。第一個在西澳洲的鮮肉店做切肉工作，六個月後來到悉尼，住在親戚的家裏，打算找另外一份工作。我和朋友們在塔斯曼尼亞州旅行時，在東部一個小鎮的咖啡店吃早餐時遇見另外一個當侍應。店主不喜歡她和顧客說廣東話，好不容易才從她的輪廓估計她是香港人。咖啡店的工作看來不很輕鬆，但應該可以和顧客的接觸中，學到交談的英語。從文化交流的角度看，把任何工作當做學習，都說得上是有所得益的生活體驗。

　　我相信澳洲各行各業的商戶，是工作假期簽証的主要受益者。特別是服務行業的餐廳、咖啡店、超市，理髮店和果園，可以引進一批流動而廉價的勞動人口。現時澳洲的最低工資為每小時十六點八七澳元，如果持工作假期簽証的人，每週工作三十五小時，繳稅後的收入尚算不錯。不過要知道最低工資也有非政府的做法。澳洲一向批准到來求學的學生，每兩週可以工作至四十小時。聽說部份的商店聘請留學生是用現金支付比最低工資更低的薪金的；學生也歡迎現金支薪，免得繳稅，懶理得是否遭到剝削。

　　現今大學畢業生找一份固定的工作談何容易。著名經濟學家 Joseph Stiglitz 在他的近作《不平等的代價》（The Price of Inequality）中談到畢業生因為找不到任何工作，只好繼續讀書，進研究院，讀完一個又一個學位。其中許多的學生是靠向政府借貸渡過難關的，所以欠債愈來愈高，到了一個沒法償還的地步。這批失業大軍對人生充滿悲觀和失望，他們更加悲傷的是看到許多富二代不勞而穫，靠父母的財富輕鬆的過日子。我看工作假期或者提供了另一個出路，讓大學畢業生不必往研究院去，而是走到社會去，實際嘗試不同的人生路。

在塔斯曼尼亞經過另一個小鎮 Sheffield 時，我們在大街上遇見一個剛完成工作的持工作假期簽証的日本年輕人。他向我們推銷水果園園主在最後一天工作送給他的一大箱新鮮士多啤梨。見他那麼開心，我們向他買了兩盒。坦白說這不是我們嘗過最甜美的鮮果。但是人生百般滋味，經過多個月辛勞，工作結束了，每個人都應該快快樂樂的向過去說再見，迎接將來的日子。

二〇一四年八月三十一日

▎後 悔

踏入三月的秋天，悉尼的大學紛紛開課。最高的氣溫徘徊近攝氏三十度，看起來不算熱，但是濕度高的關係，走在猛烈的太陽底下，沒有理由不汗流浹背的。事實証明，氣候轉變令人意想不到。大城市布理斯班的氣候不知不覺變成熱帶，悉尼變成了布理斯班，只是墨爾本位於大陸南端，可以保持氣溫稍低。以前打着傘子在太陽下會被取笑，現在在澳洲的癌症協會的推動下，也開始有多些成年人打着傘走在路上，當然戴着帽子也是常見的事，尤其在學的孩子，帽子後端更繫着一塊小布，剛好掩蓋着頸部。

在澳洲這片大陸上，在冬季時南部和北部的溫度有時候可以相差很遠。北嶺地（Northern Territory）的首府達爾文（Darwin）的氣溫今天不過是最高攝氏三十一度，悉尼卻達三十四度。達爾文位於南緯十二度，是不折不

扣的熱帶，近鄰是印尼，你說氣溫熱不熱？不過許多澳洲人寧願跑到印尼的峇里島渡假，不跑到達爾文，因為峇里島的消費比澳洲本土的渡假勝地廉宜許多，來回峇里島的機票也很化算，所以峇里島是澳洲人第一的境外渡假天堂，就算曾經發生了兩次恐怖襲擊，導致多名澳洲遊客死亡，大家亦無懼繼續前往。但是亦有部份澳洲人不是純粹的渡假，而是冒險攜帶毒品入境。十年前峇里九人組（Bali Nine）就是其中一件著名的犯罪事件，最近重新引發印尼和澳洲外交風波，比夏天的氣溫更熾熱。

峇里九人組是指九名在二〇〇五年四月十七日在印尼丹帕沙（Denpasar，舊名 Badung 巴東）被捕年齡十八至二十八歲的澳洲青年，印尼警方根據澳洲的聯邦警察提供的情報，把他們逐一逮捕。他們據稱攜帶市值約四百萬澳元的八點三公斤海洛英入境。按照印尼法律，攜帶毒品入境罪最高為死刑。九名被告經過多次上訴，史葛拉斯（Scott Rush）獲判監十八年，蕾妮勞倫斯（Renae Lawrence）判二十年，其餘被告判處終身監禁，只有頭目陳安德魯（Andrew Chan）及蘇庫馬朗（Myuran Sukumaran）被判處死刑。峇里九人組的刑期不同，視乎律師會否在判決七日內提出上訴，而印尼總統也有權給予特赦，但必須在非干犯毒品罪的情況下才會個別考慮。

印尼針對毒品施以重刑，但問題猖狂，原因是海岸線太長，太多島嶼，執法當局根本無從監察。峇里島的著名海灘庫塔（Kuta），毒犯活躍，甚至有時警察喬裝賣家引人上鈎。許多網站都提醒遊客要加倍小心，以免誤中法網。澳洲人舒貝科比（Schapelle Corby）也是於二〇一五年五月二十七日攜帶四點二公斤大麻進入峇里島，被判入獄二十年。她在二〇一〇年以精神病理由請求寬恕，獲得總統蘇西洛減刑五年。現任總統佐科維多多（Joko

Widodo）上任後表示不容忍國際犯罪組織。今年巴西總統曾為一名攜帶十一公斤的毒販求情遭到拒絕，峇里九人組的頭目又豈能例外。

陳安德魯和蘇庫馬朗的死刑快將執行。去年佐科維多多在大學的演說中，已經表示政府要盡快處理積壓的請求赦免申請，可以說為兩人敲響了喪鐘。蘇庫馬朗的赦免於今年一月七日被駁回，陳也在一月二十二日得到同樣的通知。換言之，基本上所有的合法上訴程序已經用盡了。一月三十日，代表兩人的律師向丹帕沙的法庭申請司法覆核，但五日後法庭因為沒有新的證據，駁回兩人的申請。代表兩人的律師再向法庭挑戰總統的赦免否決。但赦免是總統的特權，這個特權不容挑戰，所以也無效。

牢獄生涯的確可能改變一個人。從二〇〇五年入獄至今，蘇庫馬朗似乎洗心革面，在獄中教其他囚犯英文、電腦、平面設計和哲學。他又開設了一門生意，出售他的藝術作品。蘇庫馬朗也就讀澳洲科廷大學（Curtin University）的遙距課程，得到藝術副學士學位。陳在獄中信奉了基督教，協助主持英語崇拜。兩人都是行為良好的模範囚犯，而今即將面對火槍隊，你可以想像雙方家人的痛苦。如果說監獄能使人向善，為甚麼在這兩人達善之時把他們槍決？豈不是違背了教化的原意？近日澳洲許多人通過不同的渠道，向印尼政府和總統請求赦免死罪。他們認為把兩人轉變的事實向外界証明，意識到自己的過失，改變過去和協助他人更生，不是比執行死刑更好嗎？

其中一名向印尼施壓的人是澳洲總理東尼艾伯特（Tony Abbott）。不過不知道是否他是口齒太伶俐，幫個倒忙，叫印尼應該考慮赦免兩人死罪，因為澳洲人在二〇〇四年南亞大海嘯浩劫中對印尼施予援手，提供過人道和

大筆金錢的幫助。艾伯特在公開聲明之後，更親自致電維多多。不過卻引起印尼民眾的反感，認為這是兩碼事，不能相提並論。部份印尼人更在首都雅加達街頭發起籌款運動，希望每人捐出零錢，把援助退還澳洲。艾伯特此舉，不知是否和他想挽回低落的民望有關。言猶在耳，印尼已經準備好執行死刑，展示他們打擊毒品的決心。

從另一個角度來看，蘇庫馬朗和陳在世上已經多活了十年。兩人的十年並不是白活，而且証明了許多人得到他們的協助而改變過來。命運的安排有時候叫人嘆息，當初兩人年紀輕輕如驕陽，人生前途無限。如果生命可以重新選擇，他們一定不會如此輕率，結果因為一個貪念走入歧途，悔之已晚。

二〇一五年三月一日

▎壞天氣

今年的夏天過了一半，原本以為日子又長又熱，不過下了幾天少見的微雨後，悉尼的大部份地區又放晴了。屋子前院的草經過雨水滋潤和陽光照射，催促它長得又快又高，看得有點礙眼。我立即啟動割草機匆匆的修剪草地，免得像一個荒廢的房子、棄置的花園。不一會也聽到隔鄰又推着割草機，來來回回的在屋前屋後修剪起來。難得有一天藍天白雲，大家都忙着先做一些，說不定下一場暴風雨就快要來了。

說起暴風雨，的確是澳洲的特色。有時候在一個短短的時間內，可以下超過一百毫米的雨量。連場豪雨更會造成水災，造成人命傷亡和財物損失，有時候更會間接令一個政府倒臺。二〇一〇年十二月二十七日，熱帶氣旋橫掃昆州海岸過後帶來連場大雨，到了十二月三十日，南部和中部已經受到廣泛水浸。到了一月十三日，布里斯班河水位升高，湧入市中心，引致大部份地方水淹癱瘓。布里斯班市西部部份地方與外界隔絕三日之久。根據事後計算，三十八人死亡，七十個市鎮和超過二十萬人受到影響，三百條道路封閉，差不多昆州全部三分之二的地方受到洪水淹沒。大批農作物受到破壞，香蕉收成受到影響。我見過曾經在超級市場中香蕉售價由原來低至兩澳元一千克漲至十五至二十澳元一千克；甚至要由國外輸入香蕉，情況不可說不嚴重。此外洪水淹沒煤礦場，生產完全停頓，煤礦出口亦曾一度大受影響。

　　水災中不乏感人故事。其中之一名死者是十三歲的少年喬丹‧盧卡斯‧賴斯（Jordan Lucas Rice）。二〇一一年一月十日，當救援直升機到達災場時，他堅持要先救十歲的弟弟布萊克。飛機折返時，喬丹和四十三歲的媽媽已經被洪水沖走。在瞬間能夠捨棄自己的生命，作出一個生死的抉擇，勇氣超越一般人，不愧是個真英雄。

　　災後檢討，州長工黨領袖安娜布萊（Anna Bligh）的領導救災有功，但水災的發生顯然始料不久，亦有部份人指出當時土地政策失敗，把人口安置在不安全的地域上，導致那麼多人受災。州長立即任命法官凱特霍爾姆斯（Cate Holmes）出任特別調查委員會，調查水災的起因、政府的預防工作和危機處理。報告中雖然有一百七十七項建議，尤其指出威文霍水壩（Wivenhoe Dam）的操作有人為錯誤，不然布理斯班河河水不會泛濫，湧

入市內。接着犯罪和瀆職委員會接手調查，卻認為三名負責的工程師沒有失德。話雖如此，州長安娜布萊在其後二〇一二年的連任的選舉中落敗，是否由這次天災引致呢？

當年競逐連任的安娜布萊民望不低，但聯邦的工黨政府總理朱莉亞吉拉德（Julia Gillard）並不受國民歡迎，影響昆州的工黨政府。其實布萊的競選策略只集中於攻擊對手在野的自由國家黨（Liberal National Party）的領袖坎貝爾紐曼（Campbell Newman）個人的生意業務往來，並無提出正面改善民生的政綱。另外一個問題是工黨已經連續管治昆州二十年，選民開始厭倦，渴求新改變似乎是理所當然。加上聯邦政府不受歡迎，選民的投票顯示一個趨勢。即是說如果沒有新理念和政策，選民是沒有興趣理會純粹候選人的黑材料的。把失敗歸咎於天災，不如說人禍。

現在重看那次二〇一二年選舉，比較昨天（一月三十一日）昆士蘭州的另一次州政府選舉，不無有趣的地方。二〇一二年三月的選舉中，自由國家黨大勝，國會八十九席中，得到壓倒性七十八席。工黨只得到七席。州長布萊在南布理斯班保住議席，只好辭任，由安娜斯特西亞柏拉謝伊（Annastacia Palaszczuk）領導工黨在今次州選舉中勝出。直到今天（二月一日）為止，點票結果是工黨已經成功取得四十三席，尚需要兩席便可以成立多數票政府。輿論也一致認為是選民的大轉向。州長紐曼竟然失去自己在阿什格羅夫（Ashgrove）區的議席，宣布自己的政治生涯結束。但為甚麼選民如此痛恨他和幕僚呢？雖然工黨的致勝口號僅是阻止州政府出售政府的財產，以免公共事業私有化。但最可怕的是紐曼上臺後的政策獨斷獨行。網上有關他的「德政」，罄竹難書。紐曼雖然在上得到黨的支持，但施政完全沒有從大眾

的角度出發，自然民心背向，結束一屆政府。

當然從接近二千三百萬的投票中，我們知道選民清晰表達他們的意願，轉投工黨的票更是對執政黨盲目施政的表態。聯邦的自由國民黨政府總理東尼艾伯特（Tony Abbott），正在面臨同袍和選民對他的挑戰，有自知之明，所以並沒有前往昆州助紐曼一臂之力。原因之一是他在澳洲國慶日親自冊封英國祖家的皇夫菲臘親王為騎士，如此尊卑不分，自然遭到黨內外的群起攻擊，說他是一個笨蛋，怎能繼續領導國家。事實上當年艾伯特得到推舉出任反對黨領袖競選時，就是因為是個笨蛋。政治形勢真奇妙，笨蛋的角色原是要平衡各方面的利益，好讓大家各自為政，相安無事。到了笨蛋自作主張，認真起來，才令到眾人啞然失笑，啼笑皆非。

二〇一五年二月二日

▌加利波利

澳洲的每年全國公眾假期，和歷史有關的只有兩個：一月二十六日的國慶日和四月二十五日的澳新軍團日（ANZAC Day）。

一月二十六日是紀念一七八八年英國第一艦隊登陸新南威爾士州的傑克遜港（Port Jackson），當時總督阿瑟菲利普（Arthur Philip）在登陸之處升起大不列顛的旗幟。直到一九三五年之前，基本上只有新州採用一月二十六

日為國慶日，其餘各州有各自的國慶日，例如南澳州是十二月二十八日，西澳州是六月一日。等到大家都同意一月二十六日為國慶日後，部份州把它們原來的國慶日叫做立國日（Foundation Day），跟國慶日區分出來。在聯邦大政府的制度下，州政府有一套依據聯邦制度衍生出來的、包容自己的文化和政治的特別制度。一國有多制有甚麼稀奇？根本不必大驚小怪。

今時今日，國慶日的意義究竟是甚麼？還是有很多爭論。澳洲原居民土著就有不同的看法，認為一月二十六日只是澳洲白人的國慶日。對他們來說，與其是國慶日，不如說是紀念英國移民入侵澳洲大陸的開始。一九三八年的國慶日和原居民提出的哀悼日同一天舉行，一大群民眾聚集在悉尼遊行，哀悼原居民土著文化的失落。其後有些土著領袖更乾脆做把國慶日叫做入侵日，每年抗議，提醒國民記得歷史上白人政府對他們土地的侵略。土著更在首都坎培垃的使館街上用帳篷搭建自己的使館，展示自己的主權和表示對政府的原居民政策強烈的不滿。這個搭建帳篷的示威方法，在悉尼的雷德芬（Redfern）區土著的根據地也非常盛行。

聰明的聯邦和州政府把國慶日變得多姿多采，例如舉行大批新移民入籍儀式，對有功績和有成就的澳洲人頒發勳章，通過傳媒的宣傳，粉飾太平，試圖令大家淡忘過往的恩怨，把澳洲塑造成為一個多元文化、融合不同種族的國家。不過很多人都清楚政府根本沒有理會原居民土著的權利，也沒有甚麼積極的方法令他們和社區共融。原居民土著也有很多部族，他們互相有不同的意見，也沒有強大的聲音令政府不得關注他們的權益。例如悉尼的官方旅遊指南，有的是例牌的旅遊、飲食、玩樂和生活享受的介紹，你是看不到任何有關原居民的資料和訊息的。這種有意識的抹煞和掩飾，令人相信政府

還是不肯面對一些不光彩、不體面的歷史。

有人提議不如放棄一月二十六日，選擇另外一天作為國慶日，不是可以使大家忘記過去，面對將來嗎？不過無論是工黨或自由黨政府，都反對過這個提議，認為沒有這個需要。其中一個建議是採用四月二十六日澳新軍團日為國慶日。澳新（ANZAC）是 Australian and New Zealand Army Corps 的簡稱，意思就是指第一次世界大戰中澳洲和新西蘭軍隊參與盟軍這個軍事行動。說它重要，因為它代表澳洲自成立聯邦政府後，第一次登上國際舞臺。

如果大家看過澳洲導演彼得威爾（Peter Weir）的一九八一年的電影《烈火屠城》（Gallipoli），說的就是這一頁歷史。米路吉遜（Mel Gibson）飾演的熱血青年，和友人遠赴埃及受訓，在盟軍指揮下計劃奪回德盟的土耳其加利波利（Gallipoli）半島。這個軍事行動的目的是打開海上封鎖，進而讓盟軍其他軍隊進攻其首都伊斯坦堡。一九一五年四月二十五日清晨，盟軍登陸，遇到土耳其軍隊的頑強抵抗。起初以為是迅速的軍事行動，結果拖延了八個月。一九一五年底，雙方在受到重創後撤兵。事後統計，在盟軍統帥伊恩咸美頓（Ian Hamilton）的指揮下，共有八千一百五十九名澳洲士兵在加利波利戰爭中陣亡。第一次世界大戰中，一共有約六萬名澳洲士兵死亡。

戰爭帶來無限創傷。在電影中最後一幕米路吉遜得悉友人在晨霧中衝上戰場犧牲，自己傷心得在戰壕中痛哭流涕。加利波利變成澳洲人集體的痛苦回憶，也變成了年輕一輩朝聖之地。每年四月二十五日大批澳洲人，包括陣亡和倖存士兵的後人，政府和軍隊的代表都會來到加利波利海邊，出席黎明紀念儀式。黎明儀式就是當年清晨霧中進攻的時刻。澳洲全國也在同樣的時

刻舉行紀念儀式，紀念當年陣亡的戰士。加利波利戰役的確是澳洲參與最重要的國際行動，難怪對澳洲人影響特別深遠。

澳洲人普遍善良、戇直、有正義感，出兵國際，打的都是別人的戰爭。一個國家要在國際上耀武揚威，究竟對自己的國民有何好處？歷史上的戰爭發動者全是瘋子，令許多人家園盡毀，生靈塗炭。我不知道現在澳洲的士兵參與的戰爭也是否像加利波利戰役一樣的正義之戰。但歷史証明，人類犯下一頁又一頁的錯誤。要好戰者不再重複慘痛的教訓，看來真不是一件容易的事情。

二○一五年四月十二日

▍禁藥

如果蘭斯‧岩士唐（Lance Armstrong）於二○一二年被褫奪環法單車賽（Tour de France）的所有名銜令人意外的話，近日瑪麗亞‧舒拉寶娃（Maria Sharapova）在澳洲網球公開賽的尿液樣本被驗出禁藥的成分，也同樣令人難以接受。

岩士唐生於一九七一年，當年奪下七屆環法單車賽冠軍，風頭一時無兩，也是無數單車選手的偶像。其實每一種運動有它的吸引力和奧妙之處，學懂了生命自然活得更精彩。我年輕時曾經努力嘗試學騎單車，不過除了可

以在平坦的道路上、下坡時舒暢的迎風飛馳了一會外，始終無法學曉如何攀上微陡的山坡。那時候覺得這個運動很困難，又掌握不到那種巧妙的平衡，結果放棄了好好練習下去。現在回想起來有點慚愧。說不定經過一分刻苦，有一分收穫。

當然環法單車賽是一種激烈的運動，跟在公園草地上轉轉圈，是兩碼事。澳洲的 SBS 電視臺每年都重金買下轉播權，在悉尼的晚間時段現場直播。不過澳洲時間在十時過後了。早睡慣了，不能熬夜看下去，甚至澳洲網球公開賽決賽播至深夜也放棄了，環法單車賽直播也不例外。事後看精華片段，不是那回事，因為環法賽事沿途的美景就剪掉了，剩下的不是終點衝線一刻，就是穿上黃色勝利戰衣頒獎典禮的歡樂情況。

澳洲的卡德爾・埃文斯（Cadel Evans）曾經奪得二〇一一年的環法單車賽冠軍，是首位澳洲人奪得這項殊榮。當年的澳洲女總理吉拉德（Julia Gillard）親自致電祝賀，還打趣的說她的賀電可能打擾了打算洗熱水浴的埃文斯。雖然埃文斯表示不知道澳洲人的反應如何，但返國後，墨爾本市在聯邦廣場（Federation Square）為他舉行了盛大的慶祝遊行，大批市民和支持者穿上黃衣和揮動黃色小旗幟，為他的勝利而歡呼喝采。

環法單車賽首次於一九〇三年舉辦，大多數於夏季舉行，賽程二十三天，全程約三千五百公里，每一段持續一天，每一段單獨計時。每一個隊有九名隊員。各車隊要採取戰術和隊友之間的互相幫助，才能取得佳績。澳洲人酷愛運動，大家都跑到戶外，享受每一刻的陽光，唯獨環法的成績表現強差人意，是否和戰術運用有關，不得而知。所以岩士唐能夠連續七次奪得冠

軍，如果不是服用禁藥，實在成績驕人。

勝利的選手事後要通過禁藥測試。防止作弊，是維持比賽公平的其中的一個辦法。環法連續多天比賽，要體能經常保持在巔峰狀態，實在並不容易。選手受傷，又要繼續作賽，當初其中常見的是使用止痛藥。後來要提高狀態，簡單就是使用興奮劑來提升肺功能。聽聞還有一些選手，在賽前抽出自己的血液，然後在比賽前才注入自己的體內，增加血液的供應量。這樣做等於瞞騙，也是不正當，要醫療人員充分的配合才可以進行作弊。所以岩士唐服用禁藥多年，又能夠安全避過尿液的檢測，實在有很多不為人知的內情。

舒拉寶娃服用的禁藥叫 Meldonium。根據維基百科的資料，它不是一種普及的藥物，只有拉脫維亞的 Grindeks 公司在蘇聯和烏克蘭生產，在臨牀上用於治療心絞痛和心肌梗死，也可以治療慢性心臟衰竭。據說東歐國家的運動員用作抗血藥物，二○一六年起世界反禁藥組織（World Anti-Doping Agency）把它列為禁藥。舒拉寶娃服用 Meldonium 事情曝光後，Grindeks 公司隨即發表聲明，指出把它列為禁藥有不妥善之處，因為它有顯著的臨牀治療效果。但無可否認，長期使用於提升運動體能和狀態，就令人非議。

舒拉寶娃已經二十八歲了。二○○四年她在溫布頓決賽打敗世界排名第一、兩屆衛冕的莎蓮娜·威廉絲成名，現時世界排名第六。記者會後舒拉寶娃在臉書上為自己的行為辯護，說忽略了閱讀賽會發給她的電郵。不過世界網球聯會曾經在去年十二月五度提醒所有職業網球手這個消息。Meldonium 的廠方建議服用期一般為四至六星期，但舒拉寶娃的醫生給她食用了十年。到底是誰說謊？

舒拉寶娃暫時遭受停賽，等候聯會的裁決。如果停賽一年，明年東山再起，二十九歲的她也一樣可以振作。我唯一覺得她的辯護始終未有釋除大家對她的懷疑，有很多網球手也相繼指責這種不當的行為。是否落井下石，劃清界線，証明自己清白，或者趁機提高知名度，不得而知。為甚麼她要這樣做，大家心中有數的。但作為一個公眾人物，受到如此多粉絲的愛戴，如果還不堂堂正正把事情弄個清楚，實在是叫人失望的。

二○一六年三月十三日

▌樓宇死亡陷阱

悉尼是澳洲最大的城市，人口近五百萬，佔全國人口百分之二十。緊貼其後是墨爾本，人口約四百五十萬，佔全國人口百分之十九。昆士蘭州的首府布理斯班，人口只有二百二十萬，西澳州的首府珀斯，人口也只有二百萬，當然無法和悉尼和墨爾本相比。

有些旅客抵步澳洲之前還以為悉尼是澳洲的首都。其實首都坎培拉位於新南威爾士州境內，人口也不過是四十餘萬，只佔全國人口約百分之二，比新州另外一個城市紐卡素（Newcastle）和它的周邊地帶的總人口還要少數萬人。悉尼比較其他地方較聞名，可能是人口密度較高，高樓較多，而且悉尼歌劇院和悉尼海港大橋均是著名的景點。看到這兩個建築物，立即會聯想到

南半球的澳洲。墨爾本相比之下沒有類似的標誌性的建築，自然較為遜色。

不過住在墨爾本的朋友，可能並不同意。尤其最近澳洲統計局的預測，墨爾本可能於二○五六年取代悉尼成為增長最快的城市。墨爾本身處的維多利亞州，也已經超越了西澳州成為全國增長最快的州份。我們還以為移民會在眾多大城市中選擇悉尼，可能是悉尼人的通病：自視過高，往往看不到短處。沒有及時作出改善，別人就很快會趕上。其中以交通為例，墨爾本人採用的 myki 交通儲值卡，類似香港的八達通卡，比悉尼的 Opal 卡先於兩三年前推行。現在悉尼市中心正在興建的輕便鐵路系統，由圓形碼頭通往市中心南部的蘭德威克（Randwick）。這條輕鐵類似貫通墨市市中心的電車。說明兩個城市之間，的確在互相競爭。

統計局的預測數據，包括澳洲本土人也移民到墨市居住，証明可能生活質素真的比其他城市更為好，也許有更多就業機會。以二○一四年為例，就有接近一萬人移居到維多利亞州居住。現時維州失業率不過是百分之四點八，稍高於新州的百分之四點四，其實相當接近。可見墨市的確有潛力取代悉尼成為全國最大的城市。

我們雖然說悉尼的人口密度較高，是和其他澳洲大城市作比較。香港的高樓住宅的建築群，暫時還未在悉尼出現。全球第五高的住宅叫 Q1，樓高三百二十二點五米，共有七十八層，位於昆士蘭州的黃金海岸。它叫 Q1，意思是昆士蘭州的第一（Queensland Number One）。悉尼塔也不過高三百零九米，給比下去。對許多人來說，住在高樓固然有種莫名的興奮：君臨天下，大地在我腳底。一望無際的景色也是令人神住。但我討厭歷史中君王的

所謂神聖，他們利用權勢掠奪了平民的財富。在地平線豎立的單幢大樓，恕我看不到任何美感。

當然美命美奐的外表，是否金玉其外，有待商榷。悉尼許多新建造的住宅大樓，往往千瘡百孔，比有數十年樓齡的舊樓更差。最近由昆士蘭州格里菲斯大學（Griffith University）做的一項針對全國成立了業主立案法團的樓宇研究，發現許多新樓宇有許多結構性的缺陷，可能引致人命傷亡，情況比海外的樓宇差很多，建議聯邦政府介入調查。其中一項是法例出現漏洞，容許樓宇缺陷的索償只限於最初兩年。但由於許多結構性的缺陷不易於早期出現，結果失去了追討賠償和責任的機會。

另一方面，由於需求增加，有些業主擅自把單位加建房間出租，增加收入。但這些改裝沒有經過批准，成為死亡陷阱。二〇一二年九月，悉尼市西部市鎮 Bankstown 一幢樓宇發生大火。起火的地點是在五樓一個單位的露臺，房間內的兩個中國留學女生困在窗邊等待救援。她們抓住鋁窗，但大火把窗框燒溶了，兩人因此雙雙跳下逃生。結果一人送命，另外一人僥倖生還。生還者雙腳折斷，下半身癱瘓。死因研究現正進行，資料顯示發現這單位經過改裝，業主在靠近露臺的起居室增加了一個房間。大廈的防火裝置當時可能失效，消防自動灑水系統沒有撲熄大火，等到消防員到來已經太遲。

問題是為甚麼一幢新落成的樓宇沒有按照規定安裝消防系統，但又能夠得到批准入伙。到底是業主的責任，還是其他檢查部門的責任，恐怕要經法庭的死因庭聆訊，把真相公開，才能為生者死者取回公道。但是找出真相，從來不容易。可憐生還者重臨傷心地，對法庭說：我來因為我喜愛澳洲；我

相信這裏的司法制度，請為我的朋友找出她的死因。但願如此。

二〇一五年六月二十八日

▎難民

數以萬計敍利亞人因為逃避國內戰火，跨境進入土耳其，渡海登陸希臘，再進迫匈牙利。根據歐盟規例，難民必須到抵達的第一個國家登記，請求收容。但敍利亞人的目的地不在土耳其，而是二千多公里外的德國。德國是歐盟的經濟火車頭，相比敍利亞，生活條件優越得多。大家想到理想的安身之所，毫不猶豫就想起德國。

九月五日星期六，奧地利和德國不理會歐洲議會第一收容港的條例，從人道立場開放邊境，收容約數萬名敍利亞難民。聽到消息後，部份敍利亞人又湧到首都布達佩斯火車站，準備登上開往奧地利邊界的火車。不過局勢如此混亂，火車早停開了。難民於是打算徒步一百七十公里前往。不過最後匈牙利政府和德奧兩國協商後，派出一百輛巴士載運難民前往邊界，打開了缺口。但可以想像，更多的難民將來蜂擁而至，現時據說平均每小時五百名難民湧入德奧兩國。

不過引起局勢改變的是一個溺斃小孩伏屍沙灘上的照片。敍利亞難民取道多條路線前往希臘，其中包括由土耳其西部乘船出海，第一步登上地中海

希臘的其中的一個叫科斯（Kos）島嶼，等候援助。九月四日早上土耳其西部博德魯姆（Bodrum）海邊的沙灘上，土耳其警方發現三歲的艾能庫爾迪（Aylan Kurdi）的屍首。地中海波濤洶湧，庫爾迪一家除了父親外無一生還。從照片看，艾能天真瀾漫，笑容可愛，難以想像小生命天地不容，生命如此短暫。網上瘋傳艾能伏屍的改圖，其中有一張伏屍在歐盟的會議場地中央，諷刺各國麻木不仁。強硬的英國也在國內外的壓力下，打算接收一萬五千名難民。

難民已經變成國際問題，澳洲的外交部長茱莉畢曉普（Julie Bishop）接受傳媒查詢時首先承認這個事實。總理艾伯特隨後也表示會作出適當的「貢獻」。二○一四年全球的難民大多來自敍利亞和阿富汗，澳洲收容了約四千四百個敍利亞和伊拉克的難民。面對歐洲如此境況，不知道艾伯特會否增加收容額，但據說已經派出了移民部長前往日內瓦聯合國難民公署磋商。但艾伯特領導的自由黨一向以強硬態度處理難民，看不到有甚麼令人驚訝的答案。

難民（refugee）在澳洲一般稱為尋求庇護者（asylum seeker）。嚴格說來，兩者有些微的分別。因為逃避本國的戰爭、宗教、種族或個人的迫害的人，一般先要提出人道援助的申請，確認後才稱得上是難民。自由黨聯邦政府一向稱之為尋求庇護者，是首先否定他們有一個難民的身份，因為澳洲不必援助或者收容這些人，更振振有辭遣送他們回到原居地。澳洲每年以人道理由收容的難民有一萬三千七百五十名。目前大約有約兩千多人在移民收容所等待處理。

澳洲海岸線總長達六萬六千公里，北部海岸更常是尋求庇護者乘坐漁船登陸之地，有兩次更遙遙到達西澳南端的珀斯市海邊。聯邦政府的處理尋求

庇護者政策，簡單叫做阻止非法入境者船隻（Stop the boats）。意思是海岸防衛隊要儘量阻止非法入境者偷偷從海上進入澳洲國境，也要直接打擊從事非法運送的蛇頭。據說很多尋求庇護者首先前往印尼海邊小鎮匿藏，然後由蛇頭送上船，從印尼橫渡帝汶海進入澳洲水域。

澳洲的電視臺曾經派出記者到過這些海邊小鎮，訪問從事偷運人蛇的蛇頭，也訪問過多次偷渡又遭遣返的尋求庇護者，透露他們遭受迫害的境況。不是為了逃避迫害，很難相信他們會冒生命危險偷渡入境。有人說，澳洲每年已經收留了太多難民了。但數據顯示，美國、法國、德國和意大利都比我們多。也有部份人對尋求庇護者大聲喝罵：「滾回老家吧！」於是澳洲 SBS 電視臺就邀請了一些對尋求庇護者恨之入骨的人接受挑戰，根據真實個案，安排他們到來澳洲的路線，逆向返回原居地，等他們親身體驗尋求庇護者不為人知的辛酸，節目就叫做《Go Back Where You Came From》，值得一看再看。

為了成功遣送回非法入境者，澳洲聯邦政府已經採用強硬政策，不再每週例行向外公布處理的數字，等傳媒不能正面向政府查詢。其次，海岸防衛隊用自己的船隻把截停的非法入境者送回原地，或是把他們送往太平洋島嶼馬努斯（Manus）和瑙魯（Nauru）無限期拘留，目的是想其他偷渡人士卻步，但據報這兩個拘留中心都是人間煉獄。我欣賞德奧兩國彰顯的人道主義精神。但全球烽煙處處，從敍利亞難民的局勢看來，我們已經不能置身事外了。

二〇一五年九月六日

企業文化

二〇一三年八月悉尼晨鋒報的一篇報導提及澳洲已經成為最高留學費和生活費的地方。一個海外學生的總平均開支近四萬二千澳元（約三萬八千美元），其中學費佔了五分之三。這個數字超越了第二位的美國和第三位的英國。中國大陸和臺灣平均九千美元。不過德國更便宜，只需要六千美元。當年聽說只是你懂德語，到德國留學是不需要學費的。

二〇一三年中一美元兌零點九澳元，那時候可能嚇跑了許多想到澳洲讀書的學生。澳元美元的兌換價曾經更高，當時一些在大學的朋友心想：到底有多少人會老遠跑來澳洲那些學術排名不高的院校讀書？付出同樣的學費，不如找些在其他地方（例如英美）排名更高的大學吧。

不過傳統文化叫我們太着緊讀書這回事。所以有些人拿個學位欺名盜世，不然的話，那些網上大學或者假文憑就不會如些大行其道了。問題不是不知不覺，只是現今社會容許這些壞風氣，不加貶斥。香港持假學歷的某幾位議員不單止全無羞恥之心，招搖過市，氣燄更囂張。換句話說，原來社會普遍承認假學歷，其實留學不留學也不要緊了。反而許多澳洲人沒有視高學歷是唯一的成功標準，不少在社會工作過一段時候才回大學讀書讀個 MBA 或大學本科。沒有學位的企業家大有人在，大家都以平常心看待。

哈佛商業評論（Harvard Business Review）的二〇一四年十一月號有專文介紹全球最成功的一百位行政總裁，持有 MBA 學位的有二十九人，二十四位的行政總裁讀過工程學位。工程學位為甚麼比較優勝？研究指出

就讀工程學位能夠訓練人從具體的角度思考問題，為企業提出實際的解決方法。亞瑪遜（Amazon）的行政總裁杰弗里貝索斯（Jeffrey Bezos）沒有MBA學位，卻是普林斯頓大學電機工程和電腦雙學位畢業。

貝索斯一九九四駕車橫越美國大陸，從東岸的紐約到西岸的西雅圖，途中草擬了亞瑪遜的藍圖，接着在家中的車庫成立亞瑪遜。貝索斯為人注意細節，據說他對亞瑪遜企業內的大小事情，從合約到新聞稿，幾乎無一不過問，尋根究底。難怪貝索斯被選為成為最成功的行政總裁。但曾經工作過的員工對這個公司的管理方法不敢恭維。紐約時報最近的一篇報導，形容亞瑪遜的企業文化是人吃人，工作環境非常苛刻。據報每週一早上，新上任的員工就要受訓，要他們放下所有的舊工作思維。每人攜帶亞瑪遜的十四管理規條的備忘卡，隨時隨地提醒自己按照這些規條辦事。

報導中也說亞瑪遜鼓勵員工面對困難，要設法翻越這個圍牆，不要被它擊倒。它亦鼓勵員工要在冗長的會議中勇於提出不同的意見，駁倒其他人的主張。員工亦會在夜深接到電郵，如果不即時回覆，就會收到電話短訊質詢。公司內部的電話簿也指示如何向部門的管理層告發辦事不力的員工，以達到互相制衡的目的。這種近乎適者生存的文化，無疑是推動亞瑪遜不斷創新的背後動力。有員工形容這樣的鞭策令自己不斷超越極限，員工之間的衝突帶來創新。喜愛的留下拼搏，不喜歡的就離開，正是如此的一個極端工作環境。

這樣的企業文化，是否歸咎於大學某些科目的思維訓練有關，我倒有幾分存疑。不過在現今企業之間充滿激烈競爭，把極權國家的統治方式，借來當作公司的管理文化，好像言之成理。而且人事的經常變動為公司帶進新血，

不致因循苟且。亞瑪遜的一個前高層約翰羅斯曼（John Rossman）離職後寫過一本書叫做《亞瑪遜之道》（*The Amazon Way*）。書中提到亞瑪遜是個很優良的機構，但工作環境令人討厭。確實一語中的。

其實企業的管理文化逐漸變得愈來愈人性化，不是非人性化。因為許多的改變都是和管理層的變動有關。就像澳洲的現任政府一樣，自由黨的議員都是社會上的貴族，他們的普遍特點是漠視精英以下的中下層的利益。總理艾伯特持有悉尼大學經濟和法律雙學士學位，大學時期已經顯露他的極右而保守的思想，當然不會支持任何新的思維。如果當澳洲是一個企業，你不會期望艾伯特會帶領澳洲迎接新的改變，例如減少廢氣排放和支持同性婚姻合法化。但是民主制度之下，民眾的呼聲有一定的影響力。這個企業要進步走向前，不是一個人或一個執政黨的意志所決定的。

二○一五年八月十六日

▍肉食之國

澳洲是胖子之國，男子胖，女子胖，連很多小孩子也肥肥胖胖。我曾經以為愛好運動的澳洲應該少胖子。說得清楚一點的是，很多澳洲人其實不做運動，進食也毫不節制。胖子這麼多，原因是吃得不健康。澳洲人崇拜美國，商場內的美食廣場的食店，麥當勞快餐店最受歡迎；高速公路旁的麥當勞也其門如市。

每餐吃漢堡飽和薯條加汽水，看來連肥胖的人口也逐漸趕上美國了。

二○○八年的一則新聞說澳洲人的癡肥情況已經超越美國。大家看到了，但好像沒有聽到它的真正意思。到了二○一三年，另一則新聞說澳洲和新西蘭在過去二十年的癡肥情況上升了三倍。澳洲的六成的成年人和四分之一的兒童過肥。問題是，我們反而沒有超越美國和墨西哥。而且這些數據來自不同的報告，大家都看得很輕鬆，生活如常。一個地方的飲食文化，改變過來不容易。舉個例說，澳洲人愛在早上外出在不少咖啡館進食的早晨全餐，主要包括了雙蛋、香腸和煙肉，你說有多少健康的成分？

世界衛生組織（World Health Organization）的專家最近曾經公布進食煙肉、火腿和香腸的致癌風險等同吸煙，因為醃製的方法包括煙熏、加鹽和防腐劑等添加物都會產生致癌物質，當然引起不少爭議。煙肉、火腿和香腸都是加工食品，但也是我們外出進食的必然早餐食物，等於港式早餐中的火腿煎蛋和腸仔通粉。沒有煙肉、火腿和香腸，早餐可說有點不像話。而且這些警告都不算嚴重，也不致命。大家聽到了，跟以前一樣，好像都對日常生活沒有甚麼大影響。

世衛也提醒過如果要減低患大腸癌的機會，要改變食肉的習慣，每週進食不多於五百克的紅肉。但翻查二○○九年的數據，顯示澳洲每人每年平均進食一百一十九公斤鮮肉，其中雞肉約佔三十八公斤、牛肉約佔三十三公斤、豬肉約佔二十四公斤和羊肉約佔十四公斤，僅次於美國人食肉的數量。最近一個悉尼大學教授的研究也指出，進食紅肉最好一天不要超過九十克。九十克是多少呢？如果你到酒館（pub）吃個牛排午餐，那一塊牛排已經有

二百到二百五十克重。你到底吃不吃？

　　牛排午餐是許多人午餐之選，價廉物美，也是酒館的菜單中的鎮店之寶。為了招徠顧客，許多酒館推出一星期七天全日特價牛排餐。一塊二百克到二百五十克重的牛排，一般是 rum steak，十澳元價錢，肉汁免費，還可以選擇薯條或薯蓉或蔬菜作配菜，也沒有附帶條件需要購買任何飲品。安靜的選擇一個角落慢慢吃，這個牛排可以說是一個吃得肚飽的午餐了。我的工作地點附近有不少這樣的酒館。在小酒館單獨進食一個午餐，或是和三兩同事邊吃邊閒聊，也是人生樂事。

　　酒館主要賺錢的是賣酒，牛排午餐是吸引顧客進來的一個方法。澳洲出產許多餐酒，啤酒也是許多人的日常飲料，所以售賣酒精的飲品也是小酒館的收入之一。澳洲式煮牛排，是用燒烤（barbecue）的方法。難怪你可以看到很多澳洲人在家中的露臺上，放置一個用石油氣提供燃料的燒烤爐。一個人負責燒烤食物，其他人歡樂地在一旁的圍坐一起，談天說地。

　　網站上許多澳洲人的燒烤牛排經驗，值得大家參考一下。要燒烤美味的牛排，首先要把燒烤架或燒烤鐵板加熱，然後將牛排的兩邊塗上薄薄的牛油或橄欖油，太多會引起濃煙。牛排燒烤前才灑上鹽和胡椒粉。然後把牛排平放在鐵板上先煎一面至熟，然後才煎另一面，不要反覆燒烤。上碟之後才加上肉汁，稍等五分鐘才進食。酒館是否如此處理，有待商榷。

　　許多家庭的燒烤爐，燒牛排之外，也有羊排、豬排和肉腸，一年四季，可說是無肉不歡。燒烤也是許多澳洲戶外活動的主要煮食方法。大學的迎新

會、聖誕聯歡，燒烤也少不了。常見的是肉腸加洋蔥，然後淋上醬汁成為澳式熱狗。煮得簡單，但大家吃得飽。重要的是大家只顧聊天，對食物的水準沒有甚麼特別要求。

如果澳洲人對世衞的警告認真起來，首先受到影響的是畜牧業，許多牧場會關門大吉。但空氣污染可能會改善得多，因為動物排放許多二氧化碳。畜牧業對澳洲非常重要，肉類除了本土食用外，牲畜也出口外地，所以政府也不會主動鼓勵減少肉食。只有健康組織不斷提醒大家少肉多蔬果，加上適當運動，身體才可以保持康泰。明白了這個道理，就活得健康，活得愉快。壽命有定數，隨遇而安，不能強求。

二〇一五年十一月八日

▎三 年

兩星期前，執政的自由黨聯盟總理譚保（Malcolm Turnbull）向總督請示後，宣布今年七月二日舉行大選，爭取選民支持的活動隨即展開。這個競選的活動較長，因為是解散兩院（眾議院和參議院）大選，足足有七個星期，讓兩個主要黨有足夠的時間，向選民公開他們的政綱。

眾議院有一百五十個議席，三年任期。每一個選區有十五萬居民，合資格選民平均十萬人。選民以數字 1 投票給自己的心中的候選人，次選為 2，

餘此類推。得票過半數便當選。如果沒有得到絕對多數（absolute majority）票，得票最少的候選人的票便歸於所有的次選。若果仍未能找到絕對多數票候選人，就會再進行這樣的重新分配票數，直到找到得票過半數的候選人。

這個選舉辦法有趣的是，如果第一輪點算，未有得到絕對多數的候選人，就算暫時領先，在次輪或第三輪的點票中，隨時有機會輸給落後的候選人。所以填寫選擇的次序非常重要，不然的話，可能給本來排第一輪得票次席後來居上，陰溝翻船。一般的助選團，都希望你把第一票投給候選人。接近大選，收到助選團的電話就愈來愈多。有時候他們從姓氏知道你可能來自中國大陸，更乾脆僱用說普通話的人，劈頭第一句便跟你說起普通話，不過我們都用英語回答。我們需要選一個能幹的議員，不是選一個同鄉。英語有句話叫做 speak the same language，不是每次都行得通的。

今次參議院全面改選，形勢更複雜。參議員一般任期為六年，其中一半一般跟眾議院的選舉改選。投票的方法分兩種。表格上分線上和線下兩組。線上要在政黨之間順序填寫第一至第六個選擇。然後按得票比例分配給線下的黨參選人。或者選民在線下順序填寫至十二給個別候選人。每州選出十二人進入參議院，每領地選出二人。成功獲選的州參議員，至少要得到全部選民的百分之十四點三票；領地的參議員，則要獲得至少百分之三十三點三的票。點算參議院的投票，毫不簡單，通常比眾議院的結果要遲數星期之久。

澳洲人關心的，是眾議院的議員能否表達他們的心聲。因為選舉的結果決定執政黨，執政黨任命管治的部長。澳洲現時的執政黨是個聯合政府，由自由黨和民族黨（National Party）組成。總理是自由黨黨魁譚保，副總理是

民族黨的巴納比・喬伊斯（Barnaby Joyce）。不過喬伊斯擔任副總理一職，是二〇一六年二月十一日的事，距今不足四個月，證明是譚保佈下的妙計，好讓自由黨和民族黨的關係繼續維持。換言之，民族黨也要得到足夠選民支持，否則無法令聯合政府連任。

自由黨作風保守，政策向大財團傾斜，無法獲得一般低下層的認同。反對黨虎視眈眈，根據現時民意，隨時黑馬勝出。至於綠黨（Australian Greens）是第三大政黨。不過所謂第三大，在眾議院只有一席，參議院有十席，無法做出甚麼大事。議會中當然還有幾個獨立議員，他們的投票意向往往左右大局，影響執政黨的施政。今次提早舉行大選，就是總理譚保釜底抽薪之計，希望能夠得到選民支持，選出更多自由黨和民族黨的議員，順利推行他提出的政策。

兩大黨各出奇謀，爭取選民支持，諾言滿天飛。不過選民都聰明得很，不會胡亂投票。政治在澳洲不是禁忌，大家可以隨便討論，民主的意識相當成熟。有新移民奇怪，為甚麼執政黨之外，還有反對黨？反對黨有甚麼用？政策順利鼓掌通過，唯唯諾諾，不是大家都很開心嗎？為甚麼要那麼多花時間討論？政府說好，就乖乖聽話。減少時間浪費不是更好嗎？

反對黨的作用是監察政府，提出疑問，令政策作出修訂，對大眾負責。不少新移民在獨裁政權的統治下生活多年，無法理解為甚麼這裏的行政效率如此緩慢。例如建議建設一個悉尼新機場，反覆討論數十年，到最近才拍板。也有人提出建造子彈火車，日本子彈火車的承造商在悉尼開設辦事處多年，我們還未聽過有甚麼進展。政策影響的是人，我反而要問為甚麼不從人的身

上考慮？當然有時候政府也有一些政策一意孤行，任何反對者示威和呼喊，都沒有用。因為反對黨的議員太少，不能造成均勢，也不能平衡不同的意見。

一屆政府的任期是三年，三年足夠讓大家看得清楚了，究竟應否繼續支持。政黨輪替有時反而是好事，所以不需要任何人保證我們五十年不變。如果怨聲載道，大家就會說該停止了，把票投給有帶給大家希望的人。而最重要的是，我們每一個選民都有自由運用手上的一張選票。澳洲合資格的選民約有一千六百萬，已登記的選民達到百分之九十四，即是有一千五百多萬把聲音。

投票是國民的義務，不投票是要被罰款的。罰款是小事，要實現民主，還是當日親身走進投票站，選出心中的執政黨。至於手執數百票由小圈子選出的所謂領導人，把美好的家園弄得民怨沸騰，真正是恬不知恥。只能說，弄得如斯田地，都是制度敗壞了。

二〇一六年五月二十二日

宜居城市在哪裏

《經濟學人》最近的一項年度全球一百四十個宜居城市調查顯示，澳洲有四個城市位於首十名，包括第一位的墨爾本、第五位的阿德萊德、第七位的悉尼和第九位的珀斯。墨爾本已經是連續四年奪得這項殊榮，得分來自五

方面：社會穩定、醫療、文化和環境、教育和基礎建設。其中的體育項目得一百分。這倒不是意外，想一想每年這個城市舉行的國際體育比賽，就包括了一級方程式賽車、澳洲網球公開賽和澳洲哥爾夫球公開賽。本土的體育項目包括澳洲橄欖球聯盟（AFL）的決賽和墨爾本盃賽馬。

墨爾本盃賽馬舉行日期是每年十一月一日至八日中的四天。其中星期二舉行的墨爾本盃賽日，常常被宣傳為令全國停頓的一項活動，當然有誇張的成分。不過遠在悉尼的我們大學校園中部份院系，也於下午賽事舉行時，在休息室或校園一角，安排簡單飲食（當然少不了酒精飲品）和播放賽事進行情況，供教職員觀看賽事。其實很多人並不下注，只是趁機會聚首一堂，淺嚐葡萄酒，偷得浮生半日閒。這個非正式安排不知道由誰人批准。有些教職員只覺得很無聊，照常上課工作。

雖然悉尼也有另一個全國橄欖球聯賽的決賽在這裏舉行，但是就是缺少了規模像墨爾本的國際或全國參與的體育盛事，所以在宜居城市的體育項目失分也是意料中事。悉尼和墨爾本經常在不同的項目中互相競爭，據說提到考慮首都選址時，為免令另外一方不高興，就選擇了坎培拉。

不過這個說法在坎培拉百周年紀念時被推翻了。坎培拉歷史學者大衛赫頓（David Headon）認為第一個原因是悉尼和墨爾本的夏天太高溫，而且白人為主的政府覺得管治國家時需要一個較為寒冷的地方以激勵士氣。第二個原因是坎培拉位於內陸，人口較少，位置上也不容易受到從海上來的攻擊。

坎培拉是澳洲政府的政治中心，的確人口稀少。很多公務員除了星期一

至五在中央政府工作外，週末大家都回到老家去；平時上班後大街上是看不到甚麼人的（遊客除外）。冬天的氣溫也比悉尼和墨爾本低得多。今年的冬季曾經跌至零下六度，打破歷史記錄。澳洲的宜居城市，從來不是坎培拉。

阿德萊德總是五大宜居城市之選。Lonely Planet 曾經提到今年十大必到城市，澳洲上榜的便是阿德萊德。很多人喜愛它城市範圍小，也有美麗的海灘。阿德萊德藝術節當然出名，更大的吸引力其實是盛產葡萄酒的 Barossa Valley。聽聞某位香港前任財政司長到訪澳洲時，特別吩咐要下屬安排參觀 Barossa Valley，購入大批葡萄酒以作個人收藏和品嘗。當然中國大陸的富豪，也購入不少的酒莊作投資。有人覺得阿德萊德市的活動不夠多樣化，生活乏味，提不起旅遊的興趣。

我到訪過墨爾本幾次，每次逗留的時間不過數天，不能夠作個認真的了解。它的城市中心確是別具特色的：穿越主要街道的電車、大街小巷裏的餐廳和咖啡店、藝術館和畫廊、別有特色的建築物、大街上放置的雕塑、花園和河流。也不得不讚賞墨爾本市的網站也非常有特色：設計簡單、圖片和資料排列得有條不紊。

我不知道宜居城市榜中香港的位置。但在另外一個調查中，香港是乘客心中的最佳城市。說到底，宜居城市的定義因人而異，只是有些標準是普世認同的，好像宜居城市的標準就把社會穩定放在首位。但是別以為示威遊行就是不穩定，悉尼和墨爾本星期日都有許多不同的示威遊行。最近大學學生反對政府開放大學學費由大學自行決定加幅，悉尼和墨爾本的示威是在星期

四在市中心舉行。一個社會的包容和開放程度，是要看是否容納反對的聲音。

英國作家 D.H. Lawrence 曾於一九二三年到訪悉尼兩天，離開時表示悉尼只是模仿倫敦，等於植物牛油是牛油的代替品一樣。時移世易，悉尼已經是澳洲最大的城市，我們也普遍以為植物牛油比牛油更健康。活了半世，懂得人間並沒有樂土，也不容易選擇容身之所。不過縱使你不必完全同意宜居城市的標準，也應該親自來看看，為甚麼澳洲有四個宜居城市。

二〇一四年九月七日

▎脫歐這回事

英國脫歐公投當天，那端鬧得熱哄哄。相距數千公里外的悉尼，關心的人也不少。我在手機上通過澳洲廣播公司（ABC）的網上看即時結果，贊成和反對的數字互有上落，在初段時間，雙方爭持激烈。局勢動盪，悉尼的股市反應迅速，應聲下跌，真的看得驚心動魄。這個世界在網絡緊密連繫之下，只要資訊自由流通，任何人也不能獨善其身，受到若干程度的衝擊。脫歐是英國大事、歐洲大事，也是全球大事。

傍晚下班回家，電視上就已經公布了結果，跟英國廣播公司（BBC）早上的推算相差不遠。到底英國廣播公司靠甚麼方法未卜先知，真是一個謎，總是令人覺得有趣，百思不得其解。這個公投不是國民的義務，不一定要投

這一票。但結果參與投票的人達到百分之七十五，脫歐比不脫歐的多了近兩百萬票。英女皇剛慶祝完九十歲大壽，萬眾歡騰，不料有一千七百萬的子民贊成脫歐掃興，蘇格蘭和北愛爾蘭又醞釀公投脫離英國。今日女皇處身白金漢宮內，驚覺半壁江山隨時不保，是否龍顏震怒？世事瞬間萬變，早一陣在巡遊中笑得那麼開心，如今心情恐怕更複雜。

許多英國人一覺醒來，才發現令人意外的現實。大家心想為甚麼會跟原來預料的不一樣？有些人當脫歐公投是發洩一下一時之氣，因為覺得太多新移民來到英國，搶走許多本地人的工作。其實歐洲一體化，大家湧到工作機會多的地方找生計，並無不妥，尤其當地經濟增長高、社會穩定，總要比回在家鄉吃苦好。很久以前在香港國際電影節看過一部一九八二年的電影 Moonlighting，中文譯為《披星戴月》。裏面就敍述兩個波蘭外勞到英國謀生的故事，只記得他們窮得要偷東西吃，差一點給人捉個正着。其中的一個外勞就是傑瑞米‧艾恩斯 Jeremy Irons 飾演的 Nowak。艾恩斯拍過很多電影，近期較出名的是《蝙蝠俠大戰超人》。今天看電視臺新聞報導，才知道原來英國真的有許多波蘭人到來工作。訪問中他們很擔心今後他們的處境如何，到底可否在英國繼續自由工作。

外勞搶走本地工人飯碗，的確引起許多人不滿。香港的報導看得多了，其實澳洲的情況也一樣。聯邦政府跟中國大陸簽了許多貿易協定，其中之一就是提供簽証的便利給來自中國大陸的工人。我們的工會馬上提出抗議，我們雖然不太清楚詳情，但聽到可能影響本地人的就業，自然有點怨言。不過許多大城市的高速發展，本地提供的勞工根本不足夠。難怪聯邦政府振振有辭，任憑工會怎樣抗議也沒有用。

有人說：聯邦政府給予許多國家提供了工作假期簽証，海外的年輕人來到，不是搶走我們的飯碗，而是做澳洲人不願做的工作，例如在農場內採摘水果，賺取微薄的薪金。但也有人說有持工作假期簽証的人到來工作，根本是被剝削，待遇可恥，給不法的商人欺騙了。澳洲的最低時薪是十七點二九澳元，或者以每週工作三十八小時計算，週薪為六百五十七點九澳元。時薪十七點二九是稅前的收入。以前聽說有些僱主為了避稅，以現金的方法支付工資，只給予海外兼職學生十澳元時薪。

別以為這是傳聞，現實有時候比小說更荒謬。聯邦法院最近判罰了西悉尼的一間 7-Eleven 便利店二十萬澳元，因為它的僱主向兩名巴基斯坦的外勞只支付一半的最低工資。政府人員調查的時候，發現僱主偽造工資記錄。如果僱員向政府舉報，更會遭到馬上遣返。但更離譜的是，原來剝削員工 7-Eleven 便利店不只一間，調查之下，過去十年間，竟然有兩萬個約百分之六十的僱員身受其害，敢怒不敢言。事情曝光後，獨立調查委員會收到二千八百個投訴個案，其中有部份人已返回原居地。為了平息眾怒，澳洲的 7-Eleven 管理層提出兩千多萬的賠償金，還表示最終會達到一億。

7-Eleven 便利店是出名的連鎖店，雖然許多不過是特許經營者，但管理層對旗下店鋪的做法視而不見，沒有採取任何行動，確是令人失望。這種不義的行為，充斥在社會的每一個角落，所以不要只怪責某一個個國家、某一個民族道德淪亡。其實整個世界都道德淪亡，許多人只顧一己的私慾，不理別人死活。話說英國脫離公投之後，有百多兩百萬人提出要重新公投，聽了不禁啞然失笑，那有如此兒嬉的事情。投票是自願而認真的一個決定，在

民主制度下，任何一票都有力量改變一切。且看下週七月二日的澳洲聯邦大選，有沒有一個令人意外的結果。

二〇一六年六月二十六日

夕陽工業

澳洲的國產車是霍頓（Holden），許多人從來未曾聽過。如果用廣東話讀出來，一個「頓」字，令人聯想起蠢鈍的鈍，連一點興趣也消失了。

那麼通用汽車（General Motors）聽過吧？霍頓的母公司就是美國的通用汽車，所以汽車公司的全名應該叫做 GM Holden。不過一如其他澳洲著名的品牌，現在都不是由澳洲人擁有。一九〇八年成立的霍頓汽車，早已在一九三一年由美國通用汽車公司收購了，所以其實很久之前已經不是澳洲本土的品牌。沒有人覺得有甚麼傷感，在經濟全球化的年代，要完全本土生產一輛汽車，根本是不可能的事。好比現在一個人身上的衣服，有多少是當地本土製作的？

一輛霍頓汽車，從設計到投入生產，不可能全是澳洲人。設計師可能來自歐洲，零件可能來自日本南韓中國大陸，澳洲公路上行走的許多霍頓汽車的確是在澳洲組裝的。霍頓汽車的核心引擎是在維多利亞州的墨爾本港生產的，整個車輛的生產和組合在南澳州的伊利莎白市（Elizabeth）進行。也可

以說是真正澳洲的國產車。

第一次遇上霍頓汽車，是叫 Astra。那時候持有香港的駕駛執照，只能免除實際路面練習的時間，不能直接換成澳洲駕駛執照，需要正式考筆試和路試。筆試（其實是電腦選擇題）一關闖過了，要應付路試，要找個駕駛師傅惡補一番。經過朋友介紹，找到了一個在唐人街開業以香港為名的駕駛學院，也指定由老板做老師。第一課老師駕車來，就是一輛霍頓的 Astra。還記得坐上由駕駛座，關上車門那一下沉重的聲音。

駕車師傅是香港移民。香港移民買了霍頓汽車的少之又少，一般的不是豐田就是本田，連日產也少人問津。原因除了可靠性外，就是轉手的價格的確比其他車輛高。我當然好奇問這輛師傅車為甚麼是霍頓？師傅答得很簡單：第一是汽車維修中心在他的家附近，而且霍頓提供了免費的洗車服務。一般師傅車的行車里數高，也難得有時間清潔車身。從這兩點看，這個霍頓的銷售中心很聰明，服務也很窩心。

霍頓的 Astra 原來是德國 Opel 的 Astra。Opel 的母公司也是通用汽車，通用汽車把比利時製造的 Astra 型號汽車引進澳洲，貼上霍頓的牌子，一轉身就變成一個澳洲家傳戶曉的型號。其實老一輩的澳洲人對霍頓依然有一份熱愛，所以 Astra 的銷售量也不錯。霍頓曾經是澳洲汽車銷售量最高的品牌之一。以前許多的政府部門的車隊要支持本土汽車業，都採用霍頓，所以就算一般家庭不購買，整體數字還是首三名之內。

除了霍頓，在澳洲本土生產的汽車品牌，還有福特（Ford）、豐田和三

菱汽車，生產地主要在南澳州。澳洲工資不低，而且曾經有一段時間澳元高企，汽車出口因此要依賴政府補貼才能賺錢，況且澳洲本土出產的汽車面對入口車的競爭也似乎並無招架之力。第一個倒下的是三菱。二〇〇五年本土生產設計的 380 型號不能起死回生，整體銷情下跌反而導致二〇〇八年關掉工廠，結果只好全面輸入國外生產的三菱汽車。不過有專家指出，二〇〇四年佳士拿撤資才是三菱汽車的致命傷。

某些地方澳洲人很像日本人，一生只在一家公司忠誠工作，直至退休。霍頓汽車的技術員，很多是中學畢業後先由學徒做起，終其一生。不過世事難料，霍頓和豐田在南澳州的生產線將於二〇一七年正式結業，標誌着澳洲的汽車生產逐漸步入衰亡。總括來說，影響深遠的不是兩所大公司，因為這個決定減少了它們的整體負債，反而有利。痛苦的是在霍頓和豐田組裝汽車的技術員：霍頓會遣散二千三百名員工，豐田也會遣散二千六百名，還有間接影響零件供應商的九千人。

為甚麼澳洲汽車生產業會衰亡？一個南澳州大學的學者指出，所有表面上的理由：兌換率、關稅壁壘、自由貿易協定和澳洲汽車品牌的競爭全是廢話。原因是一男子的決定。這個一男子是澳洲前財長霍基（Joe Hockey）和總理艾伯特。事情是這樣：二〇一三年聯邦大選前夕，執政的工黨遲遲不對三大汽車廠（霍頓、豐田和福特）的經營表示繼續支持。其實最想繼續經營的是豐田，它有出口外地的汽車可以保持盈利，但它需要霍頓提供的零件。工黨一拖延，大選結束，對手自由黨上臺。

自由黨最厲害的招數是瘋狂削減開支。二〇一三年十月霍頓汽車舊事重

提，開出條件生產兩部新型號汽車，需要政府投資二點七五億澳元。但艾伯特表示不會再撥款分毫支持霍頓，財長霍基再補充一句：歡喜與否，悉隨尊便。霍頓在美國底特律的母公司聽到這番話，表示再不會聽澳洲政府的訓話，二十四小時後便宣布關閉南澳的車廠。豐田也於兩個月後宣布跟隨霍頓。

由現在到二○一七年，失去的將會是澳洲其中一個重要的工業，但政府毫不關心失業的人將來的生計。你可以說一個國家需要轉型，但犧牲的卻是辛勞工作的民眾。艾伯特和霍基現在都已下臺，享受人生。他們有否想過：政府的一個草率決定，就改變了許多人一生中不可逆轉的命運。

二○一五年十一月十五月

▎選舉

澳洲的維多利亞州昨天（十一月二十九日）舉行了州政府選舉，自由黨（Liberal Party）組成的聯合政府落敗。州長丹尼斯納凡（Denis Nepthine）晚上致電工黨（Labor Party）祝賀勝利後向選民宣布不再擔任黨魁。自由黨二○一○年上臺，當政四年，終於把政權交還人民選出來的工黨。下議院內工黨奪下四十八席，自由黨保住三十七席，綠黨（Green Party）奪得一席。政黨交替在西方社會平常不過，意外的是自由黨的聯合政府是一九五五年以來首個不能連任的政府。一般情況之下，選民都會等待施政落實，才決定是

否繼續支持現政府，所以政府只能當政一屆，證明人心背向，跟新聞媒體選前的預測一樣。

澳洲的聯邦政府和州政府主要由較保守的自由黨和較激進的工黨組成。以前遇見一個國內來的訪問學者，對澳洲的選舉很不以為然。她的名句是你們的選舉嘛，一個是爛橙，另外一個也是爛橙。其實說得不無道理。可惜她可能不知道議會內尚有其他的水果，例如蘋果、香蕉和西瓜，不一定要選擇橙。澳洲現屆政府的下議院尚有綠黨（一席）、帕爾默聯合黨（Palmer United Party）（一席）和鮑勃凱特澳洲黨（Katter's Australian Party）（一席）。還有許多千奇百怪的人組黨參加選舉，但得不到任何議席。

維基解密（Wikileaks）的領導人朱利安阿桑奇（Julian Assange）是澳洲人，他的維基解密黨在二〇一三年的聯邦政府大選前創立，可惜並沒有推舉任何人參選。順帶一提，阿桑奇躲在倫敦的厄瓜多爾大使內從二〇一二年六月十九日至今，沒有聽說過澳洲前工黨或者現屆的自由黨聯合政府要怎樣幫助他。政府之間共同的語言是利益，不是道義。阿桑奇帶給美國和西方政府有多麻煩，還是保持現狀較好。

工黨重奪維多利亞州，黨魁丹尼爾安德魯斯（Daniel Andrews）將會出任州長。工黨事前雖然被看好，但安德魯斯的聲望不如納凡，估計可能爭持激烈。如今吐氣揚眉，全歸功於選民的轉向。世上沒有一種完美的政治制度，但民主的選舉制度給選民有個重新考慮的機會。我認識的這個國內訪問學者，在專制的社會生活得太久了，以為選擇是一種病，不知所措。我們可以選擇爛橙，或者放棄選擇爛橙。澳洲公民不用登記，只要滿十八歲及在登記

住址住上一個月便自動成為選民。澳洲是強制投票的，公民若是不投票會給罰款。所以我們還是在選舉日乖乖投票，或者可以早些在特別的票站投票。

每一個人手上的票，決定了下一屆的政府。許多朋友說聯邦政府大選，我們投了工黨的票，為甚麼自由黨的聯合政府反而勝出了。新政府帶來許多新的改變，但許多競選期間的諾言變成廢話，人民開始懷疑是不是投錯了票。這次工黨在州政府的勝利，某種程度上反映了選民覺得現任聯邦政府沒有做實事，沒有聽大眾的意見，只顧為某些階層謀幸福。人民的眼睛是雪亮的，選擇你為我們做事，也可以用同樣的方法把你趕下臺。

在澳洲的議會裏，反對黨的作用是監察，有時候不免為反而反，但角色的重要性是很清晰的。明白監督的作用，我們就不能輕視反對黨的力量。一個沒有反對黨的政府，百病叢生，能醫者不能自醫，千萬不要相信這個世上有完美的黨和完美的政府。阿克頓男爵（Baron Action）於一八八七年寫給克雷頓曼德爾主教的信中說得好：「權力導致腐敗，絕對的權力導致絕對的腐敗，偉大的人物之也幾乎是壞人物。」戀棧權力過久，許多人以為自己是上帝，神不知鬼不覺。新南威爾士州前任州長巴里奧法雷爾（Barry O'Farrell）下臺就是好例子。

二〇一四年四月，奧法雷爾在廉政公署一宗聆訊作証時，沒有申報他收受澳洲水務控股有限公司價值三千澳元的一瓶名酒。四月十五日傍晚，奧法雷爾知道明天聆訊時將會提交他當時親筆寫的感謝短簡，內容清楚顯示多謝的對象和這瓶名酒的價值。四月十六日奧法雷爾舉行記者會，承認早前失憶，立即宣布辭去州長職位。一般人都讚賞他願意為承擔過失下臺。要知道

奧法雷爾是個絕頂聰明人，他這樣的做法廉政公署沒有追究他作假証供，他還可以繼續領取退休州長的豐富生活津貼。

我們還可以說澳洲的民主制度衍生出許多問題，例如太多諮詢，效率較慢。加上反對黨有時候沒有立場，有時候議席太少，不能阻止某些不合民心的法案通過。不過到了大選，最後還是靠人民的力量，在重要的決策上對政府投管治的信任和不信任票。我們常說服務行業要對顧客提供貼心的服務。公司業績不佳，得不到顧客支持，CEO 就要下臺，由有能力者繼位。這間公司先是選任制度不合理，顧客暫且接受；但是服務不佳，顧客投訴無門。由此看來，如果施政不妥，弄得民怨沸騰，人神共憤，請告訴我，為甚麼整個管治班子還可以尸位素餐？

二〇一四年十一月三十日

養不教，誰之過？

澳洲的人口，根據政府統計局網站的即時數字時鐘，於今年二月十六日零時五十分，已經超越了二千四百萬。這個計算，是從出生和死亡的數字推測出來，有可能是個新生命，也許是個新移民。澳洲於一九〇一年成立聯邦政府，當時人口三百七十萬，到了一九五九年，澳洲人口才達到一千萬。一九六四年時，人口每四至五年增長一百萬。由二〇〇六年開始，移民變成

了人口增長的重要支柱。二〇〇九年是移民到來的頂峰，人口增長率中，移民佔了百分之六十六。那年之後，移民人數稍為回落，本地出來生的人口上升約佔了總人口增幅的百分之四十七。

澳洲的人口按年上升百分之一點四，每年平均有三十萬多嬰兒誕生，生育率為一點八，相比其他的發達國家例如英國、新西蘭、加拿大，數字都差不多。當然全球的平均生育率現時是百分之二點五，澳洲仍未算很高。中國大陸人口十三億，生育率為一點六，人口的增長自然比較多。二〇〇四年，當時何華德（John Howard）領導的執政的自由黨政府，面對人口增長慢，未來勞動人口出現危機，由財相彼得・科斯特洛（Peter Costello）在預算案中提出生第三個孩子的呼籲：一個為了父親，一個為了母親，一個為我們這個國家。

為了鼓勵生育，科斯特洛宣布聯邦政府向每名新生兒發放獎金三千澳元，當然引起連串笑聲。澳洲年輕夫婦明白生育不是問題，而是教養的問題。孩子出生了，許多有形隱形費用要支付，算一算，費用頗驚人，不得不精打細算。根據一項統計，養育兩個孩子成人，一個中產家庭約要花費八十二萬澳元，富裕家庭可能支出近百多萬，貧窮家庭也要支出近四十七萬。這個二〇一四年數字，比二〇〇七年的研究，高出竟近百分之五十。其中在讀書方面，如果選擇私立學校，更要每人每年多付三萬澳元，並未計算其他開支。

其他開支方面，例如一個普通家庭每週要花費四百五十八澳元在兩個孩子身上。四人家庭，一房單位不夠住。兩房的單位，視乎哪一區，週租起碼

要三百澳元起。若果是購買單位的話，要預算多付二十萬澳元。住得較遠，房子較為便宜，但相對地要多花一些費用在交通上，例如要購買車子接送孩子上下課。無論貧富，大家都要預備孩子的午餐。近年課外活動開支基本上都變成沉重的負擔。下課後參加體育活動，沒有免費這回事，學打球游泳樂器，家長要乖乖付錢，更要管接送。中產階級花在兩個孩子的開支，接近十萬。

香港有怪獸家長，澳洲一樣有，相信已經是全球化的現象。要求學生品學兼優之外，十八般武藝樣樣皆能，在澳洲並非常態。但我眼見不少亞洲新移民的家長，為了延續這個怪獸的傳統，不惜一切令無可能變成可能，孩子一樣要精通各種體藝，也要訓練多完智能。他們口中說要令孩子愉快學習，卻又將地獄式的功課加上孩子身上，完全不理會甚麼叫教育，也忘記為甚麼要帶孩子來這裏上學。這種催谷的學習文化令補習社大行其道，甚至許多母語為英文的家長，為了孩子在公開試的英文成績更優越，一樣把他們送到補習學校，拼個你死我活。大家希望花在孩子身上的投資，能夠令他們在將來爬上更高的的社會地位，形成一個上升的社會流動。

但誰敢保證投資一定賺大錢？

何華德競選連任下臺後，再沒有政府再提出類似鼓勵生育的口號。澳洲很多年輕人對養育孩子的承擔清楚不過。澳洲人鼓勵孩子早出來找兼職，學會獨立，不必長大了還要倚賴父母供養。我的朋友中，不乏叫孩子在中學時到連鎖超級市場找兼職的例子。如果讀大學時還與父母同住，更是難以接受。話雖如此，有不少華人的父母，還沒有學會這個想法，反而阻礙了孩子獨立自主的能力。不過由於租金昂貴，許多年輕人打滾了多年，生活無着，

反而搬回與父母同住，待結婚了才搬出去。對傳統的華人來說，可能是好事，但一般澳洲人不是如此想。年老無依不是問題，簡單兩口子活得多快樂，大家庭的社會結構早已瓦解了。

今天的教育政策，其實是口號多於實際，把一切幻化成為數字。一個人的成功是否和成績掛鈎，大家亦早已知道。不過仍然有許多人認為成績好等於一切，將公開試的成績等於學校的表現。澳洲一樣有像香港的只顧讀書的學校，只求成績其他甚麼也沒有為學生安排。有智慧的家長應當知道，這樣的學校究竟對孩子好不好。若果家庭沒有負起教育的責任，孩子無論讀書如何成功，不一定能夠成為一個好的公民。想到這裏，難怪大家都對多生一個孩子的呼籲，無動於衷了。

二〇一六年二月二十一日

▎野火

焚燒漫山遍野的大火，澳洲人一般叫它做 bushfire，即是山林大火。谷歌翻譯（Google Translate）更直接，叫野火，實在譯得妙。香港叫山火。像重陽時在山上節拜祭先人，不小心留下火種，風高物燥，火種蔓延開來，點燃了樹木和草叢，一發不可收拾，燒得幾個山頭焦黑一遍，遠看不知道火勢的霸道和速度，但其實凶猛得很。香港的山火，遙遠在山上，很少會波及

民居，算是運氣。我年少時住在山坡的木屋區，屋子排得密麻麻，某天半空懸掛的電線冒煙起火，幸好發現得早，消防員及時趕到，大家才能避過一劫。

澳洲的山林大火，起因眾說紛紜，固然有人刻意縱火，引起混亂，結果造成悲劇收場。每年總有幾個如此唯恐天下不亂的白癡，但他們不是真正精神病患，只是覺得生命太無聊，需要一些刺激。我想像不到為甚麼有這樣瘋狂的想法，因為實在有點走進了人性的黑暗面。老實說，是不是像香港某個姓蔣的女議員說的那樣，那些能夠透視這些瘋狂的想法的背後的醫生，最後也瘋狂起來？大家聽到了是否哭笑不得？所以不要太高估政客的智慧。

大火要依靠乾燥而高溫的天氣迅速燃燒起來，加上高溫引起的熱風，把火舌吹向四周，所以蔓延得非常迅速，撲救變得非常困難。去年聖誕節在維多利亞州的大洋路（Great Ocean Road）沿岸小鎮洛恩（Lorne）附近發生山林大火，焚毀了一百一十二棟房子，大洋路也封閉了一段日子，直到最近才重開，讓居民返回居所，點算損失。州政府重開太洋路，也希望吸引重來遊客，恢復部份商戶的生意。

我十多年前到過大洋路，投宿在阿波羅灣（Apollo Bay）附近的一個農莊。阿波羅灣位於洛恩西南，車程約五十分鐘。那一次乘坐巴士，下車時不慎扭傷了足踝。農莊的主人是一個年老的漢子，駕車前來接我們到農莊，然後趁進食晚餐前很熱情的帶我們走訪叢林，印象中好像到達一個小型瀑布才回頭。我還記得來回走了近一小時的山路，扭傷的足踝在不斷行走下反而沒有原來估計的痛楚。晚餐和早餐都由主人夫妻兩人下廚，食物材料都是新鮮的，但味道就記得不清楚了。

今天許多人都想入住農莊，一嘗特別的地道風味，但食材都不一定由農莊本身栽種。我的朋友就告訴我，他最近入住的農莊，雞蛋都是從連鎖超級市場買回來的，因為他看到了盒上的標記才知道。不過大家不必擔心，澳洲的農莊不少仍然是真正的農莊，你依然看到牛羊，幸運的也碰到一片綠草如茵。不過由於經濟掛帥，講求方便，你就當作是另類的酒店吧。不要追求超然於塵世外，也不強求不吃人間煙火的生活體驗。不然的話你會失望的。

大洋路大火剛熄滅沒多久，西澳州首府珀斯的西南市郊小鎮亞爾納（Yarloop）附近又起火，這一次一百二十八個家園全毀。大火怎麼會發生呢？一月六日晚上，距離維隆納（Waroona）鎮西北二十九公里的地方遭受雷電擊中，首先起火，因為天氣炎熱，大火直捲附近的幾個小鎮，大批居民倉皇逃生，黑夜中跑到平賈拉（Pinjarra）鎮避難。火勢猛烈，濃煙淹沒方向，加油站也要停止注油，以免燃油混入空中的燃燒的灰燼引起連鎖爆炸。到了星期四晚上，大火已經捲走亞爾納九十五個家園。

在攝氏三十五度的高溫下，無法控制大火，走與不走變成最困難的決定。留下來，單憑個人之力不能撲滅無情的火焰；消防人員也筋疲力盡。到了無法抵抗之時，自己身陷火海，逃生無門，家園變成人間煉獄，兩個分別年齡為七十七歲和七十三歲的男子慘被燒死。到了一月十日，火勢大概受到控制，氣溫下降到攝氏三十度。暫時統計，受災的面積達到七萬二千公頃，一百四十三個家園包括一百二十八幢房子焚毀。部份居民獲得批准返回居所，面對一遍頹垣敗瓦，欲哭無淚。

事實上，夏秋兩季是山林大火肆虐之時。部份曾經在上一次火海劫後餘

生的居民，悲痛地表示無法接受再次的浩劫，打算搬離傷心地。是的，人生匆匆數十年，雖然說不如意事十常八九，但面對大自然的災難，人卻變得如斯渺小，無能為力。年輕時的壯志豪情，此刻煙消雲散。劫後重生，竟然無法知道一個安居之所，究竟在人間何處？

二〇一六年一月十日

┃ 種族歧視

澳洲普遍還是白種人的世界。非白種人有時候還是受到無理的對待。

舉個例子吧。數天前一位叫蓮茜的年輕澳洲籍中國女士在 Willoughby 區的一個車站候車。巴士到來了門打開，冷不提防一個老婦從後趕上，首先向她吐口水，用購物車撞向她背後，接着再推開她搶先登上巴士。在車廂內，老婦繼續用帶有種族歧視的言語辱罵蓮茜。蓮茜拿出手機，拍下老婦的一舉一動，但似乎對方不肯收斂。蓮茜於是接觸車長，希望他可以把巴士停下來，然後報警。不過車長沒有理會繼續駕駛，車廂內也沒有人站起來說一句公道話。

蓮茜到了 Crows Nest 區下車，老婦似乎還未罷休，也跟着下車在背後辱罵。蓮茜害怕了，跑到警局報案。警方根據錄影，相信這個老婦在八月時也在一個公園裏辱罵一對貌似中國人的夫婦，對他們說所有本地的工作都給你們這些外人搶走了，還喝令他們要對白人讓座。讓座給老弱其實並非不常

見，但由於種族原因就有點強辭奪理。事實上，非白種人要和白種人爭取同一個職位，談何容易。新移民可能搶走的職位，相信都是低下層的工作。

蓮茜後來把這段九十秒的錄影上載 YouTube，等大家看看，評評理。任何亞洲臉孔的人也被當作中國人。老實說你叫我在亞洲臉孔默不作聲的香港人、中國大陸人、越南人、印尼人、馬來西亞人、新加坡人、韓國人甚至日本人中找出誰是來自中國大陸的，一點也不容易。不過可能中國人在澳洲確是有一般新的上升勢力和影響力，例如普遍都以為樓市是由中國人推高的。

要知道，大部份樓市投資者是否中國人，可以根據數據來證實的。在一篇由悉尼大學商學院的兩位學者的研究指出，真正來自中國的投資其實只佔百分之二。在許多對物業有興趣的未來業主中，貌似中國人的可能已經成為澳洲公民。嚴格來說，他們只能說是澳洲籍的中國人，已經不是外來投資者了。一九四五年至今，澳洲的移民人數已達七百萬人。以前的移民大多來自歐洲，近年已經逐漸已被亞洲移民取代了。澳洲二千多萬的人口中，四分之一生於海外。移民的來源的首五位依次為新西蘭、印度、英國、中國和菲律賓。

要融合那麼多種族，根本是不可能的事。美國從一七七六年立國而今，黑人還不是一樣受到不公平的對待嗎？澳洲國會內只有約四分之一的議員生於海外，而其中十二人生於亞洲。但我認識的澳洲白人中，很多都不會對非白種人歧視，至少公開的場合上不會這樣做。因為根據一九七五年的種族歧視法案，澳洲所有人不會因為膚色、國籍、文化和宗教的背景受到不公平的對待。受到歧視，可以直接向澳洲人權委員會提出申訴。

當然法案既然存在，也說明種族歧視的確存在。最明顯的例子見於土著原居民身上。人權委員會的網頁指出百分之二十七而年齡超過十五歲的土著受到公開、法律和就業的歧視，甚至得不到基本醫療的保障。網頁也指出新移民和海外出生的人也受到較多不公平對待。

　　因此就解釋了為甚麼悉尼有那麼多族群的小社區。這些的小社區本意不是排斥其他社群，而是希望大家聚居在一起互起照應，有同樣的起居生活習慣，相同文化語言方便的一面。所以我們有中國人區、韓國人區、越南人區、印度人區、黎巴嫩人區和意大利人區等等。悉尼西部的大鎮帕拉馬塔（Parramatta）年十月下旬的 Parramasala 節，就是通過音樂、舞蹈、電影和美食融合亞洲的多元文化，吸引了許多當地人參與其中。

　　要消滅種族之間的分歧，要有包容之心。自大存於人之本性，就算中國人也不易相互包容。我聽過有這麼的一個遭遇：有人到一間在伊士活（Eastwood）區以上海為名的一所食肆購買外賣，看了一會菜單，就是吐不出正確普通話的菜名，只好用英語。誰料侍應忽然勃然大怒：你懂得中文，為甚麼不講普通話？顧客料不到侍應忽然變臉刁難，感到非常難受，心想難道在澳洲點中菜不可用英語嗎？我當然明白某些人以為自己的語言比他人優越，有一種天朝的虛榮。鄙視不尊重別人的語言，本身就是一種歧視行為。相反，用一種虛心的態度，聆聽顧客的需求，自然得到別人的尊重。像日本人那種待客之道，天朝的子民是永遠學不到的。

二〇一五年九月二十七日

幸運的國家

趁往黃金海岸市參加研討會之便，花了一些時間看看酒店附近的地方。澳洲的黃金海岸位於昆士蘭州首府布里斯班的南方約九十四公里，車程約一小時。當然商務和一般旅客選擇從悉尼乘坐內陸航機更快捷，只需要一小時多。許多住在悉尼的人都駕車北上渡假，車程要十小時，不在中途投宿酒店是不行的。

我住的酒店位於其中一個叫做 Broadbeach 的海灘，北面就是另外一個著名的滑浪者天堂（Surfers Paradise）海灘。黃金海岸市的海邊南北共長五十七公里，共有二十一個滿佈白沙的海灘。上一次飛往布里斯班的途中，從飛機上望下去連綿不絕的白色海岸，可能就是黃金海岸的海灘。的確在藍天下，早上往海邊跑去，就會看到幼滑的白沙在朝陽下泛起黃金的光。我沿着海岸走了一會，看見許多人在做運動，也有些人帶着狗，在沙灘上這一端走到只一端，悠閒寫意。黃金海岸的確是名不虛傳的。

要知道黃金海岸要花上千萬建造這些海灘，鋪上幼滑的沙粒。但每年大風和巨浪不斷捲走了沙粒，侵蝕海灘和沿岸。嚴重程度甚至影響某些海岸的大廈和樓宇。市政府又要再花許多費用去維持海灘的美好景色，不是我們表面看那麼風光。

作為一個旅客，沒可能在短短的逗留期間了解黃金海岸。這個城市人口五十三萬，但每年遊客一千二百萬。在大街上，可能大部份都是遊客，甚至在商店、餐廳和酒店工作的人也許都不是居民。所以這個城市不是我們一般

心目中的宜居城市。你可能對廣闊新穎的居住空間感到興趣，對比較溫暖的冬天覺得舒適，對交通運輸覺得便利。我覺得一切都彷彿為遊客或者投資者而準備的。很對不起，我找不到令我留下的理由。

來到黃金海岸，除了和水有關的主要活動外，其實沒有甚麼可做。所以我同行的同事說這是屬於退休的地方，生活簡單乏味。說到退休，除了房子可能較悉尼、墨爾本和布里斯班便宜外，物價不會相差多遠，所以要準備足夠的儲蓄才可到這裏退休。我也不會老遠來到這地方住上幾天。你也許可以找到你愛吃的食物，或者到賭場碰碰運氣。聽說許多年前日本人愛到這裏渡假，打高爾夫球。日本經濟衰退後，不知道日本人的遊客有沒有跟以前一樣多。我們都把日本遊客當做一個指標。日本人不來了，好像那個地方的吸引力也相對減少。黃金海岸是否褪色了？

澳洲已故學者唐納德霍恩（Donald Horne）寫過一本書，書名叫做《幸運的國家》（*The Lucky Country*），好像充滿溢美之辭。不過細看之下，他的話是別有所指的。這本出版於一九六四年的書，最後一章中是這樣說：「澳洲是一個幸運的國家，由分享它運氣的二流人才管治。」（Australia is a lucky country, run by second-rate people who share its luck.）霍恩引起爭議的地方是他指出當時澳洲社會的庸俗、自我封閉思想和依賴。澳洲的運氣是天然資源豐厚，我們的經濟都是依賴煤礦和其他的地下資源。

但是許多不讀書的人天真地以為霍恩歌頌澳洲的運氣。幸好政府的網頁也為這個名稱作出澄清，解釋一番霍恩原來的意思正是叫國民反省，不要只是陶醉過去，不思進取。

我不相信運氣，正如梁繼璋在「窮爸爸致孩子的十封家書」的第一封家書中說得好：「我買了十多二十年六合彩，還是一窮二白，連三獎也沒有中過，這就證明人要發達，還是要努力工作才可以，世界上並沒有免費的午餐。」一個國家總不能永遠靠運氣過日子。

澳洲是否還是一個幸運的國家呢？今年初另外一個澳洲學者伊恩查布（Ian Chubb）指出澳洲在科學、創意和科技的發展落後於許多發達的國家。他比喻澳洲就像一隊板球隊，有幾個好的球員，但整體的表現卻很平庸。事實上澳洲的板球隊成績也給他國超越了。澳洲現今變成一個自滿的國家。這不只是一個批評，而是一個強烈的警告了。

二〇一四年九月十四日

新州・悉尼
第二輯⋯

超級星期六

七號電視臺的星期六新聞報導說，悉尼已經超越許多國際大城市如紐約、倫敦和東京，成為全球平均呎價最高的地方。一個位於近新南威爾士州大學的京士福（Kingsford）區的公寓單位，面積三十平方米，經過拍賣官的催促下，以約四十萬澳元成交。幸好買家不是中國人或貌似中國人，不然電視臺又可以繼續為這段新聞延伸下去，補充一兩句，說悉尼的樓市又進一步給中國人推高了。

究竟又是不是中國人闖的禍呢？近大學附近的公寓單樓價高企，已經不是新聞。根據聯邦政府教育部的數據，來澳洲讀書的國際學生的人數，一九九四年有九萬三千七百二十二人，最高峰為二〇〇九年的六十三萬零七百二十九人，二〇一四年也有五十八萬九千八百六十人。二十年間，前來的學生增加了接近七倍，不能說不厲害。今年的一月和二月和去年同期比較，已經升了百分之八。另外一項數據也顯示向海外學生提供教育是澳洲最大的服務行業。就讀的課程之中，當然以大學課程為主，佔了總人數的三分之一以上。難怪大學校園區的樓價漲幅增加得超乎想像。中國學生，尤其來自中國大陸的，簡直是生金蛋的鵝，以前還聽過有些攜帶一袋現金來交學費的。海外學生來不來，澳洲大學超過十萬的教職員的飯碗，都受到或多或少的影響。

悉尼市的數間大學都受到海外學生的歡迎，包括位於市中心的悉尼科技大學、坎珀（Camperdown）區的悉尼大學、蘭德威克（Randwick）區的新南威爾士州大學和麥格理公園（Macquarie Park）附近的麥格理大學。每所

大學的周邊，因為海外學生湧至，都令用家和投資者瘋狂了。以租金為例，一個類似工作室（Studio）的市中心公寓，一週租金平均為六百澳元，一房的單位更達到近九百澳元。當然你可以想像，租客為了減輕負擔，也將單位內的空間分租出去，別無他法。十年前我曾經聽過有些市中心某些單位的陽臺出租給學生，週租五十澳元。悉尼的公寓陽臺面積不少，而且空氣流通，冬涼夏熱，現在週租恐怕不能低於一百澳元了。

許多大學為了吸引海外學生，也大興土木，在校園增添學生宿舍，令他們容易找到起居之所。如果你是家長，付了一年四萬澳元的學費，也許不會吝嗇再花多少金錢，把你的子女送進大學宿舍吧。一般人心目中相信，有大學校方的管理，起碼有一定的環境、清潔和保安水平，投訴有門，不用擔心其他令人煩惱的問題和住客。教育果然是一門賺錢的生意，只要澳元繼續低企不回升，看來前景是不錯的。

既然樓價不斷攀升，許多置業者的美夢可能永遠遙遙得不可企及了。以前打開報章，你還可以看到樓房列出的公開的價格，可以跟經紀討價還價，用一個低於標出的價錢，來一個真交易。現在很多二手物業都採用拍賣方式，由拍賣官主持，公開競投，價高者得。若果你有興趣了解悉尼的樓市，一定不要錯過拍賣會。雖然有時候沉悶非常，有時候卻又高潮迭起。有興趣的買家互相競逐，把房子的價格不斷推高，冷不提防業主有他最後提出的價錢，結果為了心頭好，價錢高得令人驚訝。拍賣會大多在出售物業的前院舉行，希望吸引到大批有興趣的買家和旁觀者增添氣氛。這就是為甚麼過往一個又一個的物業以超過預算的價格成交，一個又一個的星期六叫做超級星期六。超級的意思樓價創高峰，成交量創高峰。

四月十八日的這個星期六，拍賣物業的成功率為百分之八十八點二。業主開心，經紀開心，連未來業主也很開心，彷彿光明大道在面前展開。上了車，希望樓價飆升，身家暴漲。這種心態，不是和香港很相似嗎？不過不只是中國、印度、韓國的移民置業，現在連澳洲土生土長的人也跟風了。難怪聯邦儲備局和銀行都提出警告，希望炒風能夠遏止，大家能夠冷靜一下。但看拍賣樓房的成功率，好像大家還未需要冷靜。

　　澳洲是個充滿移民的國家。一個從遠方來到這裏的人，購買樓房，好像能夠令自己落葉歸根，成為這個熔爐的一分子。我容易理解這個想法。以前澳洲移民的條件也較為寬鬆，例如只要你完成大學的會計課程，成為一個合資格會計師，就可以申請成為澳洲永久居民。現在雖然條件收緊了，但你是符合合資格的職業類別也是較為容易。不過到了成為永久公民，又要為自己和下一代打算，為了找一個舒適的安樂窩，不免更加奔波勞碌。其實在陌生的地方尋找理想的工作毫不容易。昂貴的樓房價格，正把大家推向郊外。現在要遠離城市，才能找到一個廉宜而寬闊的理想家園。

二〇一五年四月十九日

▌單車城市

　　有人說：一個城市的環保成績，要看看是否容許大量的單車行走。若果

這樣看，在我的腦海裏一直浮現在中國改革開放前的大城市的大街上，川流不息的人騎着單車，的確比汽車還多，那麼是否空氣較清新呢？其實未必，想起那時候行人道旁擺放的磚頭和沙泥，和汽車駛過翻起的塵土。街道上隔不遠就有人持着大掃把把路中的泥塵掃向一邊。我不知道這樣做有甚麼意思，因為汽車駛過又把塵土翻起來揚起來。可能他的角色就是做好社會主義下一口鏍絲釘工作：不斷重複掃走泥塵，直到下班為止。

大城市能否容納單車是一個普遍問題，也是城市規劃的老問題。單車是交通工具，但以前建設一個大城市，從來沒有考慮單車怎樣走，也沒有設計單車專用道。試想想：一般人騎單車的速度約每小時十五至二十五公里，參加比賽的單車可以走得更快，例如環法單車賽（Tour de France）的參賽者，曾經造出時速五十五公里的記錄，差不多達到或超越了許多城市裏的汽車平均時速。汽車的駕駛者有先進的安全設備保護，單車的駕駛者相對就較為吃虧了。那麼誰來保護單車駕駛者？

單車是是法國人西夫克拉（Comte de Sivrac）在一七九一年發明的，但據說達文西早在一四九〇年的手稿中已出現了單車的雛型，實在不可思議吧。直到一八七四年英國人為單車設計了鏈條和鏈輪，後輪推動，前輪轉向，改變了單車的傳統的設計。維基百科更說單車於一八七五年傳入中國，溥儀是第一個騎單車的名人。一九二二年遜位皇帝溥儀結婚，他的堂哥溥佳送了一部單車給他。雖然旁人說騎單車很危險，建議他不要這樣做。但花了十多天學習，溥儀便懂得駕着它四處跑了。

可以想像，騎單車帶來那種簡單的、自在的、在路上馳騁的快樂，連落

難的王孫也喜不自禁。

倒不如說單車代表了自由走動的交通工具。它的設計簡單，佔了極小的路面，行走便捷，穿插在大街小巷，上山下鄉，隨心隨意，率性而為。記得在日本大阪市內旅行時，除了馬路上偶然看到單車，但更多看見敏捷的人騎着單車走在行人道上，優哉悠哉。這種情況下人車並不爭路，但你看見行人道路上有單車迎面而來，或靜靜的在背後超越你，不能不閃避一下吧。所以行人道上的單車駕駛者也隱約帶有挑戰行人道作為行人專用的味道。

在澳洲騎單車，沒有想像中那麼浪漫和那麼任性。駕駛者要注意的第一件事就是必須戴上頭盔，觸犯了法例就會被罰款。維多利亞州於一九九〇年七月實施強制戴上頭盔的法例，新南威爾士州於一九九一年一月跟隨強制成人戴上頭盔，同年七月擴大至兒童駕駛者。到了一九九二年，差不多所有州政府已經實施這條法例。到了二〇一三年昆士蘭州政府才發現有些騎單車者因為宗教理由，需要豁免戴上頭盔。

戴上頭盔是否能夠提供足夠保護，學者一直爭論不休。出售的頭盔必須符合澳洲安全標準，但可否全面保護頭部卻成疑問。悉尼不時發生其他車輛和單車隊伍在公路上碰撞，釀成人命傷亡的新聞。我曾經看過一個說法因為騎單車者配戴的頭盔遮掩了兩旁的視野，如果突然改變行駛線，會導致無法察覺逼近的車輛。另外亦有一個說法是單車或單車隊伍沿着公路邊前進，有時候佔據了過多的路面，引致其他車輛無法超越，一時情急氣憤之下，撞了上去。

有甚麼解決的方法嗎？恐怕沒有。政府沒有打算建造更多單車專用道，而且有些市內的專用道位於巴士站和停車場出口。交通燈前，車輛又會取道佔據了專用道，單車變成寸步難行。新州政府最近公布將於明年三月實施一連串各打五十大板的騎單車法例。第一、車輛在時速六十公里或以下，超越單車時必須相距一米；六十公里以上，相距必須一點五米。第二、成人騎單車者，無論到遠或近，必須攜帶有照片的身分証明文件；新州沒有身分證，即是帶車輛駕駛執照。第三、單車衝紅燈，罰款由七十一澳元增至四百二十五澳元。第四、沒戴上合格頭盔，罰款由七十一澳元增至三百一十九澳元。即是說騎單車等於駕駛私家車。你說公平嗎？

由此看來，政府以為用了專橫行政的手段，解決了一個困擾大眾已久的問題。事實上，如何執行才是令人頭痛。大家在海邊、郊區的小徑早已習慣不戴頭盔自由地往來。要令大家明白要配戴頭盔，相信可能要作一個大規模的宣傳，再加上對違法者提出檢控，才見成效。至於在路上單車和其他車輛的安全距離，知易行難，因為悉尼某些街道相當狹窄，如何做到兩者相隔一米的距離實在匪夷所思。唯一的辦法是跟着單車之後慢慢前進，只要你心平氣和地想起彼此在同一天空下，難得如此巧妙的相遇，就當作一種緣分，不是更好嗎？

二〇一五年十二月二十七日

▌風暴

曾經問過要移民悉尼的朋友，為甚麼要選擇來到悉尼？他到過英國和北美，許多香港人都聚居的地方。在溫哥華和悉尼之間，他選擇了悉尼。原因有兩個：第一從香港乘機直航到悉尼，只不過九小時，比溫哥華往返兩地沒有那麼奔波勞碌。移民外地，根始終在香港。第二是氣候適中，夏天氣溫尚未算很炎熱，只是要為前後院的草地經常剪草。冬天溫度也不算低，不用擔心下雪後要忙於鏟雪。悉尼市的冬天一般不算寒冷，其實冬天下雪非常罕見。市郊藍山因為地處內陸，地勢較高，冬天晚間結霜較為常見，也可能下雪。當然新南威爾士州和維多利亞州之間的雪山（Snowy Mountains）是真正下雪的山。

雪山是新州居民的滑雪勝地，萬千寵愛，冬季人山人海。不過別以為雪山滑雪場的雪是真正的雪。碰上那年溫暖的雪季，滑雪場會用造雪機噴出厚厚的雪，覆蓋整個山坡。滑雪場沒有白雪怎可能，生意的損失可大了。

說實話，悉尼的正常氣候好是優點，我們許多認識的朋友，都因為這個原因來到這裏。根據資料顯示，悉尼有一百零二天天氣晴朗、萬里無雲，下雨日有一百三十八天，陰霾密佈有一百三十四天，還有二十四日是閃電打雷的日子。可以說現在已經不像記憶中永遠那麼好天氣。不過氣候變遷已經是常態。不要以為悉尼的江山永遠如此多嬌。悉尼也有氣候變臉，愁雲慘霧，幸好還不至於有時候極端得像墨爾本一樣：一日四季。可是氣象預告愈來愈難準確。說好了今天放晴，卻不料雨下個不停。

四月二十二日星期二的風暴，被喻為悉尼百年一遇的最壞天氣。時速超過一百公里的風和雨速吹襲大部份市中心和遠郊。位於悉尼市以南的機場，自然不能倖免，勁風令飛機降落增加難度，造成起飛和降落的困難，部份航機因此要轉到附近的大城市，例如布理斯班降落。氣象預報早已發出了災害性天氣警報，提醒大眾要預備即將到來的強風和連場豪雨。我那時候正好在大學的辦公室裡，看着窗外由凌晨不斷落下的雨，心想它好像跟一般的不一樣。

新州州長在中午過後，在交通控制中心呼籲市民儘快返回家中，因為氣象顯示由新州北部的紐卡素市（Newcastle）到南部的伊拉瓦拉（Illawarra），都會受到強風和暴雨吹襲。印象中是第一次由州政府發出的宣布，可以說是非同小可，這情況等於香港宣布懸掛八號風球一樣，表示天氣壞得令人難以想像。為免更多的人受到風暴影響，大家還是回家為妙。不過州長的呼籲不是一個政府的行政命令，不能夠叫所有人放下工作，返回家中。但兩所大學也響應州長下午的呼籲，首次宣布晚上停課。

問題是，家中是否比辦公室更安全？這場風暴的四個遇難者，其中三個住在獵人谷區的敦格鎮（Dungog），都是在居住的地方被突然湧至的洪水淹死。其中一個死者要回頭拯救家中的狗被水沖走，結果狗卻安然無恙。留守在家中較為安全，是否有些諷刺呢？正如宣布過後，大批的市民趕回家，主要公路幹線均非常擠塞，更有些火車線因為大樹塌下導致全線封閉。在風暴之下，在回家的路途上，都可能遇到意外。我心想，生死有命，擔憂也沒有用，只好以平常心慢慢駕車。那天傍晚，路上遇到許多低窪地區突然積滿水，我幸運地只多花了三十分鐘駕車回到家中。看看行車記錄器，全程一小時三十分鐘，平均時速十八公里，只比平常多出了三十分鐘。

翌日情況好轉：風弱了，雨勢也沒有那麼大，大家依舊上班上學去。有新移民的朋友說，為甚麼不宣布停課，好讓家長子女有喘息的機會。其實悉尼的學生和上班一族，早已實行彈性上學上班。家長認為有危險，可以把子女留在家中。上班族也會視乎路上情況，考慮是否能夠安全回到辦公室，或者在家中上班。只有大學發出通告，說上課如常。當然大學生也自己考慮應否在不安全的情況下上課；因為火車可能誤點，巴士也可能改道。只要是關乎個人安危，總有辦法解決。

悉尼的大風暴走了三天，星期六又落了一場冰雹，市中心好多地方都落下大大小小的冰雹，隨着暴雨，把街道變成了浮滿冰塊的河流，真是奇怪的場景。西部幾所工廠的屋頂受不住冰雹的衝擊而塌下，只有幾個人受傷。幸好沒有西洋玄學家走出來，指指點點，說這預兆會帶來甚麼惡運。好像清末梁啟超說過人生不如意的事十常八九。要明白，把命運交託於天，倒不如腳踏實地，自得其樂。

二〇一五年四月二十六日

瘋狂聖誕

尚未踏入十二月，悉尼的大型連鎖超級市場已經把聖誕裝飾放在當眼位置，讓人選購，起初只是滿佈數個貨架。十二月開始，擺放的位置愈來愈

大，要你眼光直接與它們接觸。我家附近的超級市場裏，應節食品堆放在門口一旁，一進去便滿眼紅色金色的盒子在架子上。再往裏面看，越過新鮮蔬菜區，便是原本擺放的聖誕裝飾禮物區，現在的貨品更多。好像要提醒你駐足一看，到底有沒有想過買些甚麼禮物給摯愛好友。

悉尼是一個沒有甚麼白色聖誕氣氛的城市。十二月是我們的夏季開始。今年的酷熱早在十一月便出現了，現屆由大部份自由黨人組成的聯邦政府不承認氣候變遷是個現況，但每個人的心裏面知道天氣已經變得又濕又熱，原因在於沒有好好對廢氣排放有治本的方法。氣候變遷不是奇怪的事，奇怪的是聯邦政府不喜歡這個名稱，因為和他們的政策有關。聽說他們「指示」官方的氣象報告，不要使用氣候變遷，而使用氣候事件，用以淡化現在氣候變遷引起對政策不滿的聯想。不過我們早就看見，炎熱潮濕的日子將會是夏季的常態。

以這幾天為例，早上雖然不至於萬里無雲，但幾朵白雲點綴在藍天上，加上陽光灑滿一地，說是晴朗一天可能不會錯得太不像話。然而下午三、四時開始，先是收起了陽光，接着颳起強風，一大片灰黑雲在天空突然湧現。如果夾着遠遠的雷聲和幾度閃光，即是說雷雨快要到來。氣象預報也發出嚴重天氣警報，其中包括強風、冰雹和突然大雨引致的水災。在雷雨的期間，最危險的是閃電襲擊，前兩天有兩人在藍山附近遭電擊。數據顯示，澳洲全年約有八萬宗雷暴，四百五十宗電擊受傷報告，二十人死亡。閃電亦引致每年約四千宗山林大火。

雷暴亦會帶來大量的冰雹，有些更像網球一樣大。一九四七年一月一

日悉尼受大量冰雹襲擊，導致一千人受傷，財物損失達四十五萬澳元。這場風暴的冰雹直徑達八厘米，許多瓦片屋頂就是因為負荷太重引致損毀，也有許多汽車的玻璃給冰雹擊碎，車身凹陷。此外，當雷雨來臨時，一定要儘速離開空曠地方。約一個月前，一個十五歲的滑浪少年，在史蒂芬港（Port Stephens）離開水面二十公尺後被閃電擊中不幸死亡。命運的安排有時候不免太突然。

聖誕節和復活節，是唯一大部份商店包括超級市場關門的日子。除非某些宗教原因經過向區議會申請後，某些商店可以開門營業，情況就像香港過農曆新年一樣。不過香港的農曆新年是個商機，有許多人選擇繼續營業，給予拜年之外的一個好去處。悉尼的某些大型商場，聖誕日停業，卻由十二月二十三日早上八時開始連續不停營業至平安夜晚上六時，給人一個午夜購物的機會。當然許多商店也趁機會推出減價和優惠，刺激一下消費。

每年總有幾個零售業的權威人士，說經濟境況不如去年，游說大家留意，說不定會大有收穫。例如大型的老牌百貨公司梅亞（Myer）每年例牌在聖誕節翌日在悉尼和墨爾本的旗艦店提早開門營業，推出大減價。很多人凌晨就在店外排隊，以求開門時湧入購得心頭好。近年因為多了許多亞洲地區的移民，把這種排隊購物方式當作遊戲。在新聞的報導中看到人們蜂擁擠進梅亞百貨公司，互相推撞甚至倒地的情形，我告訴自己留在家中是正確的做法。

許多澳洲人心目中的理想聖誕節，是出現於北半球的冰天雪地。難道你有興趣看到聖誕老人汗流浹背穿着短褲在沙灘上派禮物嗎？不過我們有許多

辦法把聖誕搞得充滿節日氣氛，其中之一是布置聖誕燈飾。有些人不單止家裏布置得漂漂亮亮，還把屋外變或一個閃耀的花園。今年坎培拉人大衞李察士用了一百二十萬個燈泡布置了一個商場，打破了世界記錄。

每一個都有自己的方式過聖誕。我只希望人人都夠平安，心懷喜樂。這個世界太多瘋子和自私的笨蛋，嘲諷別人對理想的追求。這世界的許多不幸來自太多的阿諛奉承，所以我討厭錦上添花，只同情弱者。每年聖誕我都會向某些志願服務機構作出小小的捐款。我知道力量有限，但願落在有需要的人身上，讓他們感到人間有情，一同渡過難關，分享節日的歡樂。

二〇一四年十二月七日

▍高樓上的學校

星期四新南威爾士州的州長邁克貝爾德（Mike Baird）宣布，即將在悉尼西部的帕拉馬塔（Parramatta）市中心興建一所多層的公立學校。這所叫阿瑟菲利普中學（Arthur Philip High）連同旁邊的帕拉馬塔公立小學將於二〇一九年落成，合共容納近三千名學生，總建造費用達一億澳元。州長貝爾德自豪的說新學將會是全球目光所在，領導全世界；教育部長阿德里安皮科利（Adrian Piccoli）更形容這是新州政府單一項的最大投資項目，將會令人目瞪口呆。

說真的，我們的確會目瞪口呆。因為不明白將兩所學校併在一起，無緣無故就會變成全球學校之首。有時候從政的人講的廢話簡直愚蠢得令人叫絕。是指學校的學生人數嗎？根據建力士世界記錄，世上最大的學校，不是在悉尼，而是位於印度勒克瑙（Lucknow）市的私立蒙臺梭利城市學校（City Montessori School）。它有學生四萬七千人，教職員三千八百人，擁有一千個課室和三千七百臺電腦。只看這些數據，相信比許多大學有過之而無不及。不過這個學生數字是由二十個校區組成的。一九五九年創校時，全校只有五名學生。但曾經成為印度第六名最受人敬重的學校。成功原因是甚麼？是教師的施教帶來好的成效，不是嚇人的投資。

　　私立的蒙臺梭利城市學校收取年幼學生每月約一千印度盧比（約二十五澳元）學費，年長的學生每月二千印度盧比（約六十澳元）學費，令許多家庭都負擔得起送子女來上學。學校裏每班學生人數由最少二十五人到最多五十人，一般為四十至四十五人。七十五歲的校長賈格迪什甘地博士（Dr Jagdish Gandhi）說這是一個合理的上課人數，學生可以得到平均的照顧。中學不像大學的講課，上課人數不能太多。有課室管理經驗的教師，可以用生動的授課技巧，令學生投入在課堂中。但如果人數較少，教師當然可以從容面對課室中有行為問題的學生，以免影響其他人。

　　學生人數眾多，有好處也有壞處。好處是學生可以認識不同背景的同學，擴闊自己的生活圈子，接觸不同的人和事。但壞處是很難出人頭地，在互相的激烈競爭之下，只有適者才能生存，可能埋沒了許多輸在起跑線上的人。其實人生在世，心想從出生的一刻與不同的對手競爭到死的一刻，痛苦得可怕，真是一點樂趣也沒有。你要我作個選擇，我寧願就讀於一間規模較

小的學校，可以容易認識每一個師長職工。而老師也可以知道我的模樣，我不是一個數字和成績冊上的榮耀。就算是一個平平凡凡的學生，不須要自欺欺人，也不須要委曲求全，難道不是也有值得令人欣賞的地方嗎？

教育的商品化，就會演變成教育的庸俗化。今天追求不是教育的意義，而是通過投資教育給官員帶來的名譽、地位和財富收入。試問為甚麼一間多層高樓的學校，就會比平房式的學校好？要建造多層的學校，因為是原來地方不足容納學生增加的緣故。悉尼是否出現土地荒嗎？可能是吧，因為這所中學要建造在市中心，所以只能向天空伸展。可以想像裏面的設施，一定又新穎又先進。還可能每一個課室都有一個大大的落地玻璃窗，從高處看到外面的世界。

今日教育的問題，就是大家都站在高處看問題。看到的都是宏觀的、全景的和全球的。這種假大空形成的心態，根本看不出任何的問題根源。每個人站在高處，心胸自然膨脹，遠景無限放大，自然幻想成為上帝，指指點點，芸芸眾生都是我的子民。今天我要他們成仙，明天要他們成佛。別人搞科技教學，我也搞科技教學；別人用錄像教學，我也錄像教學。到頭來弄到一塌糊塗，耽誤青春，眾人都是犧牲品。今天回頭看看許多政府在教育改革失敗的成績，真是不忍卒睹。

說到底，教學的方法並非一成不變，科技也可適當配合，但希望不是一窩蜂、大煉鋼，也不必要做世界第一。新州的第一所多層學校，是位於悉尼市中心九層高的聖安德魯大教堂學校（St. Andrew's Cathedral School），不過它是私立學校。學生對這個學習環境似乎很受落，尤其對在學校裏上落不

同樓層的感覺更為特別，跟其他平房式的校舍相比之下，好像別樹一幟。有些學生喜愛在天臺球場一邊從高處看城市風景一邊吃午餐，可令你想起五十至八十年代初香港位於徙置區的天臺小學？這些天臺學校由志願機構開辦，雖然設備較為簡陋，但向不少基層學生提供教育的機會。

我以前接受教師培訓，第一課老師問我教甚麼？我當時任教英文，自然這樣回答。可是他說我不對。正確的答案是教人。說得好，教育的中心目標是人。不過現在許多學校的管理層和政府都從來沒有把這個目標當做一回事。難怪只是蓋好高樓，對美侖美奐的外表讚嘆不已，而對裏面上課學生的真正需要不聞不問。

二〇一五年二月十五日

▍購買一個島

澳元持續下滑令購買悉尼的房地產成為頭條新聞。澳元由兌美元最高價回落接近百分之三十，兌港幣也是由一澳元兌八港元到現時的五點八港元，實在兩個極端，所以不由你不信，是否是澳元的疲弱，令海外的投資者對悉尼的樓房產生莫大的興趣？澳洲的樓市銷售，是否過熱？有沒有泡沫化的風險？會不會有人因此不顧一切購買物業，令生活陷於困境？

報章和網上的媒體上都充滿這個熱門的話題。相隔一兩天，正和反的意

見都有出現。官方例如聯邦儲備局和民間的研究都提出他們的理據，互相駁斥、推翻對方的論述，都各有道理，似乎還未看到一面倒樓宇有泡沫爆破的危機。好像悉尼沒有甚麼新話題，於是大家又可以認真的用心的去參觀樓房開放日，接着又出席拍賣會，希望看看有機會購買喜愛的樓房。

現時悉尼市獨立屋的價格中位數是接近九十二萬澳元，比上一季上升了百分之三。澳洲個人薪俸稅比香港較高，澳洲人購買樓房作投資，用作減稅之用，並非不尋常。這些人多是中等或低收入人士或家庭，眼見樓房價格飆升，除了減稅之外，還有望在數年間賺取一倍的升幅，是否很不錯？很多人說七年是悉尼樓價的一個週期，過去的一九八一年、一九八七年、一九九四年、二〇〇三年和二〇一〇年，樓房價格都上升了一倍。那麼下一個翻一倍的，會是二〇一六或二〇一七年嗎？這個關於未來的問題，恐怕除了上帝，沒有人能回答。還是專家說法比較保守：要看其他的因素。

事實上，澳洲不再是純粹傳統白人的社會，新一代移民對投資的看法也跟以前的人有很大的分別。以前說要買一個物業自住或投資，大家會笑着說我們有那麼多土地，房子供應多，價格漲幅不會很大，需要那麼心急嗎？但有計劃的人在靠近市中心的地方買下幾幢排屋（terrace house）作投資，租出去，結果不得了，這些排屋的樓價到最近都上升到超過一百萬澳元。租金每一個房間要七百澳元，三個房間的屋子要八百七十澳元，是不是瘋了？悉尼有些物業地產代理說得很坦白：你在悉尼買房子，是連土地也一併買下的，將來還有機會申請蓋一間更大的，不是很化算嗎？

難怪悉尼的樓市都像香港一樣，只有上升，不見下降。二十年前沒有買

下甚麼物業的人，難道要抱頭痛哭嗎？我不希望一個人只顧想着置業，理想也不追求，到頭來浪費自己的青春。但悉尼的房子價格飆升，不能只老是怪投資者。人口增長的速度那麼快，若是按照以前的規劃，根本不足以應付。所以愈來愈多的人搬進大廈，很多房屋又分拆一半出租出售。早前新南威爾士州政府在郊外撥出大片土地給年輕的家庭購買土地建新房子，也是要舒緩房屋供應的不足。兩層高的房子建得很快，看樣子悉尼市的範圍只有不斷向外擴張了。

網上報導說最近有一個島嶼出售。這個名叫第九島（Ninth Island）位於塔斯馬尼亞州北面十一公里。島呈長方形，長約一點五公里，闊約五百五十米，總面積有十六萬平方米。島上沒有水電供應，只有茅屋一間，和雀鳥棲息。從圖片所見，只有隆起的小高地；山坡長滿草，但不見樹木。

某個星期六早上，十二個投資者擠進地產公司的會議廳出價投標。十二人之中，恐怕全部是華人或是相貌像華人，因為經紀手上舉起一份繁體中文刊登在中文報章上的廣告，為投標作開場白。小島的底價為九十九萬澳元，經過一輪競投，只剩下一個昆士蘭州的電話投資者和另外聲稱代表他的中國大陸朋友的買家。大家互相出價到一百零十九萬澳元止步，但距離賣方的心目中價錢尚差五千澳元。投標結果失敗，賣方把島嶼收回。

投資者的眼光，不能以常理推測。聽說投資者有計劃把小島上發展生態旅遊。但到投標的一刻，又不願意多花五千澳元，我是不能理解其中的究竟。許多悉尼熱門地區的地產代理都鼓勵公開拍賣，藉此推高價錢。其實房屋拍賣非常有娛樂性，不妨當做週末的其中一個好去處。成功的拍賣當然有許多

背後的推動。地產代理固然非常投入，投標者要各出其謀，拍賣官也七情上面，催促買家提高投標價。在互相競逐的氣氛下，能夠保持冷靜的人，相信就是最後的勝利者。

二〇一五年七月十二日

▎過年

香港人移居悉尼，跟許多其他地方來的移民一樣，有過原來故鄉的新年習慣。農曆新年前，心中好像有點節日的氣氛，感覺較澳洲人的新年有些不同。在亞洲國家之中，過年應該是一個重要的習俗。只有日本人可能比較聰明，他們早已經西化得很，乾脆就把每年的一月一日，跟隨大部份的西方國家，當做新的一年開始，方便又實際。

澳洲是一個移民國家，技術移民佔了大部份。二〇一三年澳洲的的人口約二千三百萬，二〇一一年的人口統計道出移民人數約五百三十萬，換句話說，超過四分之一的人出生在海外。以移民的百分比計算，新西蘭是百分之二十三，加拿大是百分之二十一，美國也都是百分之十三。只有歐洲的小國盧森堡的移民人數為百分之四十二，其餘以色列為百分之三十一，瑞士為百分之二十八。澳洲的大城市都是移民移居的首選，依次分別為悉尼、墨爾本和珀斯。華人（包括中國大陸、香港和臺灣）約佔悉尼人口百分之八，其實

不算是小數目。

說實話，移民是某程度上放棄原來生活方式，有許多說不出的痛苦理由。但結果到了另外一個國家，總是念念不忘自己的鄉土血緣，要完全脫離是不可能的事。有些民族聚居在一起，形成了獨特生活圈子。根據二〇一一年澳洲的統計數字，喜愛居住在大城市的十大移民出生地依次是黎巴嫩、越南、中國、希臘、斯里蘭卡、馬來西亞、印度、意大利、菲律賓和南非。

說到富有民族特色的地方，不能不提及在悉尼西南部的卡布拉馬塔（Cabramatta）市。卡市居民約兩萬人，其中越南人佔了百分之三十二，柬埔寨人約百分之十，香港人約百分之五，名副其實是一個小越南。它的主要大街有一座牌樓，跟悉尼市中心的唐人街很相似。牌樓的牌匾的一面刻着有中文「止於至善」，下端兩旁掛着「明德」和「新民」。另一面是國父墨寶、孫文題的「天下為公」四個字，下端兩旁掛着「民主」和「自由」。牌匾建立於一九九〇年，下款題為「僑務委員會」。要問誰出錢建立這個牌樓，看來是很清楚的。如果今天要重新建立新的牌樓，恐怕不容許這些不識時務的字眼。

卡市距離悉尼市中心太遠，乘坐火車起碼要一小時，駕車前往可能花更多時間，所以不是一般遊客會到的地方。但卡市的確是個奇蹟。上一個世紀九十年代，卡市是個毒品交易的集中地，臭名遠播。我首次踏足悉尼，就聽過它的大名，旅行團都不會安排旅客前往。直到二〇〇二年後，州政府決心打擊卡市的毒品和背後犯罪集團，卡市的名聲才恢復過來。卡市的吸引力來

自主要大街兩旁滿佈越南人經營的小商店，售賣日用品、服飾和金飾，確是人山人海。另外又有市場出售新鮮水果、魚、肉和蔬菜。當然少不了許多麵包店和餐廳。以前我到卡市，總喜歡到一間商場二樓的中式酒樓吃點心，因為可以感受類似以前香港屋邨酒樓的喧鬧。酒樓也有大型的燈光和舞池，你不妨想像一下每逢夜晚，不一樣的光景，別有一番的歡樂氣氛。

卡市慶祝農曆新年（Lunar New Year，不是 Chinese New Year），簡單就叫慶祝羊年的到來。羊年就譯做 Year of the Goat and Ram，以免大家要討論一番到底叫 sheep, goat, ram 或者 lamb。不過大型的活動，到底還是要數悉尼市政府的「中國農曆新年慶典活動」，網站是不折不扣英文為主，羊年是譯作 Year of the Sheep。我喜愛這個網站的理由之一，是唯一的中文名稱是用繁體字。當然也不會跟國內叫農曆新年做春節。可能因為市長高花摩爾（Clover Moore）無黨無派，不需要看別人面色，連恭喜發財也是廣東話 Kung Hei Fat Choy，不是 Gong Xi Fa Cai。這樣做，可能得罪許多國內的權貴。起初我也想不通為甚麼網站沒有中文版本。後來細心一想，與其兩面不討好，索性做回自己，就做一個悉尼特色的慶祝中國農曆新年。其實節目叫做「中國」農曆新年慶典活動，不知道其他慶祝農曆新年的民族，會不會有點不高興。

悉尼今年的慶祝活動，包括美食節、兵馬俑花燈展覽、巡遊嘉年華和龍舟競賽，其實包羅萬有。不過我從來沒有參加過，所以不能告訴你精彩與否，但主要還是吸引國內的遊客。澳元近日貶值，加上購物又可在機場取回百分之十的銷售稅，正是遊客湧至的好時機。連悉尼先驅晨鋒報（The Sydney Morning Herald）也在農曆年初一在報紙的頭版加上簡體中文名稱，真是罕

有。看來中國不單止大國崛起，四方蠻夷也相繼來朝拜臣服。

至於我自己，大年初一我依舊上班，忙個不亦樂乎。每個人心中都有一個慶祝節日的方法。我年初二和家人朋友跑到悉尼北部 Berowra Waters 的一間餐廳吃一個海鮮自助晚餐。餐廳內只有我們這群是來自香港的人，面對水邊美景，在夜色裏心想命運何其奧妙，能夠愉快的聚首在悉尼的一隅，已經不是天涯淪落人。

二〇一五年二月二十二日

▍喝一口咖啡

悉尼人早上的休息時間例牌愛喝一口咖啡。一般來說除了在辦公室裏面的小廚房用咖啡機弄一杯之外，大多喜歡到街上的咖啡館買一杯新鮮的熱咖啡。大家排着隊，等侍應叫你的名字領取咖啡。在這個時候，大家說說笑，輕鬆一下，談公事也好，談家庭也好，是一個優悠的生活態度。沒有甚麼比一杯咖啡更加重要的了。所以在悉尼你可以看到大大小小的咖啡店，有連鎖知名的，但許多人還是選擇細小但有品質的咖啡館。大家不介意慢慢點選自己愛的咖啡品種。

跟其他愛咖啡的地方一樣，在悉尼跑到咖啡店要一杯咖啡不是簡單的事。最重要的事情是知道咖啡是一個統稱，要叫的是咖啡的品種，一般的

例如 Short Black, Espresso, Flat White, Cappuccio, Latte 和 Mocha 等。鮮奶也分為全脂奶，脫脂奶或豆奶。只有以前在麥當勞快餐店提供所謂的即沖咖啡，就叫做咖啡，沒有其他的名稱。不過近年麥當勞也增添了麥當勞咖啡館（MacCafe），抓住悉尼人的心理，提供了許多咖啡品種，頗受顧客歡迎，看來是走對了路。

可是沒有人想過二〇一四年十二月十五日在悉尼市中心馬丁廣場（Martin Place）的瑞士蓮咖啡館（Lindt Cafe）發生挾持人質事件，導致兩名無辜人質死亡。

那天早上九時四十四分，有人看見一名獨行槍手背上藍色背包持槍在咖啡館內，立即報警，為這齣悲劇揭開了序幕。另外一個顧客比平常早十五分鐘來到，可是自動門已經不能開啟，不能進內，避過一劫。

我同事的家人來了電話，告訴他這件事。於是我們放下工作，在網上搜尋到電視臺的網站，粗略知道事情的進展。原來七號電視臺的直播室正好在瑞士蓮咖啡館的對面，那時候正在播放現場節目 The Morning Show。警方立即疏散所有在附近大廈工作的人，叫他們慢慢離開現場。由於槍手想利用傳媒散播消息，製造恐慌，所以七號電視臺也不能直接轉播對面咖啡館的畫面。我們只能重複看到警方部署的情況，以及報導員口述事態發展和訪問有關的專家，推測可能發展的情況。因為槍手命令部份人質站在窗邊，高舉一面回教恐怖組織旗幟，所以州政府很快把它推斷為和政治有關，但又不確定為恐怖襲擊。

不過州政府的聲明不多,聯邦政府總理則叫大家如常工作,信任州政府的處理。其實許多消息都是電視臺個別炒作,例如我們聽說政府已經封鎖了空中交通,只是民航飛機不能取道市中心上空而已。又聽說槍手有多個炸彈埋藏在市中心其他地點,真確的是警方疏散了歌劇院的一帶和加強了悉尼海港大橋的保安。其實一向海港大橋保安已經加強,聯邦政府也早將全國受到恐怖襲擊的警告提升到高的級別,表示發生的可能非常大。

州政府很快提醒公務員因為部份路段封鎖,必須計劃提早離開辦公室。我工作的商學院在市中心有兩個學系的教學中心,距離事發咖啡館封鎖範圍較為接近,大學提議教職員留意警方公布,儘量不要前往。我們就這樣看着網絡新聞一邊工作。踏入十二月,中小學的暑假開始了,大學主校園只有暑期課程。影響市中心校區的日常運作其實有限。只是大家都不知道槍手的要求是甚麼,不知道和警方的談判如何。我們以為有多於一個的槍手在店內,後來才証明只是個獨行槍手。後來才知道,他在移動人質到一端的時候,有幾個人質從另外一端冒險逃走。

到了十六日清晨二時,又有幾個人質趁機逃走,警方的狙擊手在對面目睹槍手在二號窗射殺一個人質。五十三秒後,警方從兩端決定衝進去,救出剩下的人質,槍手被擊斃,另外一個人質也在行動中死亡。事後大家才知道,第一個被射殺的人質是咖啡館經理托理.約翰遜(Tori Johnson)。約翰遜在最後關頭阻止槍手射擊逃走的人質,引發警方的迅速行動;聽說之前他也冒死協助過成功逃出的人質,被槍手狠狠痛毆。另外一個是卡特里娜.道森(Katrina Dawson),她為懷孕的同僚擋住子彈身亡。

那天我和其他悉尼市民一樣，專程來到瑞士蓮咖啡館前的空地為死者哀悼。你或許奇怪為甚麼有千萬的人來到這兒，為毫不相識的死者致意。我想大家心中都有總總來到的理由，或者有着許多不同的疑問，希望找到答案。我站在藍天白雲下，面對悼念的花海，想起這兩個平常的人，竟然在那個危難的一刻，犧牲了自己，成全了別人。

二〇一四年十二月二十一日

▎假日好去處

朋友來悉尼，問有甚麼好玩的好去處，我心想找官方旅遊局或瀏覽網上旅遊指南解答這個問題，可能易如反掌，提供的資料不是更加源源不絕嗎？日常工作之外，我卻很少刻意留意本地值得所到之處，其實差不多等於問道於盲。以前住在香港，可以有藉口說工作繁忙，沒有時間，對四周環境不聞不問。正如很多香港人抱怨香港地方小，放假的時候總是往外跑，對世上其他的地方瞭如指掌，一點也不奇怪。反而許多外國遊客來到香港，發現它在城市的高樓大廈、名店林立之外，也有美麗的山山水水。

討厭城市的人，為了生活不得住在城市的中心裏面。在房間內看出去，大廈與大廈之間太緊迫，天空都不見了。我們總有許多不知名的理由拒絕接受城市的其他的東西，也以為沒有甚麼可以看，所以隨便說城市很沉

悶。但我相信只要踏出一步，就會發現意想不到的地方。澳洲聯邦成立於一九〇一年，悉尼市也沒有很長遠的歷史，但我覺得它起碼不是一個沉悶的城市，而且整體範圍比香港大得多，比香港更國際化，不可能沒有假日消遣的辦法。

每逢假日，許多悉尼的居民跟香港人一樣，早已計劃好逃出這個城市的打算。其實悉尼並非一個人口密度高的城市，市中心當然有許多高層住宅。近郊的地方除了房子外，一幢公寓跟另外一幢公寓也並非緊貼相連。林木保護區和公園分隔房子和房子之間，隨處可見，但許多人還是覺得不完全脫離他們的日常工作，非要跑到老遠的地方才算渡假。新州每年很少公眾假期，以復活節假期為例，其中復活節星期五和星期一是公眾假期，加上星期六和日，連續四天放假，就是我們難得的長假期週末。復活節後又適逢學校假期開始，專上學院和大學的學生有一個星期假期，中小學生則有兩星期。若是父母能夠取得休假，這個復活節假期就可以大大延長，順便可以充分照顧到放假的孩子。有些家庭闔家更可以跑到遠一點的地方，大家大大小小找個汽車酒店入住，更省錢的方法或者在野外的營地紮營。假期的開始，往郊外的公路幹線便擠滿車子，連綿不斷數十公里。

假日擠滿人的地方，第一個一定是海邊。悉尼的東邊是太平洋，沿南到北大小海灘超過一百個，近郊出名的如東部的邦迪（Bondi）和北岸的曼利（Manly）固然人山人海。邦迪附近的庫吉（Coogee）也同樣受歡迎。徒步從庫吉到邦迪不過個多小時，你已經可以看到其中悉尼最美麗的海岸線。每年十月下旬一個戶外藝術節名為「海邊雕塑」（Sculpture by the Sea），就吸引了許多人在邦迪和庫吉兩個海灘之間徒步欣賞不同藝術家的

作品。我數年前參觀過這個藝術節，在藍色的天和海之間的海邊放置了許多特別的雕塑，不由得不佩服藝術家別具心思的想像，把藝術和環境結合得如此奇妙。

除了邦迪和曼利，南部海邊的克羅納拉（Cronulla）也是著名的海灘，原來和一場暴亂有關。二〇〇五年十二月四日，一群中東人臉孔的人襲擊海灘上的救生員，經過新聞媒體和群眾間用短訊的廣泛報導，反而挑起了不同種族間的仇恨。一星期後，約五千名群眾在海灘集合，遊行抗議對本土澳洲白人的暴力襲擊。群眾在酒精影響和情緒失控下，更追打海灘上一名中東臉孔的年輕人，接着蔓延至襲擊商店、救護車和警察。事後不少國家對悉尼發出旅遊警告。從此電視臺和報章對克羅納拉多加留意，氣象預告也提及它的名字，成為另一個聞名的海邊。

悉尼人喜愛海，喜愛所有和海有關的活動。假日海灘上當然很多人曬太陽，水裏也有許多人暢泳，在浪裏載浮載沉，還有很多人趁風翻起巨浪在衝浪（surfing）。我的一個朋友太喜愛衝浪了，特別在北部海岸的 Dee Why 區買下了一個小公寓，趁休假的時候步行五分鐘到海邊衝浪，真是一個特別的生活享受。澳洲作家添溫頓（Tim Winton）的第十二部小說《寬度》（*Breadth*）正是以衝浪為背景的小說。溫頓是衝浪的愛好者，如果不喜歡衝浪，就寫不出對衝浪的經驗，故事的內容便毫不深刻感人。

當然不少人的假日好去處，還是獃在家中，追看電視臺的舊節目重溫，例牌的如《回到未來》、《ET 外星人》和《寶貝智多星》數十年如一日，百看不厭。不過我還是喜愛跑到海邊，找一個面對大海的咖啡店看海聽風，

所有人世間煩惱彷彿煙消雲散。在裊裊升起的茶香裏，自有一份閒情，令日子變得如斯悠長。

二〇一五年四月五日

▋街頭拍攝

拿出手機拍照，然後上傳到社交媒體，讓你的朋友同分享，是一件普通不過的事情。數據顯示全球現在接近有三十億的手機有相機裝置，從拍攝到分享，完成於數秒之間。社交媒體中，聞說 Facebook 已經變成老餅集中營，年輕一輩已經棄而不用，但根據 Facebook 自己二〇一三年出版的白皮書中指出，每日有二點五億照片上載。即是說，Facebook 的十多億用戶，每日平均約有二百一十七張照片上載。數據也指出，用戶其實以二十五至三十四歲為最多，佔了整體的三成。

但其中也有許多虛構的身分、虛構的機構和虛構的資料。別忘記正如有些人擁有多重性格，有超過一個 Facebook 帳號，有甚麼奇怪。

無可否認，Facebook 是最成功的照片分享網站。它近年聰明的收購了照片分享網站 Instagram，結合兩者的優勢，使它的受歡迎程度長期高踞榜首。到了二〇一五年底，如果手機用戶增長以倍數計算，相信照片上載 Facebook 的總數更加驚人。隨便在網上搜尋 Facebook 和照片等關鍵字眼，你會得出

許多有趣的資料，看得會心微笑。

拍照如此方便，所以我也懶得背着相機同行。就算近年流行的設計上針對單反弱點的輕便無反相機，在每日的上班下班的途中，也成為了負累。雖然我依舊把相機放在背包內，但把有趣的東西立刻記錄下來，還是倚靠手中的智能電話相機。如果真的率性而行，沿途拍照，相信上下班會花上更多時間。悉尼雖然不是一個匆忙的城市，但努力捕捉剎那間的人和景物，還是可以令你成為街頭攝影師。

到底在街頭攝影是否合法？可不可以隨便把照片上載到社交媒體？澳洲著作權法的第六十六和六十八段表示拍攝建築物和發表建築物的照片都不違法。但是許多公眾地方因為吸引大批人士往來，有些區議會就定下許多令人莞爾的附例，針對拍攝者，尤其是職業攝影師。例如著名的邦迪海灘，韋弗利（Waverley）區區議會就禁止人在海灘上拍照。另外有些區議會也禁止在海灘、泳池甚至墳場拍照。新州悉尼海岸管理局管轄的達令港、環形碼頭（Circular Quay）、岩石區（The Rocks）和月神公園（Luna Park）等旅遊景點，就禁止任何人在這些地方進行商業攝影，除非他們得到事前批准。

甚麼是商業攝影？定義雖然很簡單，但執行並不容易。根據受害者經驗，拍攝者持有兩種容易識別的東西就是從商業攝影活動：三腳架和配上笨重長鏡頭的相機。但夜間拍攝長時間曝光，沒有三腳架是不行的；拍攝雀鳥，有時候也需要超過400mm的長焦距鏡頭。可以想像，你帶着兩種如此清晰的標記物品，踏入公眾地方的一刻，閉路電視就把你的一舉一動看得一清二楚，幾分鐘後，區議會的街頭執法人員（Rangers）就會歡迎你，

向你問個究竟。

如果你只不過是業餘攝影愛好者，相信執法人員只是提醒你不要使用三腳架。至於你昂貴的相機和長鏡頭，他們也許抱着羨慕的份兒，總不能叫你放回背包吧。不容許使用三腳架，恐怕是從一個安全的考慮，附如三腳架會妨礙其他人的活動，或者佔用了許多地方。聽來好像有理，不過如果是在一個遊客稀少的時間和地點又如何？這些堂皇的附例，其實不知道是誰的主意？抑或是為了執法的方便，毫不了解甚麼叫攝影，也不了解為甚麼一般人也需要使用三腳架。

商業攝影師如果不先作事前申請，所受到的對待和我們一樣，算是公平吧。上星期澳洲的著名風景攝影師肯・鄧肯（Ken Duncan）跑到新開放的 Barangaroo 公園拍攝。原來他朋友的公司為公園提供砂岩材料，所以請鄧肯為他們的產品拍攝照片作個紀念。沒多久，閉路電視就發現了鄧肯，街頭執法人員就趕來了，問他有沒有得到許可。如果他不停止，管理處就會報警求助。為甚麼他們覺得鄧肯是商業攝影師？因為他帶備了三腳架。

預先申請會是個解決方法嗎？一般情況下，申請時間和收費可能都有規定和公開，不能任意莽為。Barangaroo 的商業攝影許可証包括容許總人數十人或以下，使用攝影機和三腳架，收費是一天三百三十澳元。問題是商業攝影的定義為何？鄧肯說為朋友的公司免費拍攝，又是否商業攝影？根據澳洲法例，在私人地方拍攝要得到業主批准。但 Barangaroo 是公眾地方，拍攝建築物並非犯法。

當然鄧肯並非泛泛之輩，也不是善男信女。他在 Facebook 上載這個遭遇，短短時間內已經有超過二十一萬人看過，間接令 Barangaroo 和州政府聲名大噪。州長更表示歡迎他拍攝，但沒有說明如何安排。如果鄧肯有特別安排，一般曾經受辱的攝影愛好者又如何安排？有沒有道歉？

不過新州反而沒有肖像權這回事。任何人都沒有反對別人在街上拍攝的理由，上載照片也不需要遮掩別人的樣子。現存的私隱條例只規管儲存和收集，管不着在社交媒體發表和分享。不過運用攝影機也應該尊重你拍攝的對象，不能忽略別人的感受。別人拒絕，就不要勉強。澳洲漢子普遍身型魁梧，給他們飽以老拳，輕則要在醫院住上好幾天，重則提早見上帝。

二○一五年十一月二十九日

居不易

香港居不易，悉尼也居不易。在香港，許多人都說沒有能力購買第一個物業，住在悉尼的人也一樣。

悉尼的樓市一般分為獨立房屋（house）和大廈單位（apartment）。在市中心的多是多層大廈，以兩個房間的單位為主，超過百分之九十五是中至高密度的住戶。許多單位出租予短期租客，多是留學生或者到來工作假期的外國人，為的是住得靠近工作地點或學院，方便上班上課。在近郊或郊區的

多是房屋和三層高的住宅單位，密度相對較低，只要靠近火車站或巴士站，不需要駕車，生活也很方便。

悉尼一般的兩房單位其實不算小，每個房間可以放下一張雙人牀，還有許多走動空間；起居室外有一個合理面積的露臺，放下幾張椅子或者一個戶外燒烤爐。聽說以前有些來自香港或者國內的父母買下一個單位供留學的孩子住。後來孩子又把其餘的房間和露臺分租出去賺取生活費，業主和租客其實相處頗融洽。不過前些日子從新聞上看到一個兩房單位原來住了十三人，共用一個洗手間和開放式廚房，每個人的活動空間可能比香港的劏房還不如。每人要付每週租金百多澳元，不算便宜。出租這些單位的人的商業頭腦可真不簡單。

其實悉尼市政府曾經揚言取締。煞有介事的說了好幾次，結果世界還是老樣子。你知道的，因為政客滿嘴都是謊言。

現在悉尼的獨立屋價中位數已超越八十萬，等於六百萬多港元。六月分的百分之三的升幅令整個二〇一三至二〇一四年的財政年度（每年七月至翌年六月）的屋價上升了百分之十七。本來大家以為二〇一三年十二月是樓價週期的高峰，可是數字告訴我們，上升的速度可能減慢，但用俗話說仍未見頂。大廈單位的升幅比屋還要厲害，中位數已超越五十七萬。那些以為售價會回落才考慮置業的人，恐怕又要失望了。

許多人初到悉尼，看到近郊大大的獨立房子，想起香港的斗室，就覺得住在其中實在很爽。再到一些大型的示範屋邨（display home village）去參觀

一下，更加湧起置業的念頭。這也難怪，悉尼的示範屋邨的確是個夢幻的環境：藍天、陽光、綠草地、前後院、寬敞的起居室和設備齊全的廚房，還有舒適的房間，令人整天足不出戶，都能享受人生短暫美好的時光。

　　購買房子作投資或自住是一門高深的學問。先要明白了示範屋全然是個廣告，你然後就了解現實和你的理想有多遠的距離，除非你不在意花費多少。無論你要找的是房屋或者大廈單位，要問是它們的位置。然後再了解附近的交通，近火車站抑或巴士站；當然如果駕車上班，也要問需要多少時間。一般來說，悉尼市的最昂貴的地點是東面海邊，其次是北面，然後是南面，最後是西面。那些示範屋邨也大多在西面，因為土地充足，可以建造大的房子。

　　悉尼的西部是內陸，土地平坦，海風吹不進來。社區在剛開發的土地上建造，樹木又矮又疏落，一般較東部高溫。許多示範邨的新型房子為了節省成本，用木材建造框架，外牆是磚，屋內的牆壁和間隔用纖維木板。夏天氣溫穿過磚牆，把房子燒得像火爐一樣；冬天室內的暖氣穿過纖維木板散發屋外，房子裏面反而冷得要命。當然你大可安裝空調，自私的不擔心製造廢氣引致氣候暖化，但你也要計算付出高昂的電費。

　　跟香港一樣，悉尼的新社區也有治安、交通、就業、求學和環境的問題。有些看似美侖美奐的社區其實建造在工業廢料堆填地上。你不熟悉歷史，根本無從知道。所以悉尼的樓價飆升，是因為投資者眼光遠大，還是美麗的錯誤？

　　我不懂得巨大房子是否帶來更多的滿足感。許多澳洲人老了，就計劃賣掉大房子，換來一筆可觀的生活費，搬到細小的房子或大廈單位居住。若

果我有能力選擇，我會找一個近悉尼灣的高層單位，最好還看到悉尼海港大橋。如此良辰美景，我會在露臺上休閒坐下，看着船來船往，喝口茶，讀讀書，動筆寫一個構思許久的小說。

二〇一四年七月二十七日

▍開學了

　　國慶日（一月二十六日）後，新南威爾士州大部份中小學的漫長暑假結束了，準備回校上課。大學的復課要得到三月初。那個時候澳洲正好是踏入秋天。新學期開學日子跟大部份北半球國家一樣，在八、九月夏季末或秋天的開始。對學生來說，一年之計在於春可能太早，「在於秋」可能更為恰當。有些學生甚麼季節也沒有甚麼關係。糊糊塗塗過了暑假，糊糊塗塗又來了新學期，反正有甚麼比做個學生更開心的事，甚麼也不需要顧慮。如果時光倒流，我寧願重新當一個無須顧慮甚麼的學生。

　　新南威爾士州的一學年約分為四個。每一個學期一般為十三個星期。每個學期之間約相隔兩星期假期。冬季假期大概四星期，暑假六至七個星期。學生放假，苦了的是家長，因為澳洲的公眾假期甚少，家長的公眾假期往往不能相比。以本州為例，二〇一五年的公眾假期包括新年、國慶日、復活節（四月十八日至二十一日四天）、澳新軍團日（ANZAC Day，四月二十五

日）、英女王誕辰（六月八日）、勞工日（十月五日）和聖誕節。今天聖誕節翌日是星期六，所以特別在十二月二十八日安排補假，算是額外多了一天假期。一年中又有一個法定的銀行假期（Bank Holiday，今年是八月三日）是給予銀行或金融機構從業員的假期。

所以到了學校假期，許多家長就一起請假數天陪伴子女，大家都說家庭為重（family first），不回到辦公室裏了。上班的人也比平常少了一些。這情況在十二月及一月尤其明顯。聖誕節固然是一年中的大假期，聖誕日及翌日許多商場和超級市場都不營業。乘搭火車上班，你就可以感受到假期的氣氛，車廂裏面並沒有那麼擠逼，馬路上的兩旁、大學的停車場裏停泊的車輛也較少。如果你碰巧要在聖誕假期前要在政府機構辦點事，不要奇怪大家都幹得很慢，因為有些同事早已經放了假。人手不足下，大家都慢慢的、優悠地工作。另外一些人又準備為部門安排聖誕聚會。這些聚會為了遷就請假照顧子女的同事，通常安排在十二月初舉行。有時候你可能要出席兩至三個聖誕聚會。你看看十二月是否充滿節日氣氛嗎？請不要問甚麼效率吧。大家開心的參加聖誕聚會，又開心的放假了。

到了一月中旬，請假的同事才陸續回來上班，中小學生也要收拾心情準備上學了。許多人又要為子女準備上學。悉尼晨鋒報（The Sydney Morning Herald）前幾天有篇有關於就讀私立中學學費的報導，叫預備子女入讀的父母好好計劃一下，如果在二〇一五年出生的嬰兒，按現在的生活水平，要五十五萬澳元的學費才可完成中小學。五十五萬澳元中，小學（一年級至六年級）學費約十八萬澳元，中學（七年級至十二年級）學費則增至三十六萬元。相比之下，公立學校的學費不過是需要七萬元左右。除了學費之外，父

母還要準備其他的開支，例如交通費、校服、電腦、旅行和體育運動，所以平均一年隨時要繳交近七萬澳元，負擔不輕。

香港的高官愛送子女到國外的貴族私立學校就讀，看來是同一種心理，但好像沒有聽說在悉尼的朋友間有送子女到外國，明顯他們覺得值得他們把子女的前途投資在本地的學校。難道香港本土真的沒有好學校嗎？大家都明白，這是非常荒謬的邏輯，也不需要為這些行為動怒。平心而論，在沒有直資學校以前，香港的公費教育制度下官立和津貼學校已經培養出許多傑出的學生。純粹以公開考試的成績看，表現最好也都不是私立學校。新南威爾士州的高中畢業證書（Higher School Certificate）相等於大學入學試，成績最好的首十名中學中，只有名列第十的 Abbotsleigh 是非公費的。不過再看下去，十名以後至第一百名，私立中學佔了約七十席。它們受到追捧也不沒有原因的。

教育現在被看成投資，所以必然要看投資的回報，是否物有所值。一間學校的最大經費花在教職員的薪金上，其次是推行課程的費用，例如科技和其他一流的設施。新南威爾士州的「獨立學校協會」（Association of Independent Schools of NSW）的執行董事傑夫‧紐康（Geoff Newcombe）說本地私立中學的家長較願意多花時間照顧在學子女，培養他們參加課外活動，樂意購買科技學習產品和提供良好的溫習環境。換句話說，如果不是出生在一個經濟不錯的家庭，有一個可以將大部份時間投放在子女身上的父親或母親，根本沒條件在私立學校就讀。

說穿了，私立學校並非向窮人派放福利。傑夫‧紐康說有些私立學校只

是收取窮學生二千澳元學費，到底還有沒有其他隱藏的開支，這些名額又有多少。私立學校的設立間接保障了某些社會階層的固有利益，並不是向一般低收入家庭的學生提供向上流動的教育機會。

還是二〇一四年諾貝爾和平獎得主馬拉拉（Malala Yousafzai）說得強而有力：「讓我們記住：一本書、一支筆、一個孩子和一個老師可以改變世界。」曼德拉也說過：「教育是你最有力的武器來改變世界。」這個世界充滿不公義，別因為條件不足而自悲絕望，也不必渴望運氣。只有逆境，才能鍛鍊出堅強的意志和信念。

二〇一五年一月二十五日

▌藍山三姊妹

悉尼附近的高山是距離市中心二百一十四公里的藍山。藍山其實不只是一個山，而是一個位於西部的山區，方圓約一萬二千多公里。藍山的最高點為一千一百八十九米，但亦有峽谷深至七百六十米。從悉尼市中心駕車沿 M4 高速公路前往，約需要一個半小時抵達山腳，駛入 A32 公路進入山區，經過三十分鐘後到達藍山最大的市鎮卡通巴（Katoomba）。在這裏你可以稍作休息，然後展開藍山深度之旅。你亦可以在悉尼市中心中央火車站乘坐快車前往，比駕車需要約多十五分鐘。

到訪悉尼，美麗的海灘如邦迪（Bondi）和曼尼（Manly）均是多數人的首選。我倒覺得藍山是我的至愛，百看不厭。每次朋友到訪，不期然想到藍山一行。我想若果同時懂得欣賞澳洲的海邊和山林，你定必然是個百分之百熱愛大自然的人，生活豐盛、多姿多采。不過我只是住在城市邊緣的人，靠近了山林，只好放棄擁抱海洋。

旅遊藍山的起點，我不會選擇卡通巴，而是先到一個小鎮雷拉（Leura）。雷拉就在卡通巴的東面，相距不足二公里。這個小鎮的名稱在土著的語言原本是岩漿的意思。有人說澳洲境內並沒有火山，而且雷拉也沒有這樣的地貌，質疑名稱的由來。但地質學家在當地發現許多火山石，証明土著的祖先其實看過自然的景象，的確比我們知道的更多。

雷拉沒有那麼多外地遊客流連，相對比較多本土澳洲人到來，因此沒有刻意改變太多原來的特色，所以更值得停留。它的商業活動範圍很小，店鋪也比較集中。主要大街兩旁是兩層高的建築物，地下是服裝店、飾物店、古董店、食肆和書店等。從火車站出來向南走下山坡，你便看見路中種植了樹木的主要大街，特別是當秋天的葉子逐漸變黃變紅，是一年之中最美麗的季節。晴朗的日子不少人就躺下路中狹窄的草地上曬太陽。

我建議你花點時間走一趟雷拉大街的商店，然後找一間餐廳，坐在戶外樹蔭下嚐個簡單的食物，或者特別的糕餅。其中一間咖啡店由舊郵政局改建而成，雖然我覺得食物沒有甚麼特別，但朋友說咖啡倒是不錯的。澳洲有許多類似雷拉的小鎮，從外觀上毫不起眼。要處身其中，才可以感受到那種淡淡的、簡單的、沒有甚麼美麗裝飾的氣氛。

至於卡通巴原本的意思是閃亮的流水，來自附近一個賈米森（Jamison）山谷的瀑布。這個山谷的高處，就是三個並列的山峰，叫做三姊妹，也就是藍山的主要景點。你知道凡是這種名稱總有一個來自遠古的傳說：土著族人為了防止三姊妹與外人通婚，把她們變成了三塊大石塊。但三姊妹的故事據說是一個非土著的當地人 Mel Ward 杜撰的，為的是讓這三個特別的山峰添加一些趣味。你從遠方來到，不必對三姊妹抱有高度的期望。因為若果你到過瑞士或者美國的大峽谷，看過它們的峰巒，然後到藍山 Echo Point 觀景臺眺望，就會覺得藍山三姊妹頓時變了侏儒。

卡通巴的市中心，也有一間餐廳叫「藍山三姊妹」。正確地說，應該叫「藍山三姊妹燒味飯店」。看鋪的真的是姊妹，操普通話，是否三姊妹不得而知。她們的燒烤都沒有燒烤味，但有那種帶紅的顏色。光顧了一次，要提醒自己不要對澳洲的燒臘有甚麼幻想了。

藍山得名，來自整個山區中桉樹釋放的樹油混合陽光而成的藍色薄霧。你靜心觀察，還是可以看到藍色的遠方樹林。如果你從悉尼市到來，遊覽過藍山的幾個景點後，應該到了一天的盡頭。不妨找一個旅店休息，再坐下來慢慢欣賞太陽西下紫紅色的天色走入黑夜。明天早上還有許多藍山的地方，值得你細心觀看的。

二〇一四年六月二十二日

每逢佳節

聖誕臨近，踏入暑假，悉尼的許多大學都紛紛為二〇一五年的第二個學期劃上了句號。本地和海外學生早已離開校園，教職員忙着批改作業和公布學生成績，或者到各地參加研討會，提早休假。只有部份入讀夏季課程的學生還在校園。不知怎的今年教職員聖誕聯歡會姍姍來遲。大家望穿秋水這一天，才在十一月中知道安排於十二月中旬。有些教職員早已放美好的聖誕新年大假，不會為這三兩小時的節目趕回來，誰知道會不會像去年的聖誕聯歡會，在滂沱大雨中舉行，大家吃的不知道是美食還是雨水。

十二月是澳洲的初夏，理論上炎熱是必然。根據全球暖化的情況看來，悉尼今年的夏天應該比往年更炎熱更悠長，大家要有心理準備，日子必然不好過。以往出賣風扇的商店，今年推出更多小型的、流動的空調應市。這部細小的釋放冷氣的電器，可能變成我們夏日的救星，但是也可能間接把室外的氣溫推得更高。其實澳洲許多的房子都是全磚建造，抗熱程度不差。只是日間磚瓦吸收熱能，夜間釋出熱氣較慢，室內溫度依然頗高，很難入睡。

悉尼某年日間的氣溫曾經高達攝氏四十五度。乾燥的熱風吹起滿地黃葉，太陽把地上曬得比任何時間都要耀眼。走過房子，磚牆噴出陣陣熱氣。有一個炎熱的下午我看見一隻負鼠（possum）躲在屋外近車庫一角，以為已經死去，準備收屍。誰不料輕輕走近，仔細一看，原來負鼠不斷地在喘氣。牠見我走前來，拼命往樹上逃去了。其實我後來才想到，初次驚嚇相遇，如果牠向前撲向我，逃跑的可能是我呢。

當然悉尼不會像北半球的寒帶地方一樣，擁有一個白色的聖誕和新年，但很多人還是把房子掛滿燈飾，讓小燈泡整夜閃爍發光，由十一月下旬照亮人間，到明年新年過後一至二星期才拆除下來。我鄰居的做法很不錯：讓燈光全年無休，當做引路的明燈，有何不可？如果從節省能源的角度來看，如果是由太陽能供應電力，又是否有它們存在的理由？也許他們覺得一閃一閃的燈泡來引路比甚麼都好看。

　　所以為甚麼許多人還是選擇住在獨立的房子，因為可以自由自在的布置戶外戶內，迎接聖誕節的來臨。電視臺也不遺餘力報導哪一區哪一條小街的聖誕燈飾布置得最好看。大家又會高興遠到而來，欣賞一下許多人家別有心思的設計，把整條街道擠塞得水洩不通。

　　澳洲的主要宗教還是天主教和基督教，基督徒信眾約佔總人口的百分之六十一，所以聖誕節是全年其中最重要的節日之一，聖誕節和翌日都是假期，大型連鎖超級市場和商場關上大門，很多咖啡館也趁機會關門，讓侍應有個較多的假期。街道上難得的冷冷清清，有些人忘記了是假期，駕車前來看到休息的告示，垂頭喪氣地走了。

　　信奉其他宗教的人有百分之七左右，沒有宗教信仰的人佔百分之三十。大家以為信奉伊斯蘭教的人有上升的趨勢，不過暫時只佔總人口的百分之三左右。新來的移民想認識一下新的朋友，希望儘快融合社區，所以參加教會的活動和聚會。我附近的一所基督教教堂，逢星期天的聚會，除了澳洲白人外，還有許多來自亞洲各國的移民出席。其實澳洲白人的祖先，還不是先後來自歐美不同的國家？同一天空下，一笑泯恩仇。

很多人說澳洲是個幸福的國家，所以聖誕節也是闔家團聚的好節日，等於我們的農曆新年，洋溢幸福。這段時間也是旅遊的旺季，交通和酒店的花費比平常多得很，外出旅遊的家庭相對較少，反而看見成家立室的子女回到家中和父母一起慶祝。天氣不太炎熱的話，大家可以在後院安排燒烤，吃點沙律，抱抱孫兒，輕鬆的、隨便的過一個非常澳洲式的下午。

每個人有不同的人生經歷，像翻開一本厚厚的書。年紀大的人走過康莊大道，也走過羊腸小徑，開心的是可以和心愛的人共處，和友好相聚。只要氣溫不要上升如此瘋狂，天氣不要變得那麼極端，悉尼還是一個值得居住的城市。世事滄桑，每逢佳節，但願一切安好。

二○一五年十二月十三日

▎麵包

初到悉尼，想起要吃麵包，到超級市場一看，貨架放滿都是硬硬的條狀麵包，就是我們一般說的方包，類似以前吃過的嘉頓條狀麵包那種長長包裝。包裝設計當然不同，而且沒有那麼一小塊，悉尼的條狀麵包大大片，就算叫做小的也比一般的稍大。心想看來外國的月亮不單止比較圓，澳洲人口也較我們大，張開大口就可以把大片麵包吃下肚裏。你看看廣告中他們吃一個巨無霸漢堡包總是一大口吃下去。我們卻要拿起刀义，講究一點禮儀，把

麵包和漢堡扒先切成小小的一片，慢慢的吃，細細的咀嚼。

　　印象中香港的麵包有種牛奶的香味，腦海裏總是揮之不去。是否奶油，我未曾細心研究，但香味很獨特。只能說記憶中的點滴，經過歲月累積，帶一點不可理喻的情意結，非常個人。香港的麵包好像較為鬆軟，一口咬下去，半口是空氣。細心看清楚，香脆的麵包烘皮下，澳洲和香港的麵包的紋理也不相同，當然跟發酵和烘焙的過程有絕大的關係。據說麵包有近一萬年的歷史，古希臘人用大麥造麵包，雅典也出現麵包師這種職業。麵包作為日常的食物，歷史悠久，當然是個大學問。

　　後來知道悉尼很多越南移民開的麵包店，跟超級市場的大廠出品不一樣。麵包即日烘焙，較為新鮮。條狀麵包的鬆軟程度也跟香港的近似，雖然依舊沒有那種奶油的香味，但這種純粹的由麥造出來的麵包可能變成了這裏的特色了。不過如果留心看看超級市場出售的麵包包裝袋上的成分資料，你可能問為甚麼會有那麼多和五穀無關的奇怪東西在裏面，它們究竟跟麵包有甚麼關係呢？表面那麼簡單的麵包，由製作到烘焙本來不很複雜，但要把它變得充滿色香味，竟然混合了許多不簡單的化學成分在內。

　　例如兩間大型連鎖超級市場的最廉價條裝麵包，售價九十澳仙，卻被發現含有過量的鹽分，不利於健康。另外又給人發現所謂店內烘焙的新鮮麵包，原來由海外輸入，在店內再度烘熱，不是純然本地製造出來的。其實很多本地的超級市場，因為地方小，根本沒有可能有一個烘焙麵包的地方。難怪很多人都只願意光顧細小的本地麵包店，雖然麵包的售價可能較高，但看到店內的烘焙機和焗爐，就自然令人想起那些每日新鮮出爐的各

式各樣的麵包。

有些店子是日麵包賣不完，第二天把它們放在店內一個角落，貼上小牌子，告訴顧客這是隔夜麵包，平價出售。隔了一個晚上，保存得好，味道還不錯，為甚麼不可以吃，根本很難分辨得到是否隔夜的麵包。要說的是如此誠實的態度，還是很難得，尤其贏得了顧客的長期支持。

本地小型的麵包店傍晚就關門了，晚歸的人也不免要光顧超級市場。但店內即日烘焙的麵包早也賣清了，剩下的就只有那些名牌的麵包，又貴又不是店內即日烘焙，看樣子還可以存放多幾天，直到最後的食用期限為止，那麼即是說可能加入了一些特殊的成分，幫助保持麵包的新鮮程度。我曾經嚐過，那種不新鮮的滋味叫你忘不了。

後來在華人聚居的地方發現不少港式的麵包店，有大家熟悉的菠蘿包、雞尾包和酥皮蛋撻出售，更有港式的忌廉西餅，其實已經很有香港的味道。我不是食家，不能說哪些像港式，哪些不像港式。很多華人經營的麵包店，麵包西餅的款式已走向混合式，花樣多多，港式臺式澳式共冶一爐，眼花紊亂。若果說糕餅，普遍和澳洲的一樣：過多糖分。吃過量的糖等於慢性自殺，所以我始終沒有甚麼興趣多吃。

要吃得健康，其實可以自己弄麵包。超級市場也有許多製造麵包的材料，按照指示，輕輕鬆鬆就可以烘焙麵包。不過許多城市生活的澳洲人，工作忙碌，哪有甚麼空閒製造麵包。倒不如隨意在本地的特色麵包店選擇自己愛吃的麵包，帶回家自己吃，也和家人吃。

新鮮美味的麵包自然發出早晨的香氣，但必須有個好的環境配合。趁着放一個悠閒的週末，驅車遠遠到海邊或湖邊的咖啡館，在店內選擇一個角落坐下來，叫一杯精緻的咖啡配以烘多士的早餐，然後打開報紙翻看昨天的新聞。時光在那一刻彷彿靜止了，讓世界的一切紛擾，遠遠地離開你。

二〇一六年五月十五日

▎貧窮

　　踏進七月分是澳洲的隆冬，新南威爾士州的大部份學校由六月二十九日開始放寒假兩星期，到七月十三日第三學期才復課。在兩週內，有些家長會帶同子女到首都坎培拉西南的雪山（Snowy Mountains）滑雪場滑雪。可是今年天公不造美，除了滑雪季節開始時的幾場大雪外，現時只有部份地方積雪。晚上氣溫不寒冷，造雪機噴出來的雪等不及日間很快便溶化。一家大小帶足滑雪裝備到來，看到綠草如茵，真有點滑稽。

　　滑雪不是便宜的消費。當然比較乘搭飛機往瑞士、日本、加拿大或新西蘭要便宜得多。悉尼人得天獨厚，滑雪場雖然不是近在咫尺，由悉尼到雪山的瑞雪谷（Perisher Valley）車程也不過約五小時多，所以不少的專門滑雪團是午夜由悉尼乘旅遊巴士出發，翌日大清早抵達滑雪場，立即讓你可以大顯身手，玩得不亦樂乎，直到黃昏前又拖着疲倦的身體登車於深夜返回悉

尼，第二朝又可以繼續上班了。

滑雪場的主要招徠對象，總是一家大小、男女老少，因為來到此地，很少人不會只看看雪不滑雪吧。一天的成年人要花約二百澳元，小童約一百五十澳元。四人的家庭要花七百澳元，還未計算租用滑雪裝備、食物和交通的消費，一千澳元算是合理的數字。當然滑雪場也有提供特別的優惠，例如五日滑雪套餐只收四日價錢。問題是，想起老遠跑來，你會逗留一天嗎？很多人仔細一算，又要節衣縮食了。

若果不滑雪，有甚麼好去處？可以考慮北上昆士蘭州的三個主題公園遊玩，七日不限遊玩華納電影世界（Movie World）、海洋公園（Sea World）和水上樂園（Wet'N'Wild）只要八十四澳元。情況跟到雪山遊玩相似，好像相對較為便宜。但由悉尼到三個主題公園的黃金海岸，車程要九小時。一般來說，這個八百四十五公里的路程不可能不需要中途休息。投宿三星級的酒店一宵約要一百澳元，加上汽油費和一日三餐，結果很多家庭人寧願選擇出國到印尼峇里島。不幸今年東爪哇火山爆發影響飛機安全，很多人現正滯留在機場不能成行，當然很掃興。

如果你像我一樣，對主題公園沒有甚麼興趣的話，不如選擇留在悉尼，有些家長會趁這段時間放大假，陪伴孩子四處遊玩，亦有些安排孩子上短期興趣班。也有些家長把孩子交日間托管，自己則繼續上班。因為少了家長送孩子上學，所以上學和放學時路上的車子稍為減少。不過悉尼的交通情況，不一定會因此而舒緩。交通擠塞是悉尼的老問題，公共交通和道路發展追不上人口增長，汽車的平均時速，有時竟然低於三十公里，實在有些意外。

最近一份由新南威爾士州社會服務委員會的研究顯示，富人和窮人的生活水平相距甚大，悉尼已經是澳洲貧窮問題最嚴重的大城市。這份研究指出當許多家庭在往海外享受豪華旅行的同時，另外有些家庭因為生計問題，要減少看醫生和進食。新州約有十八萬個兒童，生活貧苦，學校假期中的額外消費令他們父母百上加斤。他們的父母平均每週入息只不過三百四十八澳元，比週租的中位數四百三十澳元還要低。悉尼的生活開支中，電費上升了百分之一百三十，醫療費用上升了百分之九十，房屋上升了百分之五十五。難怪悉尼是全球其中一個生活費最貴的城市。

你當然也不相信悉尼有如此生活貧窮的人。悉尼市中心中央火車站附近的一個公園，許多露宿者在公園的邊緣鐵絲網邊搭建帳篷，長期以此為家。帳篷遠離行人道，除非走近看，根本不容易察覺。我有一天偶然從外面走過，嗅到難受的味道，才發現這些城市的邊緣人。聽說愈來愈多的年輕人加入露宿者的行列。我的朋友住在市郊，他說也看到不少在公園一角的露宿者。

澳洲人以往鼓勵子女獨立生活，自給自足，年紀輕輕便要出外賺取生活費。有些失業的人不願回到父母身邊，只好在街上露宿。當然愈來愈多未婚者仍然住在父母家中，成為趨勢，因為可以省下不少的生活開支，尤其是昂貴的租金。數據指出悉尼有百分之十五人生活貧困。最可憐當然是孩子，有些醫學研究指出因為長期的貧困也對他們的成長產生負面的影響。

每個大城市都有繁華的表面。究竟要怎樣做才能縮短貧富的差距，我真的不懂得回答。一個社會如果只看高樓大樓，可說是無限風光；但用心細看，

才發現許多生活得如此困苦的人。稱之為大城市而不是美好的大城市，只能說是莫大的諷刺。

二〇一五年七月五日

▍Redfern 區的澳洲土著

我工作的大學校園位於悉尼市中心的南端，一個叫做 Darlington 的地方。它鄰近有一個 Redfern 區的火車站。從 Redfern 火車站往南走到我的辦公室不過是七至八分鐘的步行時間。無論上班或者下班，我都會享受走過這個短短的距離：一列又一列的排屋、半新不舊的數層高住宅、咖啡店、餐廳、報刊店、小型雜貨店、理髮店、洗衣店、辦公室、教會、社區學院、空手道館、醫務所、酒吧和小幅綠草地，還有一些我都搞不清楚的商業活動。若是加上肉店和鮮果店，就是一個更完整的小社區。

Redfern 知名的地方的是這裏有個聚居了澳洲土著的居所，叫做 The Block 的樓房區。它位於火車站的西面，樓房朝向火車站那幅外牆塗上一大面土著的旗幟，展開在地平線上：上半部是黑色，下半部是紅色，中間是個黃色的圓形。它的意思是這樣：黑色是指土著、紅色是土地、黃色的圓圈明顯指太陽，生命之源和守護者。樓房的前端是一大片青綠的草地。土著在草地上建立了幾個帳篷。近地面的牆上寫着英文「絕不妥協」，意思是說你腳

下踏着的原來是屬於他們的土地。要看到土著並不困難，這個社區裏百分之二是澳洲的土著和太平洋島嶼移居過來的原居民。在來來往往的人群中，你還是可以從輪廓看出貌似澳洲的土著，在咖啡館或雜貨店前經過。有時候看見他們在地上張開一塊布，售賣一些簡單的飾物。

在悉尼遊客眾多的環形碼頭（Circular Quay）附近，你還可以看到土著吹奏他們的傳統樂器迪吉里杜管（didgeridoo）。他們是否典型的土著，我可不得而知。不過在 Redfern 火車站外面，我好像還沒看見吹奏迪吉里杜管的土著，倒是見過彈着結他老是唱着 Eagles 樂隊歌曲的一個黑黑瘦瘦、長着短鬍子、穿着一般服裝的貌似土著的男子。想不到連土著也有那麼國際化的一面。當然你可以容易在網絡上聽到或者下載由迪吉里杜管吹出來奇特的土著音樂。從樂曲的名字便想到他們祖先的世界裏面，有許多屬於自然的現象和一般的生活體驗，不是像他們的外表那樣充滿問號。吉里杜管只可由男人吹奏，女人不能觸碰。二○○八年澳洲著名影星妮歌潔曼（Nicole Kidman）宣傳新片，在德國電視節目中拿起吉里杜管吹奏起來，觸怒了不少土著。

我對土著不甚了解，限於道聽途說；但不至於以為他們手執長茅和回力鏢，穿着奇裝異服。以前有一個朋友說總是要從大學急急跑往火車站，因為途中曾經被一個土著強搶她的手袋。她和對方拉扯了一會，總算搶回手袋；但自此每人心中都有着恐懼土著的心理。有陣子我下班的時候總是左顧右盼，緊緊抱着背包，急步走向火車站。不過我從來沒有在這個時間看到土著，也不曾被任何一個土著騷擾過。只看到街道上擠滿了下課的學生，大家像潮水一樣湧進火車站裏。

假如我是土著，也會不滿意土地被掠奪，被看成像個罪犯。每年四月二十五日的澳新軍團日（ANZAC Day），是紀念第一次大戰時在土耳其加利波利（Gallipoli）陣亡的約一萬個澳洲新西蘭的士兵。別以為這個只是澳洲白人的戰爭。那天早上從火車站走出來，迎面看到一個繪畫在樓房外牆上兩層高的土著士兵圖像。這個叫做 Alfred Cameron Junior 的南澳士兵於一九一四年被徵入伍，時為二十四歲。在圖像的下端有幾行他的簡歷：四年半間出征過加利波利和中東。我想若不是這個圖像勾起我的疑問，怎會去花時間去了解這些土著出身的澳洲士兵（Black ANZAC），和另一頁關於土著的歷史。

二〇一四年六月一日

▌三遷

　　閱讀悉尼的本地新聞，不外乎經常兩件事：樓價和交通。跟許多世上的大城市一樣，住和行毫不例外都是每一個城市人的宿命，不由得人。我認識一個搬到郊外的半退休學者，以前享受美麗的山林。駕車太遠太勞累了，久不久乘坐火車花三小時從南部高原回大學校園授課。本來生活如此美好，況且郊外鳥語花香，碰上連續多日的藍天白雲，恍如世外桃源。最近碰到他，說他已經搬回城市的高樓居住了。

　　為甚麼要搬回城市呢？可能是工作的理由，也可能是健康的緣故。最

近有一段時間悉尼樓價上揚得厲害，現在雖然好像已經穩定下來，還是間或聽說有人買不起悉尼的房子，要遷到很遠的地方生活，其中之一是距離悉尼二百五十七公里駕車三小時三十三分鐘的奧蘭治（Orange）市。說起來容易，城市人要移居生活在郊外的小鎮，其實一點也不簡單。我只能想到，如果能夠在當地找到工作，就不用老遠跑回城市上班。

沒有人願意每天花太多時間在交通上。試想想，每天來回奧蘭治和悉尼市根本不可能。當然如果你一向住在奧蘭治，找到一份在悉尼市的工作，也一樣遇到同樣的人生抉擇，離鄉別井，你到底接受與否？找工作並不容易，接受了新工作，無奈也要考慮居住的安排。有時候不得不承認，沒有甚麼自由的選擇。隨便一點，可能有一個新的機遇，難怪穿州過省的澳洲人，大不乏人。你要慶幸，還不用到海外上班。

至於健康，更絕對是遷居的首選理由。澳洲的醫療保障雖然不錯，但急病要看醫生，還是跟香港人一樣，湧往公立醫院的急症室。若果住得老遠，醫療設備不足，老病無依，境況淒涼，就算是人間仙境，也無暇細心欣賞。事實上不少獨居老人失救死在屋內，數年後才給人發現。我的朋友移民到悉尼，考慮到太太將來臨盆，結果選擇了靠近皇家北岸醫院（Royal North Shore Hospital）居住。事後証明是一個正確又聰明的選擇，一家老小都住得非常開心。

你會問，有病見家庭醫生不是一樣嗎？澳洲的家庭醫生跟香港的醫生不一樣：診症大多要預約，晚上六時後和週日大部份都不應診。有一次我跌傷了，堅持先回到家裏再找醫生，結果我的家庭醫生下了班，附近醫務所的

醫生預約應診時間都填滿了，於是決定跑到急症室。經過登記分流，等等又等等三小時後，看見別人比我嚴重的都在等，相信短時間無望處理我的傷口了。只好回到家裏，略作包紮，翌日看家庭醫生。你看，凡事都沒有絕對，但往得靠近醫院當然有好處。我想只要耐心地等，也許當天晚上最後都會有醫療人員為我治療的。

至於新移居悉尼的家庭，當然無不以子女的教育作考慮居所。這就解釋了為甚麼名校林立的區域，大家趨之若鶩。但數據顯示，新移民聚居的地方，首兩個都是市中心的區域，因為都靠近幾所大學和社區學院，方便上課。其餘都是新發展的新市鎮。州政府的想法是，既然人口密集在市中心繼續存在，政府只好試圖用交通建設聯繫郊外發展的新市鎮，方便家庭建立他們的第一個家園。情況一如香港以前的屯門和天水圍，這些新家園等於上車盤。

州政府為鼓勵首次置業的人購買全新落成的新居所，發放一萬五千澳元援助，二〇一六年一月起削減至一萬澳元。不少年輕人的父母，因此都為剛年滿十八歲的子女購下第一個物業，然後出租以獲取回報。難怪悉尼樓市興旺，既有投資者，也有真正的住客。市中心當然大受歡迎，近郊也成了新的焦點。州政府的如意算盤之一，是利用輕便鐵路連接近郊到市中心。這個大興土木的系統，叫做西北鐵路。

根據網上的資料，西北鐵路每輛列車共有六個車廂，每四分鐘開出一班，每小時約載客二萬四千人。從西北部第一個車站到市中心，應該少於一小時。這樣大規模的開發，有人快樂有人愁，尤其有些因為建造鐵路收地得到大筆賠償。也有些人不高興，因為賠償的費用低於預期。正如所有發展一

樣，州政府的宣傳強調前景一片美好，人人安居樂業。問題是，跟香港建造高鐵一樣，訊息太過正面反而叫人懷疑。按照現時悉尼鐵路運作的水平看來，西北鐵路是否能夠超越，實在是未知之數。我倒關心乘客在車廂的安全。按照早前的公布，西北鐵路列車全屬無人操作。一旦有事故，全靠閉路電視的監控，再派人處理。

如此這般的列車操作，要我遷到西北鐵路沿線，每天上班下班乘坐火車，還是忐忑不安的。

二〇一五年九月十三日

▎土地

農曆新年逐漸遠去了，尤其在悉尼這多元文化的社會裏，中國人的節日無疑是錦上添花。悉尼市政府最高興的是許多遊客從中國大陸湧入，趁澳元低企消費購物，帶動澳洲的經濟。最近看到一篇研究文章，探討中國人豪華旅遊的情況，提出幾點有趣的觀察。其中一點提到澳洲旅遊局一份二〇二〇年針對中國的策略文件中，目標是吸引富裕的夫婦來到澳洲遊玩，因為相信他們擁有與別不同的旅遊心態，希望探索和體驗本地的獨特文化。不過更重要的是他們腰纏萬貫，又毫不吝嗇的消費模式，所以中國大陸的遊客在澳洲的大城市的確受到極大歡迎。

甚麼是豪華旅遊呢？豪華旅遊的消費包括入住豪華酒店、私人別墅或私人海島、參加豪華遊輪或租賃遊艇、駕駛私人飛機旅行、參加冒險旅遊和特殊獵奇旅遊。換言之，你不用擔心這些中國遊客會在一般超市和你爭奪奶粉廁紙日用品。他們有興趣的是高水準的服務，行程也不會影響日常居民的生活。豪華旅遊的目的是滿足個人慾望，亦因此可以回去向人炫耀一番。最近新聞報導說中國旅客在南極大陸追逐企鵝的消息傳來，應該是豪華旅遊的一種新獵奇模式。他們買的是到達最特別的旅遊地點，追求的是一般人無法享有的尊貴服務。如果你的夢想也是南極旅遊，你一定要花許多時間仔細計劃到底乘船或飛機從南美抵達。中國豪客不用愁，只要乘坐專機就安然抵步。

　　中國豪客受到歡迎的另一點，就是他們向悉尼的豪宅進軍。農曆新年期間，不少中國旅客參加的不是普通的觀光旅遊旅行團，而是由國內和澳洲的地產商安排的免費物業採購團，乘坐飛機來到悉尼購買豪宅。他們有興趣購買任何物業，尤其是新落成的多層公寓，入住的都是來澳洲讀大學的國內學生。中國的富裕家長不惜購買一個單位，為了讓子女不必入住大學宿舍，甚至可以分租一個房間出去，賺取收入。多年前香港人也是這樣做，所以不用大驚小怪。那時候許多人為了讓坐移民監的家人住得舒服安穩，花錢買下物業，也間接促使了物業市道開始蓬勃發展。

　　澳洲人從前沒有想過物業價格會飆升得那麼厲害。我們心想土地一向不缺乏，為甚麼需要那麼緊張購買房子？舉例來說，最多華人（國內人及香港人）聚居的地區好市圍（Hurstville）位於悉尼市中心以南二十六公里，華人佔人口百分之五十二點五，去年樓價漲幅達到百分之二十五點六。一幢半獨立屋二○一○年以六十五萬澳元購入，最近以一百一十萬售出。五年間，

屋價上升了近百分之七十，難怪許多人焦急了。移民的華人對物業的位置有一定的要求，例如交通便捷，生活設施方便，購物時說廣東話和普通話一樣通行，另外附近也有公立學校。種種設施齊全，怎麼不會聚集了許多華人？

其他聚集了華人的地方包括悉尼以北的 Carlingford 區，華人佔百分之三十一點六，樓價升幅為百分之二十；Epping 區華人佔百分之二十九，樓價升幅達到百分之二十三。許多人見到拍賣時出價的都是亞洲人臉孔，以為中國大陸同胞又過來搶地，抬高樓價。事實上參與拍賣的人有些是南韓移民、臺灣移民，甚至是移民了許久的國內人和香港人。他們都希望遷到一個更好的環境居住。有些原來落腳的地方不是華人聚居，經濟能力改善了自想搬到設施方便的地方。這個轉變是人之常情，不應該對他們的到來產生莫名的恐懼。華人的社區多年來保留原貌，街道和商場熙來攘往，超市貨品散發熟悉的醬油氣味，你自然感受到這裏跟香港和國內許多地方同步，甚至有點時光倒流，景物依舊。

移民的人大都會住在城市，但也有人因為不能負擔樓價，又想有較大的空間，就選擇搬到郊區居住。數年前電視臺有些節目就捕捉了移居郊區的人的生活片段。他們給予這種遷移一個美麗的名稱：搬到山區叫 tree change，搬到海邊的叫 sea change。不過許多原來住在鄉郊，生活貧苦的澳洲原居民土著，他們並無其他選擇。西澳洲州內共有一萬二千一百一十三個原居民住在二百七十四個遙遠的社區部落，最近聯邦政府總理艾伯特支持州政府關閉一百個社區，停止對居民的支援。他的理由是政府不應該繼續無限期支持選擇這樣生活方式。

艾伯特說這是個選擇，侮辱別人，也侮辱了自己。不過出自自由黨黨魁之口，毫不奇怪，因為他的心目中沒有澳洲原居民土著，也覺得不值得為他們提供支援。其實政府的支援土著社區的金額，只不過是每年三千萬澳元。土著原來住在城市，白人來了聚居驅趕他們入內陸。如果可以重新選擇，恐怕很少人願意住在偏遠交通不方便的地方生活。說他們喜歡偏遠的內陸，是本末倒置、顛倒是非。不過現實生活裏滿腦子如此思想的人很多，從政的人只是考慮黨和自己的利益，人與人之間就不可能和平共處了。

二〇一五年三月十五日

▋塗鴉

悉尼跟許多大城市一樣，有許多大大小小的塗鴉。如果你乘坐火車，從西部的城鎮向東往市中心，經過鐵路兩旁，就會看到各式各樣的塗鴉。有的塗鴉像壁畫，七彩繽紛；有的只是亂七八糟像是符咒，其實是一些我不懂得的文字。若你只顧低頭小睡，或者浮游於平板電腦或智能手機的世界裏，就看不到鐵路兩旁這些城市的特色。記得上一次到墨爾本，乘火車往東行，也看到沿着鐵路兩旁的塗鴉，心想這兩個澳洲城市之間有些東西果然一樣。

塗鴉是個美麗的名稱，有些人覺得有些胡亂塗上牆壁是破壞，多於創作。我住過悉尼市的西部，距離市中心需要大概一小時的火車車程，許多

屋子的外牆就滿佈塗鴉。這個市郊的小鎮和附近一帶聚居的居民，他們的上一輩或出生地，首位的是黎巴嫩，第二位是越南，中國人不算太少，香港人也不很多。這些地區遠離市中心二十至三十公里，一般生活開支不會有太大分別，但因為是新發展地區，土地較為便宜。租金當然較為合理，就算購買作為居所，也比近郊的房屋廉價得多。許多新婚夫婦和新移民，就順理成章選擇在這個地方暫時安頓下來。

這個情況竟然和香港的屯門和天水圍的情況很相近。政府以為通往西部的 M4 汽車高速公路和鐵路可以解決交通和生活的問題，許多人也天真的以為在新土地上可以建立了永久的家園。經驗告訴我，因為我的小鎮是鐵路的中途站，經過的每一班車的車卡早已經擠滿了人，根本沒有座位。胖子實在多，火車的三人座位一般只能擠進兩人，沒有人喜歡坐進中間的位置。另外許多人就駕車上班。M4 高速公路單向有三條行車線，但東行的盡頭不是寬闊的道路，而是通往市中心的狹窄的、多交匯處的舊道路，所以變成了樽頸，交通阻塞是常見的事。

塗鴉之間是否有相同的語言？我沒多大研究，恕我無從得知。但這些位於公眾地方的圖像或符號，往往向大家傳送某些直接的訊息。例如有一陣子澳洲有些人很不滿意有些種族的婦女用黑布包頭蒙面，只露出一雙眼睛。在工作地方附近面對火車路軌的一面牆壁上有人就塗上了一個反對這些婦女的圖像。過了數天，有人顯然不滿意，就用只外一個塗鴉把原來的掩蓋了。後來又陸續出現了一些支持和反對的塗鴉，最近人又把這面牆壁塗上白色顏料，可能是準備下一個塗鴉的訊息。這樣做也好，不必直接動武引起爭執，任由大家接受訊息與否。

西澳洲州政府設立了一個網站，叫做「再見塗鴉」（Goodbyegrafitti），鼓勵大家舉報地點，政府就把投訴轉交區議會處理。據報有一個週末警方拘捕了百多人，其中一名十七歲的少年被控二十一宗罪、一名十五歲的少年犯了九宗罪。在一張照片裏，警方威風的展示了數十罐破壞者使用的噴漆。事實上，噴漆是不許隨便購買的。悉尼連鎖出售裝飾物料的商店裏，擺放噴漆的櫃子是上鎖的，你需要店員協助。墨爾本市中心的電車上好像也有告示警告乘客不可攜帶噴漆上車，否則會被檢控。看來某些塗鴉雖然有創作的成分，政府還是把它們當成破壞。尤其許多人在廟宇、紀念碑和教堂的外牆上胡亂寫上符號或富有種族歧視的字句，叫人痛心，清洗又毫不容易。州政府和區議會雖然僱用清潔公司清除塗鴉，但這邊廂剛清理好，那邊廂新的塗鴉又出現了。有時候不禁懷疑，塗鴉分子為甚麼消息那麼靈通呢？

當然塗鴉也可以演變為一種上佳宣傳的手法。例如大學迎新日或學生會選舉，許多在地上用粉筆畫的塗鴉其實是一個簡單的訊息，例如指示方向，或者提醒你投票站在那裏。事實上粉筆塗鴉不在乎天長地久。所以雖然滿地塗鴉，我們處之泰然，因為不過數天，訊息自然蕩然無存。一個社會的多元化其實也是包容性的測驗。最近粉筆塗鴉在香港竟然成為一個話題，顯示包容性和社會的多元化正在逐步減少。一個用粉筆畫的塗鴉明顯是一個暫時臨時的訊息，直覺我可以不喜歡這樣塗污牆壁，但沒有理由這樣就會損毀牆壁的結構，破壞社會的安寧。

若你認為用粉筆塗鴉是一宗罪，毀了一個少女的前途，不如撥一個地方出來，讓任何人塗鴉塗個不亦樂乎。我的大學裏就有一個地方叫做「塗鴉隧

道」（Graffiti Tunnel），作用是叫人不必再找其他地方塗鴉。看似有點消極，出發點還是包容的，而且真的有點教育的味道。

二〇一五年一月四日

‖ Uber

在悉尼的公共交通工具，鐵路是首選，貫通大部份人口密集的地區，只要不選擇繁忙時間乘坐，你應該沒有多大的投訴，除非你嫌絲絨的座位不清潔、空調不夠冷。至於巴士路線太少，班次也不見得頻密，非繁忙時間有些路線一小時只有一班。在近郊的地區提早在巴士站候車也是沒有用的，乘客太少不用排隊，只有記得班次時間按時到達就可以了。有時看見一些公公婆婆優悠在避雨亭裏或長椅上等巴士慢慢從遠方駛來，車打開了，車長等他們坐得穩妥才開動巴士。你以為人生路那麼長，學一下在悉尼近郊的小鎮等候巴士吧，時光可以很快溜走，一天又快要到了盡頭。

跟其他大城市一樣，很多人也選擇的士，其中之一就是從家中來往悉尼機場，一般來說要比乘坐其他方法快捷得多。新南威爾士州的士的市區範圍收費，落旗收三點六澳元，每公里收二點一九澳元；郊區範圍的士落旗四點一澳元，首十二公里收二點二六澳元，之後每公里收三點一三澳元。此外又有夜間收費，但沒有行李附加費。如果要到的士牌容許經營以外的地區，司機可以在啟程前

商議收費。總的來說計算未見得很複雜，但問題跟其他地方一樣，約定了的士，它可以不來；在繁忙時間的街道上，揮手是不會招來的士的。

我沒有很多乘坐的士的經驗。因公事從大學往返市中心，短短的距離是很難有甚麼印象的。其餘有數次參加研討會後晚上由國內機場乘的士回家。那一次是個晚上下機後，算一算乘火車再步行回家恐怕要個多小時，反正交通費由大學支付，不如就乘坐的士吧。想不到輪候的人比我想像中的多，等候已經花了十多分鐘。到登上車回家，司機閒談起來，才知道他是個新移民。看樣子年紀輕輕，需要努力賺取多一些生活費，就當起夜更司機來了。我不是健談的人，很快便沒有話題了。司機起初還精神奕奕，沒多久我就發現他好像喝醉了酒一般，車子搖晃起來，有一剎那差點把車子駛到對面的行車線上。如果他不是喝醉，就是太疲累了。

難怪許多研究都發現部份司機酗酒或服過量藥物，也很多是因為他們工作時間過長，休息不足。一份由兩位莫納什大學（Monash University）學者的研究指出，許多人認為的士司機是不小心的司機。數據顯示的士的意外確比其他車輛較多，但致命的反而少，而且都不是因為他們超速或疲倦。值得注意的是許多肇事的的士司機沒有配帶安全帶。司機配帶安全帶的意識這樣低，實在令人擔憂。

悉尼的士也跟香港的一般，由幾間大型公司操控，加上智能手機程式的協助，按理的士應該能夠提供到好的服務，不會讓 Uber 這個汽車共享的服務有機可乘。但的士的問題源於不切合乘客的需要。正如在香港，部份非法提供八折的的士其實也是用價錢和服務態度留住乘客，建立一個乘客的網

絡。如果價錢和服務態度令人滿意，乘客有信心了，也希望乘坐同一個司機的的士。不過香港的司機太拼搏了，當你看見他車內的擋風玻璃前放置了四五個手提電話，你可有信心他可以百分之一百專心駕駛嗎？

Uber 成立於二〇〇九年，到了二〇一五年五月，約有五十八個國家三百個城市提供服務。但許多地方的政府、的士公司和司機都提出反對，包括前一陣子在悉尼市中心舉行的集會。當然主要原因是 Uber 的服務搶走了公司的生意，也打爛司機的飯碗。亦有乘客質疑 Uber 的司機沒有政府的有效注冊和監管；或者 Uber 的車子有否購買保險，提供意外保障。據說成為 Uber 司機，也要經過一定的申請程序。公司會給你一個裝上了 Uber 程式的智能電話，也會對司機的資料進行審查。

發展到今時今日，Uber 好像變成另一間的士公司。如果一個政府處理 Uber 就像的士一樣，正正違反它原來的意思。市場的規律會決定 Uber 的存亡，乘客要求的就是不一樣的的士服務。澳洲第一個正式承認 Uber 的是首都坎培拉。政府的員工可以在不久的將來（可能是十月三十日），用公帑支付 Uber 司機。最可能的原因可能是節省開支。據網上資料，悉尼 Uber 服務的收費，落旗是二點五澳元，每分鐘四十澳仙或每公里一點四五澳元，都較的士便宜得多。作為乘客，下載了手機程式，用臉書的帳號登入，註冊了 PayPal 的付費方法，自然的在地圖上出現了 Uber 車輛的位置。若你要召車的話，需要多少時間來到接載你，都在程式上顯示得一清二楚。

坎培拉是澳洲第一個城市接受 Uber，相信其他的城市也逐步開放。抗拒不了，只好妥善處理和的士共存的問題。其中一個辦法是賠償給的士公司

和經營者。至於 Uber 其實也在改善自己，讓乘客有個不同但方便的選擇。但我始終信賴的是一個安全至上的司機，但無論的士和 Uber，暫時都不能夠給我一個完美的答案。

二〇一五年十月四日

悉尼八達通：Opal 卡

澳洲人愛車確是事實。全國一半以上的家庭擁有超過兩部或以上的車，其中一種頗受歡迎的是實用車（ute）。ute 是澳洲人對 utility 的簡稱，其實就是城市裏的工人或在田野間農夫常用的兩座位車尾裝着貨架的車子。另外一種是越野四驅車，是一家大小週末上山下海、四處玩樂的理想伙伴。駕車是我們的生活習慣，所以你不會奇怪超過三分之二的人都是駕車上班，只有十分之一的人才依靠公共交通工具如鐵路、巴士或者渡輪。悉尼和其他大城市一樣，交通阻塞已經早成為我們生活上要解決的困擾。我總是不明白為甚麼大部份主要商業和行政還是愚蠢的集中在城市中心。

州政府為了節省售票處的人力資源，鼓勵大家使用智能儲值車票卡，從而提高公共交通的運載效率。這個叫做 Opal 卡的電子車票，在悉尼所在新南威爾斯州是新事物。類似的交通儲值咭早已在其他的州實施多年了：在昆士蘭州的叫 Go Card，在維多利亞州的叫 Myki。Opal 是澳洲出產的寶石，

產量佔全球百分之九十七。用 Opal 作為名稱，為了跟澳洲扯上關係。

你會說：這不正是香港的八達通卡嗎？不錯。說起來，一九九七年在香港地鐵開始使用的八達通，原來正是一間澳洲公司的產品。這個始於一九九四年的研究計劃令香港跟隨韓國之後，成為第二個全球廣泛使用的智能卡系統的地方。沒有人否認八達通的確方便，它的應用範圍之廣也令人驚訝。不過悉尼的 Opal 卡，跟其他地方的智能卡系統一樣，背後是用一個方便的藉口，通過科技的包裝，慢慢的、徹底的改變我們的生活習慣。

首先受到影響的是巴士的乘客。現在相當多的人還是在車上向司機購票，或者使用多程票。這些情況很快便是明日黃花了。其次是要在 Opal 卡上需預付一筆車資，每程扣除。悉尼許多火車站還沒有設置出入關卡。下車後，乘客要緊記在車站出口的電子儀器上確認 Opal 卡以計算車程，否則會被扣除最高票值。

申請 Opal 卡，首先要在網上登記，填寫個人的資料，然後一星期後寄來。若果你選擇自動增值，更要填寫信用卡的資料。於是 Opal 卡公司便擁有你的姓名、住址證明和信用卡資料。你有沒有看清楚使用條款嗎？魔鬼從來都隱藏在細節裏。你要方便快速，得要有所犧牲。執法人員可以不用申請搜查令便可以直接查看你個人的資料和使用的記錄，得知你的行蹤，從而輕易了解你生活的細節。

你說是此舉用於防止罪行吧。政府有責任保障每個人的私隱。現在竟然愈來愈多人關心政府在怎樣情況下才使用這些私人數據，真是諷刺。還是科

學家霍金（Stephen Hawking）聰明，他好像說過：我不寫自傳，免得我的個人資料變成了公眾的事情。

這種國家監控人民的過程在現今的社會無處不在，在悉尼的市中心監視錄影機隨處可見。喬治奧威爾（George Orwell）的預言小說《一九八四》裏面的名句：「誰控制了過去，控制了未來；誰控制了現在，控制了過去。」一語道破這個荒謬的現實。我們用美好的、科技化的現在刻意對比那個簡單、落後的過去，然後構建一個彷似美麗、令人嚮往的未來。我們聽說將來會推出不用登記的 Opal 卡，以為個人的私隱會受到適當的尊重和保護，可惜直到現在它還未出現。

我的朋友曾經對他的學生說：我年輕的時候對世界充滿盼望；現在老了，對世事充滿悲觀。心想不無道理。《一九八四》裏面另一名句是：「戰爭就是和平、自由就是奴役、無知就是力量。」看來更像一幅未來社會的景象。別忘記奧威爾寫於一九四九年的不過是一本小說。但現實的發展，往往是比小說更令人意想不到的。

二〇一四年七月二十一日

悉尼的報紙

悉尼每日出版的英文印刷報紙，擁有廣大讀者群的，一般來說只有四

份：《悉尼晨鋒報》（The Sydney Morning Herald）、《每日郵報》（Daily Telegraph）、《澳大利亞人》（The Australian）和《澳洲金融評論》（The Australian Financial Review）。《澳洲金融評論》嚴格上說是全國性流通，不過在新南威爾士州出版，是《悉尼晨鋒報》母公司「費爾法克斯媒體」（Fairfax Media）的另外一份集中於時事、經濟和金融方面的報章，讀者對象不是一般普羅大眾。

相比之下，香港報章的數量比悉尼更多。

悉尼人口不過四百多萬人，但地區分散，究竟能否養活幾份收費的大報章，其實很成疑問。所以反而有許多免費的地區報紙。以前上班前經過家居附近的書報社，取其方便，又因為大學教職員有優惠，訂購了《悉尼晨鋒報》，可以每天在早上領取報紙在火車上閱讀新聞。每逢週末週日，《悉尼晨鋒報》又附送其他的特刊，厚厚的看幾天也看不完，為了方便不用到書店領取，每朝把報紙直接送到訂戶的前院，所以很樂意做了好幾年的讀者。

後來有天早起，看到派報紙的車子駛過，才恍然大悟：為甚麼報紙總是放在前院的不同角落。原來今時今日不再是派送報紙，而是投擲報紙。過程大概是這樣：大清早書報店的職員先在店內把報紙用保鮮紙卷成條狀。通常是使用一部普通私家車派送，派遞員把報紙放置在車前的乘客的座位上。當車子駛過訂戶的房子，駕駛者稍為慢駛下來，左手操控軚盤，然後右手拿着報紙伸出車外，看準了使勁一勾向左擲向前院的草地上。

如果一個週日早上有數十個客戶，天朗氣清，過程當然順利不過；週末的訂戶可能較多，工作就毫不輕鬆了，要花些時間在區內繞圈子。有時候為了趕時間，更容不下每一次慢駛。只聽到剎車聲剛響起，接着卜咚一聲，然後就絕塵而去。這樣的送報方法，準繩度就強差人意了，我好不容易才在花叢中或在鄰居的前院尋回。幸好左鄰右里有時候更主動的把報紙放回我的信箱內。少看一天報章，心情不免有些失落。

　　這樣好的服務後來無緣無故給取消了：教職員的訂閱優惠結束，報紙也不派送到前院。若果要繼續如此這般，訂費就要調高了，因為要加上收取派送服務費。大家都紛紛改在網上看新聞；訂閱一份報章給自己或家人看的，更少了。清早門前的剎車聲也幾乎不可聞。我的鄰居可能是唯一的例外，依舊每天訂閱三份報章，派送到門前。他以前是本區區議員，上班前穿着晨褸出來拾起報紙返回屋內看一會才出門。以前我也訂閱報章的時候，難得有不少機會在前院碰見，道個早安，問候一番。

　　二〇〇九年七月一次和家人週末駕車遠行，心想先等候報紙送來，可以沿途翻看一下，打發時間。不料等了許久，依然不見蹤影，只好出門了。傍晚時下榻旅館，打開電視看新聞，才知道家居附近有一個房子發生驚人命案。戶主是中國大陸的林姓移民。一家四口加上小姨在星期五半夜遭人用小鐵鎚殺害，只餘下參加學校旅行的女兒逃過大難。他經營的書報店就位於火車站附近。許多訂戶星期六早上收不到報紙，親自前來查問，才知道戶主給人殺害。原來我們的週末報章也是他們店裏送來的。大家既驚訝，也傷心。本來一個平靜的小社區，頓時變得街知巷聞。

警方起初對行凶動機茫無頭緒，有些報章懷疑這是一個黑社會的滅門尋仇，但又沒有充分證據。是否語言障礙，令警方無從更深入了解，不得而知。鄰居區議員也試圖幫忙，找一些懂中文的新移民查問是否認識死者一家。曾經有探員上門向我查詢，當然我幫不上甚麼忙。有一段時間，書報店關上門，好像要把生意轉讓，但不久又看見死者的年老父母，不知何故有幾天在店鋪對面的露天停車場旁擺攤做生意。是否生活出現問題呢？看得令人心痛。

　　案件膠着之際，二〇一一年五月，警方突然登門拘捕住在死者一家附近倖存者的舅父，控以謀殺。警方懷疑疑凶因為嫉妒林家的財富，計劃殺人。這個姓謝的疑凶一直不准保釋，直到二〇一三年七月才正式開審，但法庭應控辯雙方要求把案件押至二〇一四年三月。開審不久，因為法官患病，案件在同年九月暫停。第三次審訊於二〇一五年二月開始，經過九個月的聆訊，十二人的陪審員無法達成一致的裁決，甚至十一人也不能。法庭只好於十二月一日解散陪審團，打算於今年三月擇日再開審。疑凶終於可以首次保釋在家中。

　　這件充滿疑團的案件，悉尼的中文報章可能更廣泛報導和披露內情。不過我已經久不看中文報章，所以沒有看到甚麼特別的消息。悉尼的中文報章上，除了少許本地新聞外，香港和大陸的新聞都是轉載香港或大陸的某些主觀一面倒的報章，甚至部份副刊也移植過來。老實說，我寧願看本地的英文報章，因為說的都比較自由開放，當然也有不乏鱔稿，給某些政客吹吹風，拍馬屁。讀得多，知道某些作者寫的都是癈話。這個世界可愛之處在於多元化。有些傳媒放棄自己的職業操守，為當權者為虎作倀。除

了說犯賤，沒有甚麼好說的。

二〇一六年二月二十八日

▌悉尼的鐵路

我美好記憶中的鐵路是全屬於車頭漆黑的、響着號的、緩緩駛近、浮起縷縷白煙的蒸汽火車，浪漫得像一部電影裏，月臺送別的經典場面。不過現實裏蒸汽火車早給電氣化的列車取代了，彷彿連傷心的送別場面也缺少一份感人的氣氛。

數據顯示澳洲全國大約接近一成的人選擇鐵路上班。我每天就是乘坐快速火車，花不足一小時，從二十公里外的市郊回到接近市中心的辦公室，包括其中二十分鐘步行往返車站。若是我要駕車上班，早上還可以勉強一小時內抵達；下班時大家歸心似箭，總會遇上交通阻塞，沒有個多小時是不能返回家中的。別怪我是一個實際的人，幾經思索，權衡輕重，自然選擇方便、貼心、較便宜的鐵路。

在香港乘搭港鐵，從來沒聽過班次。趕不上這班列車，只要在月臺稍等片刻，下一班列很快匆匆駛到你面前。澳洲的鐵路是按時間表行駛的，若果趕不上這班列車，你只好耐心等候下一班車緩緩駛來。在這段時間內，大多數人會看看手機上的資訊、聽音樂或在平板電腦上工作。早上的時候已經看

不到甚麼人在看報。黃昏時因為有一份免費的報章在大堂派發，多了一些人在翻閱這份薄薄報紙上的新聞和消費情報，看罷就把它棄在一旁。以前我還不時看到有些人拿出幾天前週末的報章來看。進入新聞電子化的資訊時代，報章上的報導早已在社交媒體中反覆傳遞好多遍了。新聞經過幾分鐘的轉載已經變成評論，或者給娛樂化了。

其實悉尼的列車誤點、壞車是常見的事。

悉尼的鐵路系統，相比倫敦和東京，應該是簡單得多。由市中心的中央火車站算起，共有七條行走悉尼市和近郊的火車線路，另外有五條行走至遠郊的鐵路，包括北部的中央海岸、西部旅遊景點藍山和南部的沿海城鎮，還有連接另外一個州的遠程鐵路線。當然一個像悉尼的大城市，鐵路的需求往往落後於實際需要。所以聽聞在西北部要建造一條新鐵路連接到市中心，住在那裏的人很多雀躍不已，心想很快可以不需要駕車上班，轉乘鐵路了。

州政府說建造這條新鐵路線跟其他現有的設計大有不同，帶來很多經濟效益。細心看看細節，才明白原來這些大型的發展總和政客的個人利益有千絲萬縷關係。所以千萬別天真的以為澳洲的烏鴉比其他地方的潔白。單說發展的地點，早已經給有些人知悉了，買下不少土地和物業。等待計劃公布，土地可以高價回收，購下物業的價值也可以倍升了。所謂的諮詢就是做一場表演欺騙那些對細節並不發聲的人，也不採納受新線路影響居民的意見。你愈關心，就愈覺得氣憤。

謊話真的不用說一千次便變成真理。以下是一個澳洲式的例子：州政

府說將來行走這條鐵路的單層列車，能夠運載更多的乘客。現時悉尼的火車大多是雙層的列車。它的載客量未必是單層的兩倍，但硬要說單層列車載客更多，恐怕是令人難以置信的。專家的意見是單層的乘客的流量較高，因為減少了上下層的乘客同時出入。但以載客量計算，必是現在的雙層列車較為多。州政府言出必行，看來只有用其他的方法，包括通過改變訊號加密班次，以提高流量。

現在行走悉尼市的新型號 Waratahs 的八車卡雙層列車，載客量為一千二百人，而香港的荃灣線的地鐵八車卡列車據稱可容納二千五百人。香港的地鐵一直以來以高效率見稱，說不定悉尼的新西北鐵路正是參考它的容量特點而建造的。其實繁忙時間悉尼的列車跟香港沒有分別，車廂內也是擠滿上班或回家的乘客，大家差不多臉貼臉、背碰背。但政府沒有其他更好的辦法疏導乘客。這說明城市之間的好東西互相學習的，壞東西也一樣出現。

我旅遊日本時乘坐過許多古舊的列車，車廂裏非常清潔，一點異味也沒有。但悉尼的有些列車，不只是髒，而且車身外牆塗鴉滿佈，車廂內散滿乘客留下的免費報紙、飲料塑膠瓶子和玻璃瓶子。根據車廂裏的告示，你可以打電話報告有關部門車廂的編號去處理。悉尼火車的車廂容許飲食，但這些車廂的清潔問題，不單止管理有關，也和不少缺德乘客的態度有關吧。

二〇一四年七月十三日

悉尼機場

喜歡機場嗎？小小的一個地方，有人喜歡親眼看到親友步出禁區的剎那而歡呼，有人為心愛的人離開而傷心。機場以前可能是一個悲歡離合的平臺，雲上雲下，每個人都有一個不簡單故事，有愉快和不愉快。不過現在社交媒體那麼普遍，互聯網也隨處接通你的個人電話和平板電腦。除非不是處身大城市，或者沒有使用流動電話的數據，否則許多地方都讓你即使身處異鄉，還可以保持和親友之間的接觸。也沒有人知道你在地球哪一角，究竟上班還是放假。

所以對我來說，到機場送機接機可免則免。人長大了，好像只想到接機時開開心心，不想見到離開時的依依不捨。你以為交通那麼便捷，消息又傳送那麼快，不用等待，立即就知道要等的人到達沒有，離開的人是否已經登機。我已經習慣了通過手機的應用程式，和遙遠的親友溝通。只要工作的地方和家中有網絡連接，見面和溝通變得很簡單直接了。

最近才想起，我還是時常到悉尼機場。悉尼的國際機場，位於距離市中心南部不過八公里，乘搭火車也只花十三分鐘，地點其實算是很方便。不過和香港的赤臘角機場相比之下，悉尼好像是個小機場，太過令人失望。原因是許多人都覺得，自從公元二千年舉辦過奧運會後，悉尼的基礎建設好像沒有甚麼改變過。市中心的範圍愈來愈大了，機場還是在原址。遊客增加了，接機的地方還是老樣子，大家擠滿大堂，一點空間也沒有。

悉尼的機場分為國際機場和國內機場，它們相隔不過五分鐘車程。不過

我們一般說永遠擠滿人的是國際機場，永遠還是在早上，你一看停車場泊滿車輛就知道有多繁忙了。奇怪下午的到達悉尼的航班較少，繁忙程度不能相比。南半球的國家相距那麼遠，要悉尼變成一個乘客轉運中心，的確有點困難。澳洲始終是大部份人的旅程終點站，要轉機的乘客，只不過要轉往國內的其他地方。

不要說悉尼機場依然故我，改變還是有的，比如說機場的停車場由原來的全部露天的變成多層的。現在還增加了十五分鐘的免費等候時間，因此十五分鐘後的停車收費變成全球最昂貴的地方之一。禁區內的登機區永遠在擴建。上一次在這一端，今次在免稅商店的那一端。我覺得機場在現存的空間想要擴建的是提供乘客購物的地方，要吸引乘客願意更多消費。倒是乘客等待登機的地方沒有改變過，空間反而因為擴建的圍板把其他地方變得更細小了。登機的乘客再因航空公司的安排變得很煩燥。今次我目睹有些乘客不滿登機的安排，和航空的職員爭吵起來。

人與人之間的磨擦，其實不是不能避免的。或許在可見的將來，悉尼國際機場經過改建，會有一番新貌，大家會因為這個改變而減少焦慮。但州政府早已宣布，在悉尼的西部藍山山腳下的平原建造一個比紐約甘迺迪機場更大的超級機場。我不會期望這種表面的改變而會點石成金。當然任何基建的宣傳總會把就業機會和經濟收入連在一起。悉尼新機場自然毫不例外。我關心的倒是為甚麼突然來一個宣布，這個選址究竟比其他的建議有甚麼優勝的地方。

正如州政府的某些措施一樣，普通市民是無法理解背後的原因。我們

只知道地址選定了，確定了。再加上我偶然路經過新機場選址的附近時才知道，這個以前是農田的地方不知何時已經靜悄悄建造許多居住的地方和工地，整個地區熱鬧起來了。因此公開收集意見已經變得毫無意義。藍山山腳下這塊大平原，有一陣子本來因為它太貼近藍山國家公園，恐怕破壞自然生態，動搖它的世界自然文化遺產的地位而擱置下來。現在重提計劃，可見不再考慮甚麼保護自然環境了。

以經濟掛帥為主導的政治謊言，再加上利用大興土木去維持對選民的承諾。許多現今的政府，其實關心他們自己的利益多過選民的利益。我不會期望新機場會否變成全球第一。我寧願希望悉尼的新機場，是真正屬於悉尼居民的機場。既然我們無法改變決定，希望通過民間的監察，不要變成一個大白象的工程。

二〇一五年五月十日

▍悉尼魚市場

許多到悉尼旅遊的人，看過旅遊指南的介紹，都想去一趟悉尼魚市場看看不同的海產，品嘗一下海鮮的滋味。這個建於一九四五年的魚市場，位於市中心以西兩公里 Pyrmont 區的 Blackwattle 灣，原來是屬於省政府的設施。一九九四年起交由私人經營至今，是世界上第三大的魚市場。從市中心的唐

人街附近，你可以乘搭輕便電車前往。輕便電車途經賭場和其他風景點，其實走過迂迴的路線，花上不少的時間。如果是晴朗或不下雨的一天，你不妨漫步繞過達令港（Darling Harbour），欣賞停泊在岸邊或者海中的大大小小的船隻，然後向西越過小山丘到 Wattle 街，沿街向北走經過 Wentworth 公園，抵達魚市場的後門。這個寫意的步行全程不用三十分鐘。

悉尼魚市場的主樓的確有點殘舊，而且設備也有些過時。跟其他悉尼的舊建築物比較，其實它尚算年輕，只是沒有甚麼特色，或者是刻意保留這種簡單以實用為主的設計。但是你若老遠來到，別介意它現在不斷變化中的面貌。為了接待更多的訪客，魚市場近年不斷擴展。目前只看到許多地方加上圍板和正在施工的建築物。要一睹它全新的風貌，相信還要等待好一段時間。

魚市場有六間出售海鮮的店鋪，還有蔬果店、餐廳和雜貨店，甚至烹飪學校。週日早上五時半舉行傳統的海鮮拍賣。叫人熟悉的依然是靠近海邊的露天進食區。只要不是週末或者假期，你還是有機會找到一張桌子。你只要花點時間先清潔桌面和椅子，就可以坐下來享受一下你喜歡的食物，例如海鮮拼盤、熟蝦、魚生或者生蠔。也可以吃一些乳酪餅乾，伴一點白酒，在太陽傘下自得其樂。

請你別忘記環顧四周那些凶惡的雀鳥，大多數是長着潔白羽毛的海鷗。牠們會出其不意啄走你的食物。你也不妨細心觀察牠們互相爭奪食物的凶相，聽聽牠們對同類發出的彷似斥罵的叫聲。相信你對海鷗的浪漫印象從此刻幻滅。你也不要看靠近岸邊的黑色帶些臭味的海水。放眼遠方的天際會使你暫忘這個不太美麗的現實。

我曾經以為一個靠近海邊的城市，必定有許多吃海鮮的機會。現在要吃新鮮的魚，要跑到像悉尼魚市場的規模的市場，或者其他有船出海捕魚的海邊市鎮裏的海鮮店購買。在一般所謂的海鮮店鋪，除非是養在魚缸裏的活魚，其他有些出售的恐怕是仿真的鮮魚：表面上像是一條活魚，烹調後竟然肉質腐爛，毫無味道。

那天到魚市場和同事們吃一個簡單的午餐，看見一個遊客將吃膩的薯條餵飼海鷗，可能她不懂得看英文吧。旁邊豎立的告示牌已經提醒顧客不要這樣做。有個負責清潔的工人出言喝止她。幸好她懂得立刻停止，而不是和人爭論或者堅持繼續做下去。澳洲人就有這種直率的個性。別的地方，縱使工作上有這個規定，不見得會有勇氣這樣做，因為怕得罪遊客，趕走了生意。我倒欣賞這個清潔工人。我以為入鄉隨俗，尊重當地文化和習俗是必然，但許多到訪的人總是叫人多包容、接納，露出狂妄的本性。這個擁有美麗海港的城市的魚市場，看來是個認識澳洲文化的必到之地。

二〇一四年六月十五日

第三輯

生活

...

排屋辦公室

記得多年前往東京旅遊，在暮色裏看到一幢幢玻璃幕牆的商業大廈在鐵路兩旁飛馳而過。每一個燈火通明的窗子裏都好像坐着一個一個忙碌的人。當時心想：這些透明的窗戶何時會關上燈？為甚麼從外面看進去，辦公室裏面許多人的活動都一清二楚？

說實話，我對這種開放式的工作間並無好感。桌子和桌子之間隔着高度及於腰部的分隔板。一轉身就碰到別人的椅子，阻礙了整個通道，彼此之間好像沒有甚麼距離。同事不用費神直接就看到你的電腦顯示器上的資料。所以有些人的桌子上除了電腦外甚麼也沒有，下班時把桌面收拾得一塵不染，免得讓人看到一些個人的私隱。

我最初就是和另外三個同事在這樣子的辦公室工作。我的上司坐在我的對面，位於房間的深處，建立了個人的小天地：一些兒子的照片、一個盆栽和幾本書。而我的桌子靠近房門。外面的人經過，房間裏所有東西一覽無遺。其他兩個同事也是面對面坐在房間的另一端。我在這樣子的環境工作兩年多。因為學系裏要建新大樓，別的學系又要迎接一個重量級學者，需要我們四人工作的房間，於是就通知我們和部門裏的其他同事一併遷入一間排屋（terrace house）作為臨時辦公室。知道快將離開熟悉的環境，心情自然忐忑不安。

排屋是個甚麼樣子呢？十九世紀英國人把祖家的房子式樣搬過來，在悉尼的市中心和邊緣的舊市鎮建造了許多一間一間緊貼在一起高兩層狹長的房

屋。排屋為了節省房子和房子之間的空間，所以共用一面牆壁。即是說，自然光線只能從前面和後面照進來。當然位處單邊的排屋可以作改良。我見過一些裝上窗子或者玻璃磚，室內自然較為光亮。可以想像排屋本來整個設計是提供中下層人士的居所，在小幅的土地上建造最多的房子，容納一對夫妻或者整個大家庭入住。我們要搬進的排屋是大學的物業，部份已經用作學生宿舍和一些不知名的部門。

怎麼安置我們合共有九個由四個房間搬過來的人呢？九個人是個超級大家庭，把所有人擠進一間排屋，恐怕是開玩笑吧。同事於是安排我們實地視察。一看，不得了，原來是個空置許久的排屋。排屋地下近正門是大廳，中間是飯廳。再往屋子後端是廚房和洗手間。上層是三個房間：前面、中間和後面可望出去近後院的地方。整個排屋裏面甚麼家具也沒有，電線散佈地上，火爐好像還有些灰燼，幸好踏上木板地尚未吱吱作響。在廚房發現一張發黃的報紙，日期不記得了，只記得上面滿是文字的廣告和小小模糊的黑白照片。你以為它很古舊了，竟然又發現了一些傳送數據的電線。

最後安排是這樣：部門的主管把大廳變成她的辦公室。行政主任位於飯廳，正好是全屋的心臟，旁邊是往上層的樓梯。望後院的房間坐了三人。我上司的辦公室在中間的房間。我和另外兩個同事的桌子放進靠露臺的房間。你可以想像一個房間放進三張桌椅的擠逼情況。經過短時間的變身後，這間排屋似乎又復活過來。意外的是我們竟然不用椅子背對背，還可以在房間中央放進一張小圓桌子和兩張椅子。從搬進這間排屋開始，工作倦了便喜歡踏出在露臺上看看街上來來往往的人和車子。

還有甚麼要抱怨的呢？我們的辦公室有了新的樓房編號，但大學的地圖上沒有標示出來。事實上我們安頓在距離原來的辦公室不過步行三分鐘的一間排屋。一句話：看似那麼遠，其實這麼近。

二〇一四年五月二十五日

這個秋天不太涼

關於秋天，其實我要說的是悉尼的秋天，剛好是北半球的春天到初夏，三月至五月的時間。如果說到一年中最令人嚮往的季節，我們大多會選擇秋天。夏天太熱，冬天總有點冷。無論悉尼或者香港的秋天，同樣令人想起趁着這樣好的季節，享受一下美好的戶外時光。

澳洲人不只是享受秋天，他們更喜愛享受戶外的生活。悉尼有許多美麗的海邊，任何季節，只要陽光燦爛的日子，許多人就會到海邊，躺在沙灘上，跑到水裏去。酷熱和寒冷的天氣根本阻擋不住他們的勇氣。

悉尼也有許多讓人踐踏的草地，讓你隨意坐下去吃着簡單的午餐、看書，或者和朋友聊天。不過我很少這樣做，因為太多人在草地放狗了。我總是害怕有些缺德的狗主，讓狗隻在草地上大小便。我倒樂意在校園樹蔭下的椅子上坐一會，享受簡單的自備午飯或三文治。校園裏有些模仿身體背部線條形狀的木製半卧長椅子，一張又一張放滿草地上，其實坐得一點也不舒

服。我只能佩服有些人可以若無其事的在猛烈的陽光下在這些椅子上坐着臥着，還看着平板電腦的屏幕。

澳洲的海灘其實水清沙幼，在藍天下海水也是湛藍色得非常美麗，所以我不明白為甚麼很多人還要跑到別的國家享受海水和陽光。澳洲七號電視臺有個長壽電視連續劇叫做 Home and Away，背景是一個虛構的海邊小鎮 Summer Bay，其實是用悉尼北部的 Palm Beach 做背景。它啟播於一九八八年，多年來主要角色換了許多人，但片中總是依舊充滿陽光，沙灘和海浪的沖擊。原來這是個海外很受歡迎的劇集，許多歐洲人受到劇情中充滿陽光和粗肌肉線條的幾個年輕人在沙灘上跑來跑去，在水中衝浪滑浪的啟發（當然還有無數的愛恨交纏），從老家跑到澳洲來展開新的生活。

不過澳洲人的沙灘夢其實是個惡夢。多年前科學家發現南極上空的臭氧層穿了個大洞，紫外線直接照射最接近的澳洲大陸和新西蘭，已經不斷提醒我們患上皮膚癌的機會比其他地方大得多。很多研究指出澳洲人皮膚癌的發病率全球最高，數字亦顯示每年大概有一百萬澳洲人接受癌細胞的診斷。澳洲的癌症協會（Cancer Council Australia）不斷建議我們日間外出時把防曬油塗上露出的四肢，或者穿着長袖上衣和長褲，頭上戴上帽子保護面部和頸部；甚至不妨打開傘子，以免身體給陽光直接照射。還有電視廣告經常宣傳在陽光下暴曬的害處。但澳洲人總是聽者藐藐，依然故我。看來太陽底下的浪漫也帶有一點手術室的味道。

悉尼今年的秋天差不多是夏天的延續。剛過去的這個秋天的氣溫，比較過往，已經創下新的平均高溫記錄。我多希望秋天帶來乾爽涼快的天氣，但

是持續高溫恐怕是不可逆轉的趨勢了。今年五月分最高錄得攝氏二十七點一度，連續十九天高於二十二度及平均溫度高了三點八度。喜歡陽光和海邊的人自然無話可說。既然秋天已經不爽涼，我懷疑冬季的溫度是否會打破另一個記錄。當然天氣這回事，已經不是一個固定的模式。從六月開始，悉尼竟然又連續下起雨來。這個冬天可能會不一樣嗎？

二〇一四年六月八日

▌早餐

想在悉尼星期日的早上找一個港式的茶餐廳吃早餐，不容易。說不容易，不是說沒有這樣的餐廳，而是大多數我見過的港式茶餐廳往往每天要九時或以後才開門營業。有些甚至不供應早餐，午餐就索性由十一時開始。要像香港的茶餐廳大清早打開大門，好像暫時仍未看見。這也難怪，悉尼港式茶餐廳的顧客，不都是香港的移民嗎？重溫一番香港的獨特飲食文化，只好跑到港式茶餐廳了。不過平常日子，若果要上班的，九時以後就已經身在辦公室；退休的，部份可能還習慣到茶樓品嚐一盅兩件。可以想像，平日十時後營業的茶餐廳，開始總是寥寥數人。

悉尼的茶餐廳若是真的像香港那樣如此運作，便應該是擠滿了人，吃得匆匆忙忙，塞滿了肚子便馬上轉身離去，看見別人吃得那麼快，你也跟

着吃得匆忙起來，不會慢慢咀嚼。一個早餐不夠十分鐘就吃完了。生活總是忙碌的。不過吃東西吃得太急，是不健康的。加上沒有那份忙碌中偷來的閒情，不管中式、西式或港式，等於進食廢物，甚麼好東西壞東西也沒有分別。

　　所以在塔斯馬尼亞島的首府霍巴特旅行，你也許會很失望，看不見港式茶餐廳。霍巴特的市中心連唐人街也沒有，乾乾淨淨的，很好。看不見店鋪的櫥窗上一連串的中文，更沒有滿街的手機套售賣店、回國禮品店和一箱又一箱的待寄奶粉，更好。偉大國家的領袖和夫人手抱樹熊的照片只貼在玻璃上的一角；不懂中文，根本不知道上面說甚麼，更妙。你不妨隨便找一間不屬於連鎖店的獨立咖啡館，簡單的吃一個霍巴特的澳洲式早餐，喝一杯咖啡，閱讀一下島上一份薄薄的叫《Mercury》的當地報紙，沒有甚麼大篇幅報導國際新聞，只有集中報導霍巴特和其島上小鎮的瑣事。身處咖啡館的一角，彷彿塵世外的事與我無關，別問我是誰。

　　澳洲的咖啡館，一般都比港式茶餐廳早營業，一般由早上七時開始，直到下午四至五時左右。霍巴特的市中心區，當咖啡館關上門，街上店鋪也關門休息，只剩下一間便利商店還在營業。我晚上走進去買一點東西，跟服務員聊天的時候，才知道便利店也在午夜十二時關門。酒店附近的小酒館也早已在晚上九時關門。商業活動停止了，黑夜降臨，應該是大家休息的時候。在就寢之前，還可以有短暫的時光和家人在一起聊天，不是工作得沒完沒了，日夜顛倒。明天醒來，又開始新的一天了。

許多研究都指出，早餐是一天最重要的一餐，因為它要提供你身體最重要的營養成分，其中包括葡萄糖和維他命的吸收。話雖如此，有很多每天工作的澳洲人還是不一定能夠進食一個豐富的早餐。澳洲人來到小咖啡館，趕時間的就會叫一杯熱咖啡，加上一份三文治就回到辦公室了。不然的話，不管冬天或夏天溫度上升至三十多度，就喜愛選擇一個店外的位置坐下來，享受一下陽光，店內的位置反而不是最受歡迎的。他們寧願多等待一下，為的是和陽光接觸的機會。就算在太陽傘下，這樣的曝曬，我自問無法抵受。

澳洲人叫早餐做 brekkie，是早餐 breakfast 的簡稱。咖啡館的餐單上，有許多和港式茶餐廳不同的選擇，但價錢一點也不便宜。悉尼茶餐廳的早餐，只需八澳元左右；咖啡館的最便宜的早餐，可能要十二澳元，奶茶咖啡要另計。咖啡館的早晨全餐 full breakfast 就叫 full brekkie，要付十六澳元；在旅遊區如邦迪海灘（Bondi Beach）旁的咖啡館，可能要高於二十五澳元。價錢的分別是否反映在品質上？我不太清楚。其中的一間是湯告魯斯（Tom Cruise）在悉尼拍攝《職業特工隊》（Mission Impossible）第二集時進餐過，自此街知巷聞。明星效應，是否非比尋常？

澳洲的早晨全餐，其實沒有甚麼特別，一般是雙蛋、煙肉、香腸、草菇、蕃茄和多士。澳洲某些咖啡館的做法，往往加入許多生的蔬菜和香草，把食物擺放得很有美感，更標榜很健康。其實就算是用橄欖油煮食，煙肉和香腸多反式脂肪、鹽和鈉，也不見得如何健康。任何食物，進食得宜，其實才最重要。

一個完美的早餐，除了食物的質量，還要講求進食的環境，令你大快朵頤，食慾大增。如果星期天風和日麗，大清早跑到一個臨海的咖啡館，享受一下微風，聽一下海浪拍岸，然後慢慢進食早餐，開始一個美好的一天，才是美妙的人生。

二〇一六年二月十四日

▎本地旅行團

很久沒有參加旅行團了。十多年前還在香港時參加一個往桂林的旅行團。回憶裏山水和風景還是那麼美好，只是旅行團的用膳安排卻不是理想中的一回事。尤其不喜歡有些團友吃飯時狼吞虎嚥，又把自己的筷子往餸菜裏面翻了幾翻，說實話，你還有胃口嗎？

以後我們都只有安排自己的旅行，一手包辦預訂機票、住宿和計劃行程，體驗帶來的苦與樂，但省卻許多無謂的「必到一遊」點，反而自得其樂，優哉悠哉。這種旅遊自在的方式，已經被發揚光大叫做「自由行」。年輕時嚮往背包客旅行，但記憶裏只有一次跟朋友這樣的跑過幾個地方。背包客多是在有限的預算下作長途的旅行。我那時候的確沒有想起往外地旅遊，更沒有想到如果有預算和計劃，用有限的經費，其實可以到許多地方開闊眼界的。

移居悉尼之後才發現，若是喜愛到境外旅行的人，住在澳洲其實不是個好選擇。因為就算由悉尼回到香港再出發，距離是七千三百六十八公里，航程要花接近九小時。澳洲人要回到祖家倫敦，距離是一萬七千零一十二公里，就算直航中途不停站的話，也需要飛行二十二至二十四小時。要等待到二〇二〇年的波音 777 航機，才能縮短至十九小時。

澳洲歷史學家傑佛里布萊尼（Geoffrey Blainey）寫過一本經典作品《嚴苛的距離》*The Tyranny of Distance*，副題為「距離怎樣形成澳洲的歷史」。這本出版於一九六六年的書提到如果瑞士的特色是山，澳洲的特色就是距離。澳洲本土是一個大洲，海洋環繞四周，海岸線（還未計算其他的島嶼）長達二萬五千七百六十五公里。以長度計算，海岸線為全球國家中排第六位。布萊尼追溯到十八世紀時，全球交通貿易已成一體，但澳洲位處南半球，獨處一隅，仍然未受任何影響。

布萊尼認為澳洲從一端旅遊到另外一端，距離相當遙遠。間接使人明白澳洲的境內旅行，為甚麼如此昂貴。我的朋友說過沒有競爭，價格就不會下滑。所以相當多的澳洲人寧願選擇出國到印尼的峇里島（Bali），也不會到南澳的袋鼠島（Kangaroo Island）。澳洲維珍航空提供三天的袋鼠島機票加酒店優惠是一千澳元，要從南澳首府阿德萊德出發；其他旅行社提供往峇里島七天玩樂優惠，從悉尼出發不用七百澳元。若果只是找個地方逃避一下忙碌的工作，你會懂得作出明智的選舉吧。

當然喜愛旅行的人，也可把澳洲當做歐洲，那麼仍然有許多地方未曾涉足。問題是，澳洲土地廣闊，文化風景卻不能跟歐洲的多元化相提並論。布

萊尼現今在悉尼和西澳的柏斯（Perth）之間，不一定找到甚麼大異其趣的地方。雖然說澳洲的大城市：悉尼、坎培垃、墨爾本、阿德萊德、珀斯、達爾文和布理斯本，各有它們的特色，但要一次過遊覽，不乘坐飛機是不行的。只有從悉尼到首都坎培拉，距離約二百八十八公里，駕車三個多小時或乘飛機一小時，旅程尚算合理。

許多從香港或國內到來悉尼的人，除了租車自駕遊外，還可以參加本地華人旅行社的旅行團，費用是相當便宜的。唐人街和中國人多聚居的市鎮，都可以找到報名的地方。這些旅行團只提供車費和額外小費，導遊會說普通話和廣東話，食物是貴客自理的。例如「藍山一日遊」連小費三十五澳元，「坎培垃一日遊」也只是四十澳元，稍遠北上到布里斯本五天加酒店也不過五百三十澳元。當然這些都是全程搭乘小型巴士，好處是不用花精神計劃，純粹到此一遊，也不會錯過景點。

我們也參加過一個到楊格（Young）採摘櫻桃的一天團，以為遭遇有所不同。楊格市位於悉尼西南部，四小時的車程，每年十二月是當地的櫻桃節。這趟我們又再一次體驗到遊行團的種種特色：蜂擁而上許多是一家人卻佔據了近窗的位置，我們差不多要找兩個相近的座位也很困難。結果要花一番唇舌才有人願意讓兩個相連的座位給我們。不過整個行程中，我們前面兩個操普通話的年輕女孩把座位扳後差不多平臥好讓自己舒服睡覺，把我們前面的空間佔據了，她們吃掉的櫻桃核也吐滿一地。

經過這次寶貴的體驗，明白了許多人不會改變壞習慣。經濟進步、生活改善了，人民的行為和思想卻停滯不前。與其弄得自己一肚氣，倒不如真的

下定決心，不再參加任何旅行團了。

二〇一四年八月二十四日

▌病向淺中醫

　　身體有點不適，下班後去看醫生。醫務所裏只有一個母親和她的小女兒。她倆進去約十五分鐘左右後出來便到我了。我對醫生說：今天早上覺得鼻塞，身體還有些微熱，好像是發病的先兆，是不是需要吃點藥呢？醫生看了我一眼，問：有沒有喉嚨痛？我說沒有，但感覺喉嚨有些癢，想咳。醫生說：流感的病毒四處飛揚，你身體的健康狀況正常嗎？如果身體的免疫系統發揮作用，應該多喝水，休息一下就痊癒了。要不要放一天病假？看情況，一天不夠的話，明天告訴我，我可以再寫多一天病假。

　　其實我早上已經吃了兩遍必理痛，還吃了喉糖。必理痛每次只吃一粒，但醫生說以我的體重，一粒是沒有用的，應該吃兩粒，不過它只是對付發熱和減輕痛楚。況且我現時還未出現肌肉痛楚，喉嚨又未有腫痛，所以只要多喝暖水，舒緩喉嚨痕癢；多休息，讓身體的免疫系統幫我復元。

　　這就是我的家庭醫生的處方。簡單來說，就是儘量少吃藥。休息的日子也是根據需要，適可而止。也不像別的醫生，隨便的給人寫病假信。尤其是有些大學的學生不想應考，就用病假的理由爭取一個對自己有利的重考機

會。這些學生相信補考的考試內容比較容易，問題跟原來的考試也較為類似。出盡心機去騙取別人的同情，倒不如花時間在考試的準備上。許多人原來是不愛聽真話的。

不過我的家庭醫生曾經在診所上貼過一張告示，叫那些想取病假信的學生不要找他看病。我倒是非常欣賞這份原則。

澳洲是醫藥分家的，不像香港，你去看病，診金包括醫生診症費和藥費。澳洲公民持有醫療卡（Medicare Card）看醫生，一般分為 Bulk Billing 或病人直接付費。如果診所採用 Bulk Billing 的做法，就是病人不須要付費，醫生直接向政府索取費用。我到家庭醫生看病，用的就是這個方法。政府向一般醫生支付每個病人二十分鐘的診症費全數三十六點三澳元。至於專科醫生，一般都是病人需要先支付診症費，再向 Medicare 取回百分之七十五的費用。不過許多專科醫生的診所都安裝了電子化系統，在診所內處理退款，節省病人不少時間。

澳洲的醫療系統相比其他發達國家，還是相當有效率的。一般收入的公民，每年總收入的百分之二是醫療徵稅。這個稅項提供了無限次一般醫生的診症費、兩年一次視光師驗眼服務、有限的專科醫生診症費、醫生建議進行的化驗費和某些手術費。當然有許多醫療費用，例如召援救傷車和選擇私家醫院和優先進行手術，都需要私人保險費去支付的。所以我又多付出大約一年千多澳元的普通私人醫療保險計劃。相信當我年紀漸長，我或許需要購買一個更全面的醫療保障。醫保並不完全支付你的開支，如住院手術，病人大概要負擔四成的費用，視乎手術的項目。

Medicare 醫療系統在一九八四年全面推行之前，不少病人都是付不起醫療費用被關進牢房的。曾經有段時間，南澳許多人就因為這個原因給送進監獄。當年很少悉尼的醫生在北岸或東部海邊之外的地方應診。住在遠郊例如悉尼西部的人，只有湧往醫院的急症室，尋常需要等候數小時。

最近的自由黨聯邦政府在新財政預算倡議每個看病的人付出七澳元的集資（co-payment），成立一個醫療研究基金，立刻引起許多人的反對。說穿了，集資純粹語言偽術，是額外再徵稅。其實有許多醫生已經不用 bulk billing，向每位病人平均收取六十五澳元診金，讓病人之後直接向政府申請三十六點三澳元的退款。若是加上七澳元，等於加價一成。另外，一般人沒想過很多長期病患者是需要每星期看醫生的，那麼每次額外的七澳元會逐漸變成一筆龐大的負擔。政府的責任應該是保證一些弱勢社群不會被欺凌和得到合理的對待。

自由黨聯邦政府為了減少民眾的不滿，修改建議為六澳元和讓部份人例如退役軍人免交集資。問題是，免交集資是應該按經濟能力而定，不是因為你是某種身分或階層。這樣做只會把整個合理的醫療制度破壞，把社會的不公義現象推向極端。

人生無奈老病死。老和死是必然，並無選擇。若果能維持健康，聽從醫生的勸告，危疾也非不能遠離。不過世事無常，禍福難料。只有大病初癒，那恍如隔世的感覺，才明白人不應該只是自己活着，也要令他人活得好。

二〇一四年八月十日

大數據

甚麼是大數據（big data）？你每天使用手機、桌面電腦和平板電腦，到過甚麼網站，接收過、回覆過誰人的電郵，都是數據。於是每個人在每天每分每秒網路的蹤跡，就變成了巨大的數據。這些大數據的處理、收集、分析和應用，以前沒有人去關注。當初你或者以為只是電訊公司計算這些數據，作為收費之用，沒有甚麼大不了。不過你應該逐漸明白，現在數據的累積以超乎想像的速度增加了，除了電訊供應商有興趣知道這些內容外，還有很多人已經對它虎視眈眈。

我不知道網上普及的年代是否真的來臨了。但如果你每天都瀏覽網上資訊，那麼無論是用甚麼方法，你的一舉一動都在某些收集機構的掌握之中。你走進商場購物，使用它們的免費 Wi-Fi，從連接的一刻開始，你的行動就記錄在大數據內。作為商場的發展商，我很有興趣知道我的顧客甚麼時候進來，逗留了多少時間，從那個店走到另外一個店，共花了多少時間？哪一個店比較受歡迎，有多少顧客，購買甚麼貨品，可能推算到花了多少錢購物。商場更可以找到人流的集中點，哪些商店受到顧客歡迎，推算加租的幅度也不是甚麼困難的事了。

即是說，你的生活習慣都記錄在大數據內，變成了有意義的資訊。不過別忘記，當初你走進購物商場，開心的發現有提供免費的無線上網，相信你大多不假思索就接受這個優惠，不管那些魔鬼在細節中的忠告或溫馨提示了。記得以前旅遊時在麥當勞的免費無線上網嗎？麥當勞的三十分鐘優惠就

在購買漢堡飽收據上面的代碼。沒有麥當勞，大家旅遊的快樂笑臉恐怕沒有那麼快便分享到了。

簡單的說，現在是沒有個人私隱這回事的，除非你不使用智能手機，關閉所有的網路連接，回復到以前書信的年代。你可有如斯浪漫嗎？等待一個人，倚靠書信的聯繫是會令你焦慮失望的。澳洲郵政要節省人手，已經不是每天派遞郵件。至於澳洲本地郵費，現在最平宜的只花七十澳仙，等於約港幣四元。想一想由新南威爾士州的悉尼寄到北領地（Northern Territory）的達爾文也是這個價錢，尚算合理。但澳洲郵政最近申請郵費加至一澳元，即是加價百分之四十三，漲幅不能說不大。要浪漫地寫信維繫遠方的感情，就要知道新高價錢。

當然許多人沒法回到以前的年代，智能電話不在手中，好像有點失落，變成一個城市的游魂，無處容身。說得誇張些，沒有互聯網，就好像自己並不存在於這個世界。臉書不連線，就不知道朋友之間究竟現況如何。就算朋友之間同桌同座，互通消息也是用智能電話，我 Whatsapp 你，你 Whatsapp 我，簡單得很。這些訊息都很直接，不用等好幾天。老實說，等數分鐘也不行。朋友得不到你馬上回覆，可能暴跳如雷，責怪為甚麼如此怠慢。

既然大數據的收集不可逆轉，甚至澳洲聯邦政府也利用這個機會，進一步監視公民網路上的私隱。事情是這樣：由二〇一五年十月十三日星期四開始，所有公民的電子或網上活動，都可能被聯邦政府的執法機關查閱。網上活動包括電郵、電話通話記錄和網上所有活動例如社交媒體。聯邦執法機構包括情報局、聯邦及州警察、聯邦和州政府的犯罪委員會等等。有關的查閱

無須向法庭申請搜查令。換言之，只要政府懷疑你有任何不法的活動，例如恐怖活動，就可以查看電訊供應商儲存有關你的所有數據，包括電郵、短訊、電話，其他的相關活動記錄。你等於把你的全部生活情況毫無保留地呈現於執法人員的眼前。

這樣看，一個全面監控公民的社會逐漸接近了。為了預防個人的恐怖襲擊行為和網上犯罪，政府可以振振有辭提出這個言之成理的法案。事實上，二〇一三至一四年度，聯邦政府已經有三十三萬次查閱大數據的要求，加上愈來愈多證據顯示，澳洲的恐怖襲擊來自本土，不是從外面進來。美國已經有法例容許執法部門查閱大數據，澳洲自稱美國的盟友，自然亦步亦趨。

到底大數據的範圍有多大，不得而知。例如到訪色情網站會不會記錄？不成功的連接算不算在內？唯一可以放心的是大數據查閱不容即時竊聽監視。不過既然可以使用大數據，其他的相關法案會變更易應付日益普及的電子世界。

喬治奧威爾的小說《一九八四》寫於一九四九年，書中預言侵犯私隱的社會好像逐步迫近了。當然澳洲的網上監視不是用作對領袖個人崇拜和維持統治階層的利益。但這樣以反恐為目的的理由查閱大理據，會造成擾民甚至對某些人不公平。如果你悲觀地看，人類的覆亡是由這些瘋狂的政客引發的。

二〇一五年八月三十日

電影夢

　　乘搭國泰航空飛回悉尼，晚上的航班，全程九小時。吃罷晚餐，在娛樂頻道選了 Michael Bay 的《變形金剛第四集》，片長一百六十五分鐘，希望看完乖乖入睡。沒想到又爛又悶，把劇情拖拖拉拉，簡直是惡夢，看罷關上屏幕，果然可以睡了四小時。醒來差不多準備吃早餐。Michael Bay 早年的《石破天驚》（The Rocks）最可觀，節奏明快，辛康納利和 Nicolas Cage 兩人固然演得好，連奸角 Ed Harris 也光芒四射。特種部隊攻入監獄，遭遇到伏擊全部被射殺，更有悲劇況味。而今拍得不好，是不是錢作怪？

　　雖然我乘搭的是經濟艙，但我不只在乎飛機餐，也在乎娛樂頻道提供的電影數量和質量。印象中阿聯酋航空 Emirates 的已經很不錯，今次國泰航空也在水準之上。尤其屏幕的闊度不小，觸感的反應比一般的要好。最初從悉尼飛往香港的航班時，從坐下的一刻便可以直接打開頻道看電影，不用等到飛上半天，安全帶的警告訊號熄滅之後才開始。這証明提供娛樂的電腦系統有足夠的負荷，支援不同和無間斷的需求。電影頻道中提供了許多新上畫的和經典的電影，節省了到電影院或租影碟回家觀看的金錢。印度電影近年甚多捧場客，連 Three Idiots 這部笑片也變成重看的經典。航程餘下時間不足，國泰航空更在電影放映前有溫馨提示：是不是還要繼續下去？這樣貼心實在難得。

　　在悉尼住了近十年了，跑到電影院看電影不足十次。好幾次還是持着朋友送贈的電影票進去的。要說的不是不喜歡看電影，只是提不起勁抽不到空

到電影院。坐在電影院裏，不喜歡那些持着超大飲品和爆米花邊吃邊看電影的人，經常發出咀嚼的聲音。不過盛載爆米花的紙袋逐漸由小變大，現在超大桶裝更流行，咀嚼的聲音恐怕更長久。更不要說遲到中途入座，在我前面緩緩走過擋住銀幕的人。不知道是否放映時間的關係，好幾次看的都是大製作，但整個迷你電影院內只有寥寥數人，所以我可以輕鬆選擇一個毫無阻擋的座位。但觀眾哪裏去了？

我看電影的習慣很簡單：提早入場，舒泰的由廣告開始看。預告片也是我的至愛。不過電影院不位於隔鄰，所以有時候想老遠跑到大商場的電影院裏看兩小時，倒不如坐在家裏看買來租來的影碟吧。當然現在看電影的習慣也改變了，在電腦上，或是在平板電腦上看，不需要跑到電影院。許多悉尼新建的電影院，都座落在商場裏，跟商鋪和食肆有種互相扶持的關係。小時候在香港的單幢式電影院，或像以前新蒲崗麗宮戲院三千個座位的規模，只能在回憶裏面相見。

有人說看電影不能沒有美好的音響效果。這樣的效果也恐怕只有電影院才能營造出來。是耶非耶，我不能証明。但現在許多人家中電視屏幕的規格，也是追求電影院的出色視覺和聽覺效果的。但不是每一個家庭都願意負擔這樣的投資。我有一次偶然經過新南威爾士州北部獵人谷 Hunter Valley 的小鎮敦格（Dungog），看見一間結合社區會堂的電影院叫做詹姆士劇院（James Theatre），上演一些經典的電影。這間電影院格局雖小，卻相當符合小鎮的樸素風格。每年也有一個敦格電影節在這裏舉行，放映本土的製作，讓每個鎮上的人都可以到來，看到有水準的澳洲電影。

我大量看電影是從尖沙嘴太空館的演講廳開始的。它可能也是迷你電影院的始祖。七十年代末期八十年代初的時候，我在這裏看了許多歐洲的電影，尤其是德國導演的傑作，其中一個是溫韋達士（Wim Wenders）。溫韋達士生於一九四五年，今年六十九歲的他正在拍攝一部以巴西著名攝影家塞巴斯帝昂薩爾加多（Sebastiao Salgado）為題材的電影《地上的鹽》（The Salt of the Earth）。溫韋達士除了是電影導演，還是出色的攝影家，也是一個以開放態度接受數碼映像的人。溫韋達士一九八四年的作品《德州巴黎》（Paris, Texas）是我其中一部至愛。

　　在沒有電視和互聯網的年代，電影是大眾的娛樂，也是傳播消息的媒介。已故法國導演杜魯福（Truffaut）好像說過：「一天看三部電影、一星期讀三本書和聆聽一些偉大的音樂作品，足以令我開心快樂到死的一刻。」所以每個人都有喜愛的類型、演員和導演，交織成自己的電影美夢。電影的確神奇，人生的悲歡離合、恩怨情仇、是非曲直，紛紛在九十分鐘內反反覆覆，到頭來不過是大夢一場。

　　是的，夢醒後，路還是要走下去的。

二〇一四年十一月九日

購物

一個旅遊的最終站，不是機場，而是經過守候多日而最後到來的購物機會。一如其他的旅客，到了準備回家面對親友的時候，看一看行李，沒有帶回一些別致的戰利品去顯示自己的足跡，實在說不過去。幸好我們並非參加一個旅行團，購物與否，視乎我們預早安排的時間。如果是純粹購物，根本不用花時間計劃其他行程，只要集中研究在購物熱點就可以了。

我可以想像由旅行社安排的購物活動，並非每一個人都樂於參與。不過事前早已聲明包括在行程之內的購物，是願者上釣，不妨先有心理準備。悉尼的一些旅行社，早一兩年前有些特別優惠的中國大陸旅遊，只索價九十九澳元。附帶條件是必須是入了澳洲籍的中國同胞，機票自費。行程中也包括一些付費的活動，也有指定的購物安排，必須參加。

有些朋友都參加過了，說不是相像中那麼差。九十九澳元的旅行團，比悉尼一晚兩星級酒店的住宿費還要廉宜，不能強求。額外付出三百澳元觀賞晚間表演，當是特別的節目未嘗不可。至於購物活動，還不需要出動文攻武嚇，隨意購買一些便可以了。朋友說這個平價的旅遊團是有某些商品贊助的，目的是要澳洲的中國人回國看看新的發展。其實資訊那麼發達，許多詳細的發展網路上不是很清楚嗎？你知道這世界上不會有免費或超乎尋常便宜的午餐的。

許多人都愛購物，卻不忍受別人強迫或安排的購物。不過不是每個地方都是購物天堂，香港是，悉尼卻不是。香港的商場可能中午十二時開門營業，

卻到晚上十時才關上大門，下班的人還有時間到處逛逛，找到心愛的物品。悉尼的商場週日九時開始營業，下午五時就要閉門了，只有超級市場還營業至晚上十時。縱使你可以提早一點例如四時下班，還是難於在短短的一小時完成所有購物。

當然你可以在週末努力努力，不過有些商場只從早上十時開門，下午四時就關門了。許多人也不想在假日駕車或乘交通公具老遠跑到商場去。悉尼一般的發薪日是星期四，所以許多商場也在是日延長營業時間到晚上十時。據說很多悉尼人也趁着這天口袋滿滿的吃喝玩樂。錢花光了，翌日醉醺醺的上班去，重新努力工作，等待下一個發薪日再來一次。

朋友說，在悉尼生活久了，慢慢發現一個好處：就是沒有了購物的衝動，所以也容易省錢作儲蓄。為甚麼這樣說呢？原來悉尼的商場裏的大多是熟悉的那些商店，商場又由幾個大的連鎖集團營運，走到這一個和走進另外一個，設計和商店的名稱總是差不多。看慣了這些商店，就自然想到其他的商場裏也差不多，就提不起勁跑到另外一個商場去了。況且因為徵收銷售稅的緣故，物價加上了百分之十。如果和香港的同樣產品相比之下，就會再三考慮是否需要付出稍高的價錢。許多朋友心想，不如打算回港探親的時候購物好了。

要在悉尼購物，除了商場之外，想尋找像旺角一樣開設在街道兩旁的繁忙店鋪，一點也不容易。街道上讓你滿足購物的地方，只在市中心或人口聚居的社區才可見到。人口聚集的社區商店也是以一般生活所需為主，例如出售報刊雜誌、藥品、麵包和食肆。如果在華人聚集的地方，不用說

多是回國禮品店。除了澳洲你找不到的特產外，大家不必奇怪它們可以提供大量的奶粉，給國內的遊客同胞堂堂正正、歡天喜地的帶回家去。有時候也遇到在一般超級市場裏，因為奶粉的價格比回國禮品店更便宜，也經常出現售罄的情況。

作為一個旅客，購物畢竟是一種消費的樂趣，尤其你總會留意一些別致、具有地方特色又便宜的東西。不過在我而言，我愈來愈相信，只看不買才是最大的挑戰。有許多東西老遠從地球的另一端搬回家後，才發覺它們並無用處。世界那麼大，就算你有萬千財富，也不能把所有東西據為己有。現在我只想拿出手機，迅速為一些心愛但沒有需要的東西拍照。留在手機上的存檔裏，回看時讓影像重溫我逐漸荒廢的記憶。

二〇一五年六月七日

觀鯨記

每年五至八月，大批的座頭鯨（humpback whale）在南極的海洋渡過了夏季後，沿澳洲新南威爾士省和昆士蘭省東岸的水域遷徙回到溫暖的北部海洋。有些鯨魚帶同初生的小鯨經過新南威爾士省南部海岸的梅林布拉（Merimbula）和悉尼的附近水域覓食，正好是觀察牠們活動的最好時間。近日的電視新聞也不斷報導牠們在海上游弋，露出水面的情況。趁着這個機

會，不如到海邊觀鯨吧。

觀鯨總要有些準備，你要決定是否想近距離看見牠們，才選擇要不要乘船出海。不過觀鯨是一門生意。只要相信不應錯過任何機會，你會乖乖付出約八十澳元坐觀光船到海中等待。這樣看到鯨魚的機會，定必比在岸邊看為大。只是鯨魚的出現，有時候比預測天氣還要困難。我曾經乘船出海，那次經不起風浪，嘔吐大作，看不到鯨魚，只有幾條海豚游來游去。後來才知道，觀鯨的季節差不多接近尾聲，根本沒有甚麼鯨魚可看，結果給觀光船公司欺騙了。若是早一點看資料知道觀鯨的理想季節就好了！

觀鯨就像大家追星一樣，其中一條名叫 Migaloo 的座頭鯨一直成為眾人的焦點。原來 Migaloo 是史上第一條被發現的白鯨，每年差不多這個時候重回悉尼附近的水域。直到二〇一一年九月 Migaloo 身邊突然出現一條全白的小鯨。這樣的場面實在太感人了。於是我們叫小鯨做 MJ，跟叫 Michael Jackson 一樣。其實是叫牠做 Migaloo Junior。不過千萬別誤會小鯨是 Migaloo 誕下的。其實科學家早於二〇〇四年根據 Migaloo 身上脫掉的皮膚進行基因測試，發現原來牠原來是雄性。至於小鯨的母親是誰，那怕要從一萬五千多條的座頭鯨的基因進行仔細研究了。

Migaloo 今年二十八歲了。座頭鯨如果不被補殺，一般可以活到四十五至五十歲。牠們是澳洲受保護的動物，有一個專門的網站，詳細介紹牠的資料，有地圖顯示牠最近浮出水面的位置。於是我們可以瘋狂跟蹤牠出沒的海面，了解牠的健康情況，還關注牠背上逐漸出現的黃斑和紅斑。大家紛紛表示對近期出現的紅斑較為擔心，網頁上的 Twitter 就向大家發佈這可能是患

了皮膚癌的先兆。

你看澳洲人對動物的愛心，像是對自己的至愛親人一樣泛濫。有人會說這樣會不會對動物太好了。我不知道愛和關心是否需要這樣計算。明末清初理學家孫奇逢好像說過這句話：「登天難，求人更難；春冰薄，人情更薄；江湖險，人心更險。」付出一些愛心，總比活在一個沒有甚麼同情心、不顧你死我活的社會好吧？

最後我們選擇了不去乘船出海觀座頭鯨，因為相信牠們那麼活躍，悉尼東面的海邊總會看到牠們遠遠的蹤影。在那麼多陽光充沛的海岸之中，我們乘坐渡船，來到屈臣氏灣（Watsons Bay）。屈臣氏灣位於南端（South Head）半島的西面，東邊就是太平洋，是座頭鯨必經的水道。我們在崖上看到茫茫大海，藍色的水面上散落的帆船和其他船隻，更有些觀光船在海上來回經過，就是看不到座頭鯨或者牠們露出水面時濺起的白浪。有一刻以為看到了，原來又好像不是。

最後等了一小時，要離去時看見一隻白貓從樹叢中走出來。這隻貓頸上繫着一個鈴鐺，應該是有人飼養的，但身上的白毛有些已變成灰色了，看是在外邊流浪了好些日子。牠悠然自得在人們之間走過，沒有人騷擾牠，就逕自走到崖邊。動物有牠們的天地，恐怕就像海裏的座頭鯨，有自己的生活規律，不會理會岸邊和船上的觀光客的。

二〇一四年六月二十九日

回望

　　一年將盡，人人習慣回顧，好像電視和報章新聞的一年大事回顧一樣，讓大家從頭到尾看看值得回憶的事情和人物。翻出舊照片，重播舊錄像片段，快樂和不快樂，都在數十秒的時空裏面重生一次。一年三百六十五日，以為那麼悠長，不知不覺就輕鬆過去了，來不及抱怨，也來不及說聲道別。別奢望可以用相機把重要的一刹那留住。只是留住了一小部份，即是說留不住許多的部份。我們看到的其實就好像通過相機的取景器看出去的事物。我們簡單按下快門，把取景器範圍內的東西都變成數碼影像留下了，與朋友家人分享。要記着事情的細節並不容易，如果沒有分享照片的社交媒體，往往就很快便忘記許多東西了。

　　坦白說，喜歡攝影，因為喜歡直接了當記錄當時的一刻。相機的取景器的範圍以外，其實還有許多的東西。攝影的局限性就是抓住了這一個角度，就放棄了其他的角度。不過與其說是局限，不如說是個人的選擇。像我這樣的年紀，不要勉強自己選擇一些不喜歡的東西，例如對事物的立場，對結交朋友的要求。論語說過：「道不同，不相為謀。」我今年覺得做得最爽快的事，就是在臉書（Facebook）上 unfriend 了一個朋友。當時自己覺得有些衝動，事後仔細一想，為的是不想再看到無聊的說話、偏見和轉載的謊言，有甚麼不對勁的地方呢？

　　每年到了這個時候，像我一樣的臉書用戶，就會自動收到通知，告訴我臉書已經運用我上載的照片，為我準備了這一年的一個簡短回顧。我匆匆

的看了一遍就把它分享出去了。決定分享之前，我知道我還可以作一些細微的修訂，因為懶得再看，就由臉書處理好了。好幾個朋友看過這個一年回顧後，說為甚麼內容多總是食物和餸菜，沒有其他的主題嗎？我再一看，說得不錯，真的是充滿了一碟又一碟的美食，應該是我用手機拍攝的食物後就直接上載分享的照片。自己也不明白會有那麼多。可能臉書的設計是選擇色彩繽紛的照片。雖然是個誤會，想起被塑造成如此模樣，也想補救一番。但在網絡的世界裏談何容易。我許多的朋友既然看過了，也許不容易澄清吧。

跟一些年紀大的朋友回顧往事，心想一定是一件愉快的事情，因為可以分享一下他們許多「寶貴」的經驗。不過經驗是否「寶貴」，要看情況而定。許多事實和真相隨着歲月的洗禮，已經不是原來那樣子。記憶被美化固然是平常事，痛苦和悲哀也可以淡化。為了個人的利益，人重新解釋自己的經驗和重新塑造好的形象。所以歷史並無所謂的真實，也並非一成不變。一本歷史小說，起碼的好處是作者告訴我們，小說中的歷史背景是虛構的，並非真實。相反真正的事實被人多次的、重複的重新敍述下，已經面目模糊了。你甚至開始懷疑，失憶的是自己，還是別人？

很多時候我不看歷史，寧願相信當時現場的人的敍述。因為他們耳聞目睹，將事情的真相立即在那一刻直接呈現在我們面前。現今社交媒體更能夠有聲有畫、情景交融。正如六四是個大是大非的事情，多年後許多人已經改變了立場，更換了看法。若果你現在還心繫當時的事情，不識時務，當然被進步的人作你是個蠢人。馬克吐溫說得好：「如果你說實話，你不必惦記任何東西。」（If you tell the truth, you don't have to remember anything.）怪不得許多從政的人思覺失調、人格分裂，當初競選時許下的諾言在上任後紛

紛落空。

我想人長大了，不需要時常回望了，將來也許是遙遠不可及。一年將盡，其實沒有甚麼興趣看大事回顧。澳洲的媒體相信會陸續推出不同內容的專輯，考驗一下大家的記憶。但我腦海裏都離不開天災人禍，一時之間想不到甚麼開心的事情。有人說不如忘記過去，努力向前看吧。我想對於一些看不到將來的人，這句話是沒有多大意義的。我不是一個悲觀的人，正如王爾德（Oscar Wilde）說過這句話：「我們都生活在陰溝裏，但仍然有人仰望星空。」（We are all in the gutter, but some of us are looking at the stars）。只願健康常在，明天會更好。

二〇一四年十二月二十八日

活下去

英國獨立報（The Independent）網站有篇文章轉載自 Movehub.com。這篇文章引用 Numeo.com 的資料，報導全球生活費最昂貴的國家，澳洲名列第六。第一至第五名分別是：瑞士、挪威、委內瑞拉、冰島和丹麥。我們的近鄰新西蘭名列第七，新加坡緊貼其後。這個數字是根據一般物價釐定的，食物類包括肉、麵包、雞蛋、白米、水果、蔬菜和酒，交通類包括單程票、月票、的士車費、汽車油價和一部福士（Volkswagon）Golf 型號的價

錢，燃料類則包括水、電、暖氣和上網費用，還有的是高級、中級和大眾化餐廳餸菜的價錢。有趣的是這個比較是和紐約市的生活指數作比較。紐約市是一百，排名第六的澳洲的指數是九十九點三二，還未超越。香港的指數為七十五點二三，排名二十六，生活費比紐約平均便宜百分之二十五。

有些國家覆蓋範圍較廣，貧富懸殊可能較大，不知道整體的生活費有沒有考慮這些因素，有沒有計算本土和入口物品的分別？報導中也沒有詳細說明。須知道這些指數只作參考，實際上的生活費多少，因人因地而異。近年回港朋友都說香港生活費漲價得厲害。我只記得兩年前有些屋邨茶餐廳的簡單早餐還是二十元多，去年回去已經上升到貼近三十元。若是從百分比計算，當然漲幅驚人。如果你覺得貴不合理，大可以自己準備早餐，一樣可以能夠做到又便宜又有營養。問題是你有多少吃早餐的時間？時間永遠是上班族的煩惱。想多睡一點的話，就只有回到辦公室後才吃早餐。

雖然我不是麥當勞快餐店的常客，但純粹以價錢而論，澳洲的麥當勞早餐當然是快餐，價錢還算合理。一般咖啡館的早餐，例如全餐（full breakfast），要花上十二澳元以上。這個全餐包括雞蛋、煙肉、香腸、蘑菇和多士，豐富的擺放在碟上端上來。餐飲如咖啡或奶茶要另外算的，很少會包括在餐內。所以吃一個正常的早餐不付出二十澳元是不行的。

印象中只有在藍山小鎮 Wentworth Falls，一個由舊郵政局改建而成的咖啡館提供十一時前的特別早餐是包括飲品的。不過結帳時侍應多收了我們的咖啡奶茶；如果不是特別檢視帳單，根本不會發覺。我們也相信侍應不是刻意欺騙我們。只不過說明要享受一個典型的澳洲咖啡館的早餐，很少有少

於二十澳元這回事。

想像一下，到一個湯告魯斯（Tom Cruise）也到過的咖啡館進餐早餐，人生是否會美麗一點呢？有一回我跑到悉尼著名的曼尼（Manly）海邊，找一間海邊的咖啡館坐下來，花三十澳元買來一個咖啡館的早晨全餐，欣賞白色沙灘上海鷗冉冉飛過，藍天上一片白雲也沒有。後來心想這世界上還有許多三餐不繼的人，自己卻在享受奢華的美食，罪過罪過。事實上明星光顧過的咖啡館的早餐也不見特別美味，湯告魯斯也不是我杯茶。三十澳元約等於一百八十港元，足夠在香港吃幾個早餐了。

還是麥當勞的早午餐便宜吧。一個早餐例如熱香餅餐，加上熱奶茶或咖啡，大概五澳元左右，一般人都樂意付出。只是麥當勞餐的漢堡包的分量好像愈來愈小，薯餅和薯條的熱量過高，也不宜吃得太多。這樣低廉的價錢，你若果要裹腹，自然會把薯條的分量加大（奇怪沒有漢堡包的分量加大的選擇）。薯條的脂肪和汽水中的糖分，把許多澳洲人變成癡肥，澳洲變成胖子國。

麥當勞是城市的快餐王者，高速公路上的休憩點，但絕跡於鄉郊的小鎮。這樣絕不奇怪，若果麥當勞進佔鄉郊，許多當地的小咖啡館自然迅速滅絕，不可能和便宜的麥當勞餐競爭。一個鄉郊小鎮的早餐，賣的不會是快速劃一的美式文化，而是一種親切的人情味和進食的環境氣氛。相對而言，麥當勞進駐小鎮也幾乎不可能。因為小鎮本土的居民的光顧數量不可能平衡巨大的投資，除非有許多外來的遊客。

光顧小鎮的咖啡館是生活的享受。若果你趕時間，不要進去享受早餐，

因為除了花時間在菜單上選擇它們的特色早餐外，等食物端上來也要十多分鐘。你要叫自己淡淡的喝一口茶，看看剛出版的報紙，慢慢咀嚼自己點選的早餐，不要只顧玩手機覆臉書。智利作家伊莎貝爾阿連德（Isabel Allende）說過：「We want a world where life is preserved, and the quality of life is enriched for everybody, not only for the privileged.」世界變得太快，許多人只顧追求自己的權力和利益，不顧別人的死活。所以你不妨在小鎮咖啡館裏慢下來坐下來，給自己一點思索的空間。

生活費昂貴當然不等於美好的生活質素。生活費最低的國家依次為印度、尼泊爾、巴基斯坦、突尼斯和阿爾及利亞。印度排在榜末，有點意外。不過許多到過印度和尼泊爾的朋友，都覺得是值得旅遊的地方。人生苦短，趁着身體健康，應該走得更遠，看得更廣。

二〇一五年一月十八日

▍雞蛋

不知道從那時候開始，雞蛋變成一個不好的名稱。以前讀書時希望功課不會得到零蛋，考試更加要每科香腸加雙蛋。不過無論我如何努力，得到滿分的機會寥寥無幾，才知道世事無完美，不能強求。作文和藝術創作更是最佳例子，有時以為費盡心思，絞盡腦汁，以為會令人另眼相看；但各花入各

眼，每人看法不同，不能盡如人意，結果多的是失望而回。後來學會自嘲一番，凡事盡力而為，只要得到的分數不是零蛋，便是精神勝利。從此以後，心情果然暢快。

一個美妙的創作，不能給予滿分，容易理解；但一件糟透的創作，給予零分，也令人不解。我相信沒有人是智商零蛋的，所以硬要把蛋變成如此負面的代表，實在太不像話。說老實話，雞蛋是澳洲早餐的主要材料。一個澳洲超級大早餐（Big Brekkie），雙蛋必定是主要材料。你可以要求煎太陽蛋、煎雙面蛋或炒蛋，然後再配合香腸、草菇、番茄、香草和多士，伴着一壺 English Breakfast tea。先把碟上的食物切得一小片，慢慢吃，吃得滿足，吃得舒服。然後才知道雞蛋如此好吃。假日外出吃早餐，簡直變得無蛋不歡。

自己弄早餐，太陽蛋和炒蛋同樣合我心意。把雞蛋混和少許全脂鮮奶，用慢火煮以免煮得太熟，炒蛋會變得更滑更好味。滑蛋三文治的秘訣也許如此。只是有一次在附近一間港式茶餐廳叫了一份雞蛋三文治，竟然發現三文治夾的是煎蛋，不是炒滑蛋。這樣的蛋治是首創，我沒有見過。更加懷念以前在香港卜公碼頭入口大牌檔的滑蛋三文治。三文治夾着熱呼呼的炒蛋，又香又滑，軟滑得好像要由口中流出來。那種獨特香味，是否因為炒蛋用的是牛油，不得而知。只是吃過那麼的一次，印象就無法從腦海消失。

出外吃早餐，叫的多是太陽煎蛋，因為起碼知道它不是由雞蛋漿弄出來的。外出吃飯，吃進肚子的，不知道甚麼是真甚麼是假，只能相信店主的良心。有一次到英國旅遊，看見一間餐廳門前的餐牌，大大的字體寫着自家製番茄湯。走得倦了，看見店主寫得如此坦白，便想嚐嚐這家獨特的番茄湯。

湯其實是不錯的,那天天氣出奇的好,經過幾天陰雨,走過湖畔來到這裏,坐在陽光下慢慢咀嚼,自覺人生幾何。餐後看見廚師從冰箱裏拿出茄色的一個大袋添加湯料。他剪開袋子上端,把茄紅的漿傾進大大的焗裏面,攪拌均勻後,熱騰騰的番茄湯就如此弄出來。原來所謂自家製,是把原料改良、加添自己配料的意思。自家製不是虛假,因為顧客有非分之想,才以為每間餐廳都與別不同。自家調味,也許就是自家製最佳解釋。

在澳洲外出吃飯,無論叫的是煎蛋或炒蛋,供應的都是本地雞蛋,不用太擔心是假蛋,反而應該要知道不要吃得過量,有損健康。每隻雞蛋含有一點六克的飽和脂肪和二百毫克的膽固醇。早期研究認為兩者引致心臟病。不過近年的研究卻指出雞蛋是便宜的超級糧食,而且有多種營養,對身體的好處多於壞處。不健康的原因是要煎炒得香滑,必須大量使用食油,例如花生油和牛油。牛油把雞蛋煮得更香滑,反而最不健康。

要吃得健康,不如燉蛋,把雞蛋放進水中,慢火煮滾後,然後立即熄火。蛋半熟至全熟視乎浸在熱水多久。浸得過久,雞蛋自然全熟。生雞蛋和半熟雞蛋都可能藏有未死的細菌,有些人吃下會拉肚子。全熟蛋又太乾太硬,吃得很辛苦。要把雞蛋黃弄到像日式拉麵配料中那麼軟滑,可能要多試幾次,看看需要多久浸在熱水中。吃燉蛋的煩惱,有時是因為剝蛋殼實在比想像中困難。那一次在北海道旅行,竟然發現日本人剝蛋殼的方法。他們只不過是用一般用作封口的紙條把整個雞蛋黏着,敲碎蛋殼,然後解開紙條,蛋殼自然黏住紙條脫離。日本人類似的小聰明,在日常生活中,隨處可見。

近日新南威爾士州的雞蛋突然供應不足。許多人下班之後走到超級市

場，看見架上空空如也，貴價的走地雞蛋（free-range eggs）首先缺少供應，大家轉而搶購籠子養的雞下的平價蛋，結果所有雞蛋均被搶購一空，直至這數天才回復正常。籠子養雞的雞蛋七克十二個只售三澳元，同樣重量的走地雞蛋售價卻接近五澳元，價錢相差超過百分之六十。但大家卻逐漸多購買走地雞蛋，現在兩者都差不多是各佔一半。走地雞蛋短缺的原因之一是聯邦政府修改了走地雞蛋的定義，農場定要提供更多的戶外空間給母雞走動，但短期內的空間擴張不容易解決。另外一個原因是踏入冬季後，提早入黑，母雞生蛋也較少。

那種雞蛋較好？有些研究找來幾個名廚，蒙上雙眼，嘗試找出最美味的雞蛋，平價蛋竟然勝出。結果其實並不意外，味道好壞來自直覺，大家心中必然有所偏好。這個世界的標準從來就是如此奇怪，如此難以解釋。

二○一六年六月十三日

▎看樹看林

我家門前的一棵樹高約四米，叫做 Box Elder。根據維基百科的解釋，Box Elder 的學名叫 Acer negundo，中文翻譯為梣葉槭。對於一個毫不認識植物的我來說，真的不知道怎樣讀它的名稱。每一個名稱都是問號，更加是一門學問。很慚愧，對於其他長在屋子四周的樹，好像是一家人，卻叫不出

它們的名字。

Box Elder 最高能長到二十米，一般高至八米，樹呈 V 形狀是向上生長的主樹幹和散開枝葉的樹冠。它遍植在社區的許多行人道上、公園和私人房子的花園裏面，可算是其中一種很普遍種植在澳洲南部、氣溫較低的地方的樹。但是我家門前的 Box Elder 跟一般的長得有點不同，它不是只有一支樹幹，而是有五支樹幹向上伸展，好像五根長長的手指。每支樹幹又長出其他的枝和葉，覆蓋樹前的部份臺階和小路。

剛搬來的時候，覺得它不好看：樹形有點怪，不過因為那時候是夏天，樹葉長得很茂密，又給前院帶來一點點綠色，襯托着紅色的屋頂瓦片，看來有它存在的價值。但是因為枝幹長得參差，影響了懸空的電線，於是想修剪一下枝葉。樹的枝葉就像我們的頭髮，經過一段時間長得過長，就到理髮店修剪一樣。起初不懂找誰人，結果在地區出版的免費報紙上，隨意找兩個專業園丁到來看看，一方面給這個工作報價，另一方面又可以聽聽修剪的意見。

兩個到來的專業園丁之中，其中一個叫 Tony，向我們提供了真正專業的意見。他首先說這棵樹本來只有主幹，不知誰人把接近地面的主幹砍斷了，主幹不能繼續長高，其他的支幹就在旁邊的空間生長出來，變成現在的模樣。還有其中的一個支幹因為細菌的侵蝕，樹葉長不出來。說它長得難看，其實沒有想過它曾經這樣的努力掙扎，爭取生存的空間。要問是誰令它長得難看？

Tony 提議剪掉太多向外伸展的枝葉，按照樹枝和葉子覆蓋的範圍慢慢

修剪。這樣的過程一些也不能快，功夫也較多。他知道 Box Elder 不屬於受保護的樹木，不用向區議會申請移除。他卻沒有建議我們整株移除。樹有樹齡，從這棵樹的健康狀況看來，也許是走向衰老了。但他告訴我們有些花園的樹木，在我們屋子的範圍內，也不能隨意妄為，若要移走必須事先向區議會申請，提出具體的理由。許多不想經過這麼繁複手續的人，心想樹木在自己的花園中，隨便找一個有砍伐工具的人，趁鄰居不為意的時候就把它砍掉下來。

部份這樣做的人是從海外移居悉尼的人。他們毫不了解樹木在整個生態環境的作用，也不曉得為甚麼要在自己的花園中要種植這麼多樹和植物。小樹和花卉價值不菲，有些新建的房子乾脆就用水泥蓋建花園，只在地上放置一些簡單的盆栽植物，點綴一下環境，看來也有一種假作真時真亦假的味道。不過我請教過另外一個替我們做室內裝修的人，他建議不要這樣做。水泥的花園打理容易，但夏天時猛烈的陽光照射在地面，反射的熱力反而令屋子的溫度升高。花園是綠草的話，可以吸收部份的陽光，減少反射作用。

我們住的地區別稱為叢林郡，全郡五千一百畝的土地上，百分之六十七是叢林。朋友旅遊澳洲，從昆士蘭州乘飛機到達悉尼範圍的上空，立即看見地面上綠色的叢林，跟充滿陽光少叢林的昆士蘭州大相逕庭。悉尼雖然不能稱為花園城市，但是許多地區保留綠化面積頗有成績。屋子在樹林的包圍下，能夠減低溫度、減少空氣污染、平衡濕度和降低噪音。跟以前居住的地區相比，因為街道和屋子相隔前院，最明顯的是屋內空氣中的灰塵粒子減少許多。看到綠色的樹和草地，還有季節中盛放的花朵，不能不說是視覺和心靈的享受。

印度聖雄甘地說過：「我們怎樣對待樹木，反映我們怎樣對待自己和他人。」事實上砍伐樹木從未停止，人類亦不斷互相仇視殺戮。美國的小說家 Maggie Stiefvatar 更直接說：「如果我是一棵樹，我沒有理由會愛上人類。」我不是積極的環保分子，不過若不是每一個人有所犧牲，例如不安裝空調減少二氧化碳排放，環境不會改善的。

二〇一四年九月二十九日

▌遊園

九月是澳洲春季的開始，今年悉尼的春天日間一般氣溫比較平均溫度高出攝氏二至三度。但夜間還是寒冷，低於攝氏十度以下。到了十月初氣溫有些回暖，晚上雖然仍然低至攝氏十二、三度，但日間氣溫已經回升到二十多度。早晚和正午已經是兩個完全不同的季節。大家心想冬天終於過去了，可是春天瞬間變成了初夏，又有些不習慣。有一天更突然上升到三十五度，實在溫暖得有點不尋常。

春暖滿地花開，尤其在許多街道和地方都看到不同顏色的花朵，使人的確心情開朗。剛搬來這房子的時候看到滿園多種不同的花卉植物，有點不明白。後來才了解到前主人確是有心人，希望看到四周四季散發繽紛的顏色，點綴單調的屋子。冬天的時候前院一端的山茶花樹牆開滿鮮紅和紫色的花，

到了春天，另外一邊的杜鵑花又盛開了。不過今年年初天氣時熱時冷，門前的一株水仙花長出葉子後，不再見到長出帶清香的白黃雙色小花。過了一段時候，葉子也枯萎不見了。天氣反覆不定，花朵都好像不在慣常的季節盛放。顯然花樹也有對氣候轉變的直覺，冷暖自知。

懷念水仙花，想到它是過去在香港過農曆新年其中一種最普遍的年花，也聯想到在英格蘭旅遊時遍植路旁這些水仙花。自然是一種態度，簡單就是美麗。值得一提的是在瑞士旅行時，適逢春天四月火車經過大幅田野上遍佈無數的小黃花，翻查網絡上的資料，是不是叫做黃花酢醬草呢？若是弄錯了，請原諒我這個對自然甚少理解的人。

不過我的許多朋友倒對植物很有心得，看見我近乎荒棄的花園，不時向我提供園藝的意見，希望我愛護我家的花草樹木，把它們打理得井井有條。有些朋友在自己的屋子後院種植些果樹，例如檸檬、橙和金桔。看到果實纍纍，別有一番滿足。

要打理好花園，時間和心思不可缺少，一念之差，可能破壞了原來的生態平衡。我們後院中央的日本楓樹的位置影響了旁邊的藍花楹（Jacaranda），藍花楹的樹冠又覆蓋着日本楓樹。結果日本楓樹不能正常向上生長，枝幹只好向橫伸展，也日漸瘦弱。我們權衡輕重，只好向區議會申請把它整株移除。之後藍花楹的枝葉成蔭自由伸出，覆蓋原來日本楓樹的位置，長得非常健康壯大。

植物有它們的生態環境，有時候不能不說這是大自然的奇蹟。藍花楹在

春季開始葉子變黃，在陽光下整棵樹分外金黃得耀眼，在初春的新綠中有它的姿態。接着枯葉和枝幹全部脫落在地上，再到春季末，藍色的花長滿一樹，那就是說夏天將到了。藍花楹在大學校園中也是普遍的樹木，沿路一株又一株盛開藍色的花朵，可說是一年中最美好的時光。不過對學生而言，藍花楹盛放表示學期將盡，考試的日子快來，可能無心欣賞，半點也不美麗。

每年九月至十月，許多公開和私人花園都開放給訪客參觀賞花。許多住在悉尼的人愛到首都坎培拉看一年一度的最大的花展。這個花展叫做 Floriade，位於國會山下的聯邦公園，佔地四畝，不收入場費。但是從悉尼駕車前往，來回需要六小時，找酒店投宿一晚可能令你遊玩得較為舒暢。去年我們到訪過，其中最多的是鬱金香（Tulip），甚麼顏色都有，在一遍花海之中遊園，可以看見許多人舒泰的賞花。只是我覺得太多人工的裝飾和布置。

今年我們和幾個朋友到藍山的小鎮雷拉（Leura），參觀花園節。今年是雷拉花園節的五十周年，參與的公私營的花園共有十一個。你可以花二十五澳元參觀全部，也可以花五澳元參觀一個花園。我們結果選擇了最大的 Everglades。Everglades 是一個歐洲風格的花園，佔地十三畝，本來是比利時工業家 Henri Van de Velde 私人週末賞樂的花園。一九六二年國民信託基金購入後，輾轉經過修葺和改善，開放予公眾參觀，一般收取十澳元入場費。無可否認春天是最佳的遊園季節，而且 Everglades 和坎培拉的花展相比，遊人不太算多，你可以從容在園中仔細寫意參觀。

在雷拉的 Everglades 遊園，心情無限暢快，卻只是片刻令人遠離充滿醜惡的現實。當然現今世界烽火處處，想起那些當權者虛偽的嘴臉，心中滿是

憤怒。要知道夢醒過後，我們不能夠只顧沉默。要改變世界的不義和不公平，還是需要每一個人的積極和努力的。

二○一五年九月

歡樂滿人間

趁着家人聚首一堂，大家取假到悉尼的周邊一行。藍山遊自然是首選，今次在小鎮雷拉（Leura）住了兩天，避開遊客聚集的卡通巴（Katoomba）。入住的是一間公寓式（apartment）的酒店，靠近火車站和商店大街，步行到咖啡館、書店、超級市場、服裝店和餐廳都很方便。這些酒店原本是住宅，部份改裝成為酒店，由一個酒店集團統一管理，尤其能夠提供上鎖的停車場，比較一般汽車旅館把車子泊在門口，更為安全。不過因為是低密度住宅的設計，沒有升降機，對老人家或行動不便的旅客可能造成一定困難。

酒店的房間是由一個兩房單位組成，各自設有獨立洗手間，其中一個房間更有寬敞的起居間和開放式廚房，一家大小坐在一起聊天或進餐，實在開心不過。

唯一失望的是第三天早上到達卡通巴的回聲點（Echo Point）瞭望臺時，濕氣太多太厚，連近在咫尺的三姊妹山頭也看不到。

第二站到達位於悉尼西南部的高地，簡單的叫做南部高地（Southern Highland）。南部高地是高速公路通往首都堪培拉必經之地，距離悉尼市約一百一十公里，駕車到來約需要一個多小時。若果嫌直接驅車前往堪培拉太遠，可在南部高地的小鎮稍作停留。尤其不要錯過其中的主要商業中心鮑勒爾（Bowral）著名的食肆和時裝店。旅遊澳洲，不要只顧及名牌。相比歐美大家熟悉的名牌，澳洲本土的品牌在國際上是沒有甚麼人認識的。你當然在鮑勃爾可以找到一般的澳洲品牌，但是不要忽略其中別具特色的小型時裝精品商店，正是市郊小鎮的購物精華所在。鮑勃爾的大街也有許多咖啡館和得過獎的糕餅店，消磨數小時絕對不是一個問題。

聽過 Mary Poppins 嗎？她的原作者 P.L. 卓華斯 (P.L. Travers) 也曾經住過鮑勃爾。這位於昆士蘭州出生的女作家一九二四年移居英國後，從一九三三年到八十年代，撰寫了一系列的《Mary Poppins》小說，內容是說善良的仙女褓母 Mary Poppins 來到人間幫助 Banks 家的兩位小孩重拾歡笑，教導他們如何克服生活的困難。原著中 Mary Poppins 其實嚴謹又自大，經華特迪士尼電影公司大筆一揮，把 Mary Poppins 變成又善良又可愛，搬到銀幕上，改編成為音樂劇電影《歡樂滿人間》，由茉莉安德絲（Julie Andrews）飾演 Mary Poppins，得到了奧斯卡最佳女主角獎和其他四個獎項（最佳原著配樂、最佳歌曲、最佳剪接和最佳視覺效果獎）。

二〇一三年，迪士尼的《大夢想家》（Saving Mr Banks）是一部關於迪士尼生平的的電影，其中就是描述迪士尼當年如何成功游說卓華斯將小說《歡樂滿人間》搬上銀幕。《大夢想家》的演員也是一時之選，飾演華特迪士尼是湯漢斯（Tom Hanks），女主角飾演卓華斯的是愛瑪湯遜（Emma

Thompson）。有趣的是，愛瑪湯遜在《大夢想家》的演出備受好評，囊括許多女主角獎，但失落奧斯卡。

《大夢想家》曾經獲得悉尼本地的電視臺的積極推薦，也買了許多廣告時間，不過不是所有人都喜歡這部電影。部份影評人覺得這部電影是華特迪士尼夫子自道。電影中說迪士尼親自飛往倫敦，向卓華斯分享他個人痛苦的經歷，感動她出售改編的版權。電影中卓華斯被描述為人不易相處，討厭孩子，不喜歡玩具、糖果、歌曲、舞蹈和動畫；相反迪士尼永遠笑臉迎人，對員工有禮和善，他更會為了孩子的歡樂會不惜一切。電影中好像有一句對白：「一個人不能違背對孩子的承諾，這正是作為父親應該做的事情。」（A man cannot break a promise he made to his kids. That's what being a daddy is all about.）

不過也有人揭露迪士尼樂園歡樂的背後，有許多不為人知的辛酸。聽說現實中卓華斯也不是受到華特迪士尼的誠意而簽約，而是她的生活出現了問題，不得不儘速解決財困渡過難關。《大夢想家》用這個結尾，正正符合迪士尼一貫的歡樂主題，所有的東西都被容易處理得像童話一樣，連壞蛋也受到感動，改變過來。在《大夢想家》裏，卓華斯是壞人，華特迪士尼是永遠是好人。電影是夢，虛擬得怎叫人相信。

Mary Poppins 其後也改編成為舞臺音樂劇，去年也在悉尼上演過一段時間。也可算是間接澳洲出品的名牌吧。

當然 Mary Poppins 的形象，打着一把黑傘，持着手提包，鮮明得很，

不知道有沒有啟發宮崎駿的動畫《魔女宅急便》中少女琪琪的形象。無論如何，傘子用作擋光遮雨，明顯是保護我們以免受到傷害。硬說雨傘是攻擊性武器，這是用謊言傷害善良的人，應當受到嚴厲譴責。一個社會是非顛倒，曲直不分，難免令人痛心。有時候我心痛得不想再看欺凌群眾的電視畫面，想起「歡樂滿人間」這一句，歡樂是否遙遠得不可及嗎？

二○一五年一月十一日

▌人生跑道

年紀大了，勇字不行頭，相比以前的率性而為，大家都紛紛注重自己的健康狀況起來。例如大家不斷注意各類顯示狀態的指標，忽然短短數月之間變成了記憶數字的專家，隨意可以搬出一大堆的數據。我們也開始分享多了有關飲食營養的資料，減少進食多鹽、多油和多糖的食物，嘗試多吃蔬果。然後也找尋各式各樣合適的運動，討論究竟怎樣才使四肢舒展，均衡作息和工作，總之尋找符合所謂健康的生活跑道。如果你的身邊有如此這般這些朋友，不必奇怪。因為大家的年齡相近，曾經風光過，自然不必回首。

健康的「跑道」好像是潮語，比較「方式」之類，帶一點動態，也不怎麼老餅。人一生在跑，出生一刻已被放在起跑線上，跟別人比拼，選擇跑或不跑已經帶一點哲學的意味。當然命運總不由你決定，不跑的話，已被別人

看低一線；要跑嗎？看看自己的天賦本錢，叫人洩氣，所謂輸在起跑線上，不由你不信。但要知道起跑線其實模糊得很。起跑，有人跟着線道慢慢跑，有人中途才加速，越過了其他人。不過必須知道人生的終點未必是同一線，輸在起跑線上不等於輸在終點線上。只能說死亡是勝利者，面對死亡，我們必敗。

難怪大家都想慢慢的跑，或者更希望能夠選擇一點停下來，甚至回到從前的那些美好日子。年輕時的跑沒有甚麼計算。起跑了，大家就拼命向前衝，靠的是一份熱血和執着。想起中一的時候準備社際越野比賽，所有同學規定必須參加那短短幾公里賽事的賽前測試。下課後，大家換上短衣短褲齊集更衣室門外，熱熱身，輕鬆說說笑。到社領袖一聲令下，大家都由他帶領跑出校園，沿着馬路走上山上的梯級，然後踏入馬路上，遙望山下的校園，沿着另外一條大路跑下山來。那一下一下在路上的大踏步，好像四周都響着重重回應。向前張望，回頭一看，都不見其他同學。不知道是跑得太快，還是跑得太慢。

最後的一段跑入村莊，那是最後發功的時候。餘下的路程距離校園大約不過半公里，要勝得精彩與否，由你決定。可是途中經過豬場，撲面而來是一陣又一陣的豬糞和餿水的味道，若不加快腳步，定會氣絕而亡。但大部份同學都已經筋疲力盡，原則上要張開大口呼吸，又要掩着鼻，辛苦的情況可想而知。到最後到達校內終點計算成績，首二十名之內的每位同學可以得到一支可口可樂。要知道那個年代，可口可樂毫無疑問是一個名牌，正如廣告說，點止係汽水咁簡單。

那時候沒有人想過可口可樂和其他的汽水的糖含量太多，會對健康產生不良的影響。中學教科書上介紹可口可樂，也只是說它是一種神秘的糖漿。因為它太神秘了，我有個朋友說它含有中藥，所以驗測不出它的主要成分。另外一個朋友又說它有治癒一般疾病的能力，所以凡有傷風感冒，必灌以可口可樂，好像萬試萬靈。大家都說檸檬煲可樂更為有效，可是我沒有想過用它來治病。直到八十年代初到北京遊覽，探訪故宮，竟然發覺有可口可樂出售。不過要用外匯券或美元購買。朋友覺得有點感冒，找醫生不容易，想起熱檸檬可樂，心想不如一試。向服務員提議，她覺得匪夷所思，嚴厲拒絕我們。一瓶不便宜的可口可樂，煲熱來喝，是不是糟蹋了？

聰明的可口可樂公司早想到了轉變。如果糖分高的產品受到抗議，銷量下降，盈利必定受到影響。可口可樂出產的瓶裝水，在澳洲售賣的牌子叫Mount Franklin。數據顯示，在瓶裝水的市場佔有率，Mount Franklin 達到百分之四十，比第二位多兩倍。看研究結果推算，約有五百萬多、平均十四歲以上的澳洲人表示每星期都飲用瓶裝水。這個數字每年平均上升百分之八，真是一個賺錢的生意。

瓶裝水每支三澳元，鮮奶和車用汽油每公升平均不到一點五澳元，真是一個諷刺。地球的污染令食水和空氣變成有價，正如澳洲有些商人正向中國大陸大量輸出瓶裝空氣，受到極大歡迎。以前國內的朋友向我推銷國內的名山大川，認為它們是天然的「大氧吧」，空氣取之不盡，用之不竭。現在中國的大城市空氣質素有目共睹，遲早潔淨的空氣跟貴重金屬同價。這是一個沒有為下一代設想的國家。每個富裕有權勢的人不斷巧取豪奪，為自己建造美好的現在，摧毀其他人的將來。

沒有想到自然環境已經不自主走向衰敗，不得不傷心。其實有時候安慰自己，可否看見這世界的盡頭？看得見又與我何干？不過全球已無疆界，例如普遍氣溫上升已經是事實，不能假裝看不見，不作出解決的辦法。如果不好好保護資源，健康的你我也一樣沒有美好的明天。

二〇一六年五月八日

▎人生學生

以前在香港的時候，每年三至五月，杜鵑花盛開，便知道公開考試的季節快來了。杜鵑花因此給人起了一個別名「騰雞花」，用「騰雞」來比喻準備不足、患得患失應對考試的心情，實在貼切不過。悉尼的春天，杜鵑花並非不常見，但是春天最美麗的花，不能不說是藍花楹（Jacaranda）。這種在樹上長出的藍色、紫色一束束的小花，滿佈在所有沒有甚麼綠葉的枝丫。風輕輕吹過，吹落花瓣，散落在草地上，在樹木的四周造成一個別致的藍紫圖案。如果街道兩旁種滿藍花楹，沿街望過去在初春的新綠中盡是一海藍紫，在晴天的陽光下夾雜紅色瓦片的房子，你說春天有多浪漫。

大學的行政主樓是一幢英式的四合院，中央是四幅大草坪，其中東面草坪靠近建築物的一角種植了一株藍花楹，不知道樹齡多少，在春天開得燦爛。樹的旁邊就是考試的大禮堂，相信每一個到來應考的學生都會看見盛開

的藍花楹，或者曾經在樹下溫習書本和筆記，看着藍色的花瓣飄落身上。我相信每個人都有屬於考試的聯想，在記憶中確認自己的年代。

考試是其中一種合理的評核方法。但有些人總是對考試的環境感到有重重的壓力，就算如何熟讀考試範圍，踏進試場的一刻，身體發熱，掌心冒汗，所有唸熟的東西都拋到九霄雲外，自然不能夠發揮應有的水平。這種心理的壓力若是得到醫生的証實，大學會有適當的安排，盡可能給予彈性的處理。例如學生可以得到較長的時間作答，或者單獨在一個課室內進行考試，避開大禮堂考試的緊張氣氛。

其實有些學生沒有這方面的障礙，但總希望在考試前得到一點優待，有一些古怪的念頭令他們覺得使用某些方法比其他人更加容易得到好成績。其一是先申請病假。等到其他同學參加考試之後，一定會記得某一些試題內容。老師可能因為公平起見，也會在補考時出類似原來考試的題目。這些學生就會想：補考對我不是較為有利嗎？所以在大學的考試季節前，有些醫生就在醫務所張貼告示，叫抱着這個目的學生不要找他們寫病假書。許多醫生知道學生說的是謊言，老師根據學生平常的表現也想到學生不是說真話。不過大學有請假的渠道，考慮到學生的境況，所以只好按一定的程序處理。謊言除了騙了老師，也騙了自己。

如果不申請病假，我聽過更離譜的是當考試進行中，校方突然收到來歷不明的電話，虛報校園放置了炸彈。這樣做，學生必然會疏散到空曠地方，等待消防員和警察到場詳細檢查。在沒有任何証據之前，沒有人敢把這個消息作虛報看待。一般來說，待檢查完畢，多數是回到試場繼續考試。不過在

這個情況下，學生有沒有機會互相交流試題內容，不得而知。雖然不用正當的方法面對考試的人，畢竟只是少數。聰明的人曉得用這樣的方法影響考試，這叫做聰明嗎？倒不如說是自私。可以說這樣逃避下去不會無了期，始終也要直接面對一個評核的方法。

有人說，不用考試，用持續的評核不是更有效嗎？問題是：過多的持續評核，只會中斷學習的進度。有些課程不用考試，只要學生繳交論文。寫論文其實是一個展示你對某一個問題的看法。我希望我的學生能夠不是重複課堂、書本和筆記的觀點，最好能破舊立新，表達不同的思考模式和鋪陳立論。可是有些學生想走捷徑，不但沒有好好寫好論文，還找人代筆。一星期前「悉尼晨鋒報」（The Sydney Morning Herald）便報導過一所論文工廠，向新南威爾士州的大學學生提供論文撰寫服務。這兩名記者深入偵查，揭發約有一千個學生曾經使用它的服務，包括撰寫論文和完成作業，更有代考網上測驗。這個網站的主要服務對象是來自中國的留學生。每份功課大概收費一千澳元。

消息刊出後，許多人譁然。不過請人代筆不是新鮮事物，不然的話大學也不會要求學生把論文上載到一個偵測抄襲的網上工具，進行比較，看看有多少是不注明出處非法使用別人的材料。情況嚴重的個案，學生會受到嚴厲的懲罰。這類情況相信會有增無減，因為教育已成為澳洲第四大出口產業。試想想一個海外的留學生每年的大學學費要多少？答案是約四萬澳元。二〇一三年澳洲政府批出共二十三萬個學生簽證，三分之一來自中國。

教育已經變成商品和商機，學生的數量這麼多，如何保證教育的質量是

老生常談。我曾經是人之患，總覺得人生不斷學習，學海無涯，不敢自視為一個老師，寧願當一個勇於求問的學生。

二〇一四年十一月十六日

萬語千言

下班後，一天的工作完了，其實甚麼也不想做，最好看看消閒書（不是看臉書），把煩惱拋諸腦後。在乘坐回家的火車上，看書的乘客其實不算太少，在平板電腦或智能電話上看電子書、電影或電視劇的人也愈來愈多了。在澳洲印製的一般書籍例如小說，雖然是平裝版本，相比香港版本或美國版本的尺寸較大，放不下口袋，不能叫袋裝書。不過反而因為書本的面積較大，字體也相應增大，感覺上不會密密麻麻，看起來也不用太辛苦。許多人就這樣一手持着書，一手持着紙杯咖啡，輕鬆的走在路上。

叫人讀書，的確一點也不容易。香港勤力用功的孩子，可能讀得最多的書是教科書。所以再提到讀書，許多人會怕怕，敬而遠之。像我這樣的人年齡漸長，因為工作上的需要，看書的機會倒多起來，不用強迫，可以自由選擇愛讀的書。村上春樹曾經說過：如果你看的書也都是別人正在閱讀的書，你只能培養到跟其他人一樣的想法。所以慎選好書實在重要。因為書海中千言萬語，怕的是吾生有涯，不能把所有好書讀完。

澳洲書店出售的一般新書，例如小說吧，每本平均售二十到三十澳元，相比從海外的購書網站例如亞馬遜（amazon.com）訂購加付運費用還要高。悉尼好像沒有香港的二樓書店或樓上書店，書價永遠是原本的八折。但是有些本土的網站有時候提供折扣優惠，還可以免費付運，看來還是不錯的選擇。這些網站的書種可能不及亞馬遜多，可能是市場的需求不同。不過網頁的設計和運作頗為相似，可能是和亞馬遜有某些商業聯繫吧。

我在網上訂購的通常是著名作者的新作。若果我要購買澳洲本土作家出版的書籍，我寧願跑到書店，先翻閱一下內容才下決定。悉尼有些出售平價家庭用品的連鎖店，例如一間叫 Big W 的書籍部，有時候也有為某幾本推薦新書或暢銷書提供特別的折扣，比正式的書店便宜近百分之三十至四十，可算是一個意外的收穫。

悉尼最著名的書店集團，非 Dymocks 莫屬。Dymocks 的創辦人是 William Dymocks。一八七九年第一間 Dymocks 書店在市場街（Market Street）開業。現時位於悉尼市中心喬治街（George Street）的旗艦店是於一九二二年改建酒店而成。Dymocks 書店現在由 Forsyth 家族經營，加上在香港開設的十二間分店，至今全部書店總數已達九十六間。可是 Dymocks 書店的書鐵價不二，除非是優惠期間或者心急想讀書，一般而言，我多數是翻閱不買的。若你是住近大學校園，不妨成為大學書店（Co-op）的會員，一般有九折優惠，也算不錯。

書店是一個城市和社區的縮影。有些社區有數間獨立的書店營業，其中有些出售專門知識領域的書，頗有特色。有些社區一間書店也沒有，或者反

映了居民的生活趣味。經營書店是一門生意，讀書人少了，書店自然難以持續。但悉尼好些二手書店仍然有生存的空間。我家附近的一間小二手書店，每本舊書回收價五十澳仙。店員把熱門的書放近櫥窗，標價約是十澳元左右。從流通量看，生意似乎不錯。

至於出售中文書的書店，我喜歡來自日本的紀伊國屋書店（Kinokuniya），它位於悉尼市中心的 The Galleries 商場，正好在喬治街維多利亞女王大廈（Queen Victoria Building）的對面。它也出售英、日、法和德文的書籍。英文書當然佔了大部份，但中文書籍包括了中、港、臺三地的出版，比較一些只售國內書的書店，有它別具一格的品味和胸襟。村上春樹的中譯本和韓寒的著作，我都在那裏買的。可惜的是，近來愈來愈多的中文書給薄薄的透明膠密封，有些是原來出版社的做法，有些看得出是書店為現存的書加上去的。聰明的你，自然明白為甚麼中文書跟其他書的待遇如此不同。

作為一個讀者我覺得有些傷感。萬語千言，不知從何說起。

二〇一四年八月三日

▎網球明星

網球四大滿貫的第一個賽事：一年一度澳洲網球公開賽於今天（一月二十一日）開始舉行了。住在墨爾本的朋友一定感覺到賽事的熱鬧氣氛。墨

爾本確是一個與別不同的文化城市，令我們住在悉尼這邊的人感到戚戚然，為甚麼精彩的東西都不在悉尼呢？好比討論大城市如北京和上海，香港和新加坡，大家不斷掛在嘴邊，究竟誰優勝誰落後。到底為甚麼總是比較？為甚麼總要分勝負？這種鬥爭的意識，可能是源於心底的某種自卑感，誓要把對手擊敗，彼此拼個你死我活。

我喜愛在電視上看運動比賽轉播，不願付鈔入場觀賞，所以澳洲網球公開賽，無論在墨爾本或悉尼舉行，根本不重要。況且獨家播映的七號電視臺，除了即時轉播之外，去年已經推出一個在智能手機的專用程式，直接收看，方便得很。只要你接駁到快速的無線網路，無間斷收看是不成問題的。理論上在街道上、商場裏、巴士火車上也可以看個飽。聽聞以前不少球迷，在上班時跑到附近的小酒館看電視轉播，假裝很忙碌不接聽電話，說自己不身在辦公室。現在不須如此了，小小的屏幕已經令人看得瘋狂。

有人猜說不定有些人定是賭癮發作，趁着在小酒館看賽事直播時下注，碰一碰運氣。澳洲的賭博公司，對多種運動都開出盤口。小酒館也有下注機，方便大家用另外一種方式直接投入賽事。我曾經站在一旁，看了一會，還弄不清楚個究竟，看來我與運氣無緣吧。

公開賽之前，許多球手都會參加熱身賽，試試自己的實力。不過職業球員要保持水準，根本不一定靠熱身賽。他們的日常練習普通如我們的返回辦公室工作，平均每天數小時練習，保持自己永遠在作戰狀態。他們反而要小心不要在熱身賽受傷，形響了大賽的表現。其他排名次一級的球手，往往趁機施出渾身解數，所以爆冷頻頻，賽果令人意外。今年女子組的大熱門如威

廉絲和舒拉寶娃均因傷退出熱身賽，令人想到體育運動不是單靠體力，還要靠適當的策略，才能過關斬將。

說運用策略，就想起澳洲的球手、世界排名十七位的伯納德‧托米奇（Bernard Tomic）。今年在悉尼熱身賽中的一場賽事中先勝了一局六比三，第二局也領先三比〇，托米奇突然說自己食物中毒感到不適，不打下去了。但他對球証的對話卻被人收錄下來，顯示他剛得悉澳洲公開賽的比賽安排對他有利，所以提早退出保留實力應付初賽的對手，並非真正受傷。事後在記者會中否認說過這番話。

托米奇曾經是澳洲網球壇的新星，大家對他寄以厚望。如果他勝出悉尼熱身賽，排名將會上升至世界第十六，是近年澳洲球手難得的位置。球場外的托米奇跟許多年輕人一樣，有了點名氣就有點脾氣。二〇一二年他曾經在一天內觸犯交通法例，被票控三次；為了逃避警方的追捕，把自己反鎖在家中。二〇一五年溫布頓公開賽第三圈他輸給了祖高域（Novak Djokovic）後，在記者會大爆他和妹妹得不到澳洲體育界的財政支持和尊重，導致他被棄選加入澳洲國家隊出戰戴維斯杯（Davis Cup）。而今經過數月，大家以為他收斂了脾氣，打好賽事。但今次戲劇性退出熱身賽，又令人嘆息不已。

我心中的網球明星，始終是瑞士籍的羅傑‧費德勒（Roger Federer），記得香港的報章把他譯作費達拿，大陸譯作費德瑞反而有點不慣。現時三十四歲的費達拿已經不是世界男單排名第一，但拿下獎項總數已經是世界第一了。八十八個獎項之中，他取得十七個大滿貫，四個澳洲公開賽冠軍。去年在決賽時遇上勁敵祖高域，不敵取得亞軍。祖高域取得五個澳洲公開賽

冠軍，破了費達拿的記錄。

早年費達拿和西班牙籍的拿度（Nadal）的對賽是必看之戰。拿度是左手悍將，貌似海盜，擊球時全力以赴，配合一聲呼喝，聞者喪膽；但用力過猛，因此容易受傷。去年拿度傷癒復出，短短數月，重上世界第五，簡直不可思議。現今再看兩「拿」打決賽並不容易，因為還有許多球手，虎視眈眈。澳洲公開賽賽程中，看來費達拿要擊敗力圖衞冕的祖高域，才能碰上拿度。又要拿度奮勇作戰，克服容易受傷的陰影，才會令兩人再次碰頭。

當然俗話說世事無絕對。從電視轉播收看到如此精彩的賽事，不需要付分毫，可說是幸運。看球賽過程中球手的勝和敗，有時候真的意想不到，不相信起承轉折都在短短幾個回合。只能老套說一句人生如球賽，球賽如人生。

二〇一六年一月二十四日

▌休伊特

談起澳洲網球公開賽，不能不提剛退下火線的三十四歲的球星休伊特（Lleyton Hewitt）。星期四（一月二十一日）晚上男單的第二圈賽事，休伊特對世界排名第八的西班牙球手大衞‧費雷爾（David Ferrer），力拼三局不敵敗下陣來，結束了他最後一屆出戰澳洲網球公開賽。其實這場球賽不乏高潮，雙方球來球往。勝方的費雷爾球技並不出眾，不過能把握致勝的關

鍵，相反休伊特似乎在苦苦糾纏。經過一輪苦戰掙扎而落敗，不能不說時不我與。

我還以為休伊特在去年的澳洲網球公開賽落敗宣布退休，所以奇怪他今年還上陣。其實二〇一五年是他告別年，即是說有一整年的時間向所有賽事和支持者說再見。休伊特二十歲時是世界球手排名第一，今年退休時已下跌到三百零八位。一九九七年首次出賽澳洲網球公開賽時只有十五歲，出戰二十年，不管戰績如何，都是澳洲球手中的一項記錄。

男單止步了，但休伊特還有男雙賽事和山姆・格羅斯（Sam Groth）並肩出征。格羅斯也是澳洲球手，雖然排名從最高位男單第五十三下跌到現時的第六十七，而且從未取得任何重要賽事冠軍，但他是發球重炮手，二〇一二年曾經在南韓釜山的巡迴賽中造出時速二百六十三公里的世界記錄。去年休伊特的告別年一開始，就在澳洲網球公開賽賽前的布理斯班熱身賽的第一圈賽事中，以二比〇不敵格羅斯。而今兩人合作雙打，欲說還休，希望在取長補短之下，休伊特可能還有和支持者繼續見面的機會。

觀看休伊特比賽，欣賞的是他的十分拼勁。二十年出戰澳洲網球公開賽中，值得一提的是二〇〇五年他打入決賽遇上俄國籍、第四號種子球手薩芬（Marat Safin），先勝一局，卻在後三局不敵落敗，眼光光看着別人在自己的國土上捧走獎杯。不過當時薩芬也非泛泛之輩，火爆的性情在球場上表露無遺，卻在準決賽擊敗世界第一的費達拿（Federer）然後對上休伊特。薩芬收斂脾氣，以勝費達拿的冷靜姿勢再下休伊特。

運動比賽爆冷並非不尋常。我喜愛的拿度（Nadal）今年在第一圈就以二比三不敵同鄉世界排名第四十五的沃達斯科（Fernando Verdasco），提早與賽事絕緣，實在是意外，可能害了博彩公司輸了大錢呢。至於休伊特，年齡漸長，而且他的打法比較被動，站在底線上迎接對方的來球，每每較為吃虧。但休伊特向以持久見稱，俗話說打不死，有時候遇到心急的對手，自然有他的勝算。翻看歷史，休伊特和費達拿對壘二十七次，費達拿勝了十八次。但二〇一三年在布理斯班的熱身賽，休伊特遇到費達拿，以二比一奪得冠軍，總算為他倆對賽的生涯劃上完美的句號。

不能不說可惜的是澳洲的網球手近年青黃不接，冒起的年輕一輩在男單世界排名都不能名列前矛。不過當今世界排名榜上，大部份的球手年紀其實已達二十八歲或以上。最年輕的是第七位日本籍球手錦織圭，都二十六歲了。說起錦織圭，不能不提他由二〇一四起聘用的教練，就是大家都熟悉不過的張德培。球賽傳播中途不時會拍攝教練席中的各人表情，就看到現在四十四歲的他冷靜的坐在觀賽。錦織圭成績冒升至排名十名之內，張德培功不可沒。

休伊特今年三十四歲，現時排名第三的費達拿也是三十四歲，但費達拿好像愈戰愈勇，暫未言休。最近他在訪問中，也好像叫他的兒女不要像他一樣那麼忙碌。為了防止受傷，費達拿已經停止參加了其他的運動，例如他喜歡的足球。但休伊特卻希望他的兒子克魯茲（Cruz）能夠繼承衣缽，執起球拍，在十四歲就要參加澳洲網球公開賽，誓要打破他的記錄。

澳洲人的血液裏，都多少有運動的成分，陸上到處到有大幅草地，岸邊

又有美麗的海灘，戶外活動當然受大家歡迎。大家都普遍熱愛運動，既積極參與，也喜歡觀賽。澳洲網球公開賽的門票價錢，由初賽的七十五澳元起到男單決賽的七百六十五澳元起，都算是豐儉由人。當然位置較佳的位置，要近二千澳元，不是一般人所能負擔了。休伊特的男單最後一戰，大家都看得熱淚盈眶。有人叫休伊特做 rusty，意思是生銹鐵。休伊特不但不抗拒，還把它刻在鞋子上，表示自己寶刀未老。

看到休伊特退休，就是迎接一個年代的終結，沒有甚麼傷悲。年紀和體力有必然的關係，運動員的生命也有期限。退休後的休伊特，將會出任國家隊的教練。三十四歲其實還是人生的盛年，還有漫長的路要走。生命延長了，大概不是壞事。重要的是如何迎接新的一天，充滿信心活下去。

二〇一六年一月二十四日

▎鮮從哪裏來？

朋友常說，你住在澳洲真幸運，可以容易吃到新鮮的水果。我其實很懷疑，到底我是否那麼幸運。因為差不多每年都回到香港一次，間或到其他國家旅行數星期的我來說，我不覺得澳洲，或者準確說悉尼，水果有甚麼特別新鮮。許多時候從超級市場購得的鮮果蔬菜，並非如名稱那麼恰如其分。許多水果從收集，運送到冷藏庫內，然後經過適當的低溫處理，到正式出售的

時候，可能已經是許多個月後的事情了。

新鮮這個名字，從來只是相對而言，沒有甚麼絕對的道理在內。你今天說的新鮮，明天就是隔夜，不再新鮮了。十多年前來到悉尼，覺得物價那麼貴，但看到街上的麵包店有隔夜麵包出售，價錢只是原來的一半，或者一大袋以一澳元出售，實在喜出望外。在麵包專門店裏出售的即日烘焙的麵包，經過一天放在貨架上，也不容易分辨出是否少了香味，究竟會不會不再香脆可口。但欣賞的是那個誠實的態度，既然是隔了一天的麵包，老老實實讓顧客知道這麼一回事，你情我願，反而更好。

我很害怕有些不老實的麵包店，將昨天今天的麵包蛋糕都放在一起，瞞騙顧客。良心這個字，真是可圈可點。我家附近一個華人聚居的地方有數間麵包店，各有特色，其中一間出售的港式菠蘿包味道真的不錯，價錢又合理，所以是我們常常光顧的對象。有一回看見店內還出售港式的忌廉西餅，就買了數個來吃。一咬下去，就嗅到那陣冷凍存放過久的氣味，忌廉也不軟滑，不知道放置了多了天。看來店主已經忘記了。

按照一般情況，我當然可以把西餅拿回去跟店主理論，討個公道。但我覺得店主其實是不是毫不知情呢？或者只是存着一種僥倖的心理，以為顧客分不出新鮮與否？既然如此，拿着西餅回去，最多討回基本的公道。如果店主否認，爭論一番，弄個臉紅耳熱，反而不知如何是好。我決定採用自己的方法，把我這個不幸的遭遇轉告身邊的朋友，讓他們知道有一間如此的麵包店，如此欺騙用真心白銀付錢的顧客。我覺得不一定需要社交媒體。網絡是個是非混亂的世界，將麵包店的名字在網絡公諸天下，可能非但不能博得同

情，反而隨時引致無法控制的後果。

　　我依舊間或光顧這間麵包店，買我喜愛的菠蘿包，或者雞尾包，西餅則敬而遠之了。其實食物新鮮與否，不難知道。色澤可以作假，一經品嚐，試試箇中味道，真假無所遁形。麵包如是，水果也如是。超級市場出售的條裝麵包，如果有即日在店內烘焙出售，比有大牌子的運送而來的新鮮得多。二〇一一年英國的《每日郵報》（Daily Mail）一項研究早揭露，麵包是十天前製好的，雞蛋是一個月前包裝的，肉類是兩個月，至於水果，則是半年，和新鮮扯不上任何關係。

　　悉尼兩大連鎖超級市場之一的 Coles，也有顧客在標明「在店內新鮮烘焙」的條裝麵包裏面發現麵包是冷冰冰的，但出產日期清楚寫着當天。大家心中明白，所謂今天，原來是指從冷藏庫取出來放在架上的那一天。麵包是哪一天烘焙，無人知道，但有些竟然遠自一萬五千里，遠涉大海而來。換言之是「來路」貨，不是本地生產的。記者調查之下，不少麵包原來來自愛爾蘭、德國和丹麥。當他進一步向超級市場查詢時，發言人承認外地生產的事實。所謂「新鮮」其實是指運送期間保持鮮味的意思。雖然冷藏可以保持食物新鮮，但這個「新鮮」的程度和我們心中所想的的確是有很大的差距。

　　幸好澳洲的競爭和消費者委員會（The Australian Competition and Consumer Commission，簡稱 ACCC）作出嚴厲批評，直接指出 Coles 超級市場這個說法是誤導。不過 Coles 早有前科，它詭稱一些水果和蔬菜來自本地農場生產，但原來是從美國和法國運來，被罰款六萬一千澳元。大家都不是笨蛋，一年四季都有橙、蘋果、香蕉，甚至西瓜出售，究竟新鮮的程度有

多少？合時的水果可能早已在上一季存放冷藏庫，等待適當時機推出應市。如果我們不是對水果的種植有些認識，根本不知道是否合時。

在塔島霍巴特旅遊時，誤打誤撞，走進一間售賣本土水果蔬菜的店鋪，看到擺放一袋又一袋塔島出產的 Royal Gala 蘋果。一袋重兩公斤，價錢不過四澳元，實在便宜得令人難以置信。返回酒店，取出一個大大咬一口，那種清甜、爽脆簡直無法形容。結果在霍巴特逗留了七天，兩個人共吃了六公斤的 Royal Gala 和 Fuji 蘋果。吃了多年澳洲種植的蘋果，原來都是連鎖超級市場作弄，吃得不是味兒，竟然意外在塔島才找到至愛。

因為新鮮，所以吃得那麼放心，又吃得那麼開心。

二〇一六年三月六日

▎新貌

《悉尼晨鋒報》（The Sydney Morning Herald）是我每天必看的報章，看的都是網上版。看慣了，版面熟悉得很，知道哪些是頭條，哪些是本地新聞、新州新聞和全國新聞，哪些是體育、科技和汽車消息，哪些是專欄和評論，哪些是生活和房地產消息。跟香港一樣，居住成為每個城市的大問題。悉尼的年輕人也毫不例外，沒有能力置業，不斷上漲的樓價成為新聞媒體的話題。房地產的消息彷彿是寒暑表，一時說樓價已經達到頂

峰，應該回落；一時又說樓價下跌到差不多的水平，租金卻居高不下。若果你要便利上班，住得靠近城市中心，微薄的收入難以負擔租金。若要租金合理，就要搬到市郊。

但新聞媒體不可能不依靠廣告收入。所以看房地產的報導，往往要提防廣告植入，混淆視聽。就算大報如《悉尼晨鋒報》也不能倖免，讀者有時候也弄得一頭霧水。房地產買賣熾熱得很，就要降溫。房地產交易變了一潭死水，報導就要煽風點火，務求鼓勵大家踴躍入市，造就繁榮景象。有朋友說新州的房地產價七年必升一倍。高價之後稍為回落，但升勢依然持續，所以房地產是上佳投資。當年買入現今居住的房子，簽訂合約之時，地產經紀不斷提醒我們，這區是「福地」，入住後必定帶來好運。他就住在本區，看到一個小社區慢慢興旺起來，覺得很幸運。

不過我們喜歡這個房子，全因為每一個房間都有窗子。晴天走進來，四周都洋溢着陽光；陰雨天回家，也不用漆黑一片。房子前門對西北，夏季可能較為炎熱，冬天卻有下午的陽光照進來，驅走寒意，建造這個房子的第一個業主最有眼光。那天我們碰巧駕車經過，屋前草坪豎起了歡迎參觀的牌子，下車進來看一會，便慢慢感到它的好處。

人生無病無痛，已經是幸運，不能再強求甚麼好運。大市暢旺之際，好運必定是地產公司和經紀。不過後來才知道，每一個行業也有興衰，不能永遠昌盛，任何一個行業如此，地產公司也不例外。住在這區久了，有空時便找機會多看開放參觀的房子，了解它們內裏的設計特色，也知道地產經紀的推銷方法。開放參觀一般在星期六，或者是平日的傍晚。去年也有部份開放

參觀安排於星期日。按理星期日是休息日，但市場盛況空前特別加推星期日開放，簡直是瘋狂。直到最近價市轉淡，才沒有那麼多。但對於國內新移民嚮往的社區，星期日開放參觀的習慣依然故我。開放參觀的經紀，也都是操流利普通話的華人，方便溝通。

你也不會奇怪中國人是悉尼的房地產海外的最大海外買家。數據顯示二○一四至二○一五年度，來自中國大陸投資於房地產的資金已達到二千五百億澳元，比美國買家多三倍、新加坡六倍。報導以為來自海外的投資者令年輕的澳洲人不能置業，不全是事實。海外投資者購買的物業，其實大多是樓花，本土者購買的，多是已落成的單位。但許多本土置業者，買不到新落成單位，也一樣轉買樓花，競爭依舊持續，反而推高樓價。

二千年七月一日，澳洲政府推出首次置業優惠，每個州有不同的實施方法。新州於二○一二年一月一日開始，公民第一次購買新樓房低於六十五萬澳元或三十五萬的空地建房子，都有免稅優惠，最高可達稅兩萬四千多澳元，但高於這個價錢，就不能享受優惠。不過悉尼市的二○一六年一月房子價格最近回落，但中位數仍然接近一百萬澳元。年輕人多愛住單位，但現時一房單位索價八十五萬澳元，週租要七百澳元。換言之要享受首次置業優惠，就不能選擇悉尼市中心。

接近大學區的單位，兩房的售價接近一百萬澳元，一早沽清。單位落成後，也有業主住客遷入，大家不用擔心變成鬼域。我們無法理解為甚麼悉尼需要那麼多的房子和單位，究竟那些新到來的住客以前是否寄人籬下，或是和父母已共住多年，到今日才終於擁有自己的家園？

新建造的大多數是多層公寓。以前三層的公寓最普遍，現在少則五層，甚至十多層。市中心和其他大市鎮，也紛紛蓋起高樓大廈。距離悉尼市以西二十公里的帕拉馬塔（Parramatta）市鎮，據說要重點發展，將會建造三幢達八十至九十層的大樓，爭取成為南半球的地標。

無可否認未來悉尼市的面貌將會跟現在很不一樣，但我無法相信要在平地上建造九十層高樓的意義。難道高樓就代表一個社會走向高峰嗎？新州自由黨黨魁邁克·貝爾德（Mike Baird）領導的政府的施政，只會不斷大興土木：建造西北鐵路開闢新市鎮，興建市中心輕便鐵路伐去多棵古老的大樹和合併多個區議會。社區瘋狂的發展情況一如香港，你相信不斷大興土木純粹為了大眾嗎？

聽說這個星期天在市中心竟然有六千多人跑出來示威，反對州長貝爾德的假民主，剝奪民眾反對聲音。大家都憤怒了，不再沉默。因為我們要搞清楚所謂的新貌，究竟涉及多少的利益輸送在內？

二○一六年五月二十九日

▌新年煙花

一年之將盡，新一年伊始，先迎來了璀璨的煙花。在午夜的舊與新的一刻，就讓煙花轟轟烈烈的在半空爆發剎那間的美麗，然後煙消雲散。那麼美

好的事物於瞬間消失得無影無蹤，總覺有點黯然神傷。而且大家都相信，這次的煙花總比上次的更好看，可能有更意想不到的特別效果。所以不親自來到現場觀賞，實在有點可惜吧。澳洲的媒體總愛用誇張的語調說，除了新西蘭以外，澳洲是全球第二個最早迎接新年的國家。而且澳州新西蘭是一家，理所當然地先提起澳洲。單靠這一點宣傳，聲稱有接近一百六十萬人在悉尼港的兩岸看煙花，已經叫人興奮萬分。

不過請容許我說一句：我不愛看煙花。而且我這個年紀，習慣早睡，喜歡自在，更害怕街道上陌生的你我肩碰肩，早已避免到人多的地方看熱鬧。放煙花現在由電腦程式控制，原則上可以做到預計的效果。但想預演一次是沒有可能的事：放了煙花，再不會再有。

煙花還是叫煙花好，花開過去會凋謝，這兩字的神韻，的確比叫煙火還要好。記憶中的首次看煙花是站在灣仔的海旁靠着鐵絲網望出去，好像是藝術中心隔鄰的空地，後來香港演藝學院座落的地方。空地一遍沙泥，父親就帶着我一直走到維多利亞港的海邊。不記得那一次有沒有帶相機。如果有的話，應該是我大學畢業之後自己用第一個月的薪金買下第一部相機的事了。無論如何，那是第一次香港在維港上空放煙花，也是記憶中清楚難得的一次。是否是年初二的晚上呢？

那時候相機還是使用菲林正片和負片的年代。拍攝煙花的人把相機裝上在三腳架上，用快門繩控制長時間曝光。等候最漂亮的煙花之間，需要用一張黑色的卡紙遮着鏡頭，到心目中的煙花快要張開來便把它拿開曝光；煙花消散後又把鏡頭遮蓋着。這樣做，為的是要製造幾個煙花曝光在同一張底片

上的情景。但我總是不能拍攝一張理想的照片。一些曝光不足，相片漆黑一片；一些曝光過度，本來是彩色繽紛的煙花最後變成幾團班駁的黃色光影。

現在回想，早年失敗的攝影嘗試，到底是我愚蠢，還是沒有下苦功？不過在底片的年代，我想大多是經濟能力的問題，沒有不斷按下快門拍攝，用不同的角度去看看究竟問題出現在哪裏。須知道，一卷底片加沖曬的費用並不便宜。攝影這玩藝兒，光有熱誠，沒有「財」是不行的。後來我學會了黑白和彩色照片的沖曬，好像減輕了一點負擔。但我還未掌握如我姓吳的小學同學在牀下底沖曬照片的技術。當年我們幾個舊同學畢業後重逢，吳拍攝了幾張我們的人像，後來就寄來一些黑白的照片，一看便知不是沖曬店的貨色。

慶祝新年的到來，悉尼港有兩次煙花表演，第一次在晚上九時，第二次是午夜十二時。為甚麼有兩次呢？第一次是給全家大小觀賞的。是不是表示看完九時的煙花表演，大家便安心睡覺呢？在電視機前收看的觀眾，可能真的乖乖上牀就寢吧。不過到現場觀眾可不是如此想。有些人為了佔據有利位置觀賞和拍照，在十二月三十日的日間來到悉尼港，連續守候三十六小時，真是費煞苦心。幸好今年這段時間晚間氣溫尚算清涼。澳洲人習慣享受大自然，睡在星空下，也頗浪漫。

除了新年來臨放煙花，澳洲人在特殊日子，例如每區的喜慶日和民族節日，也在結束時放一場美麗的煙花。在悉尼市西部的中東人聚居的地方，有些大家庭玩得高興，又隨便放一輪煙花慶祝。其實放煙花需要申請及聘請承辦商依州政府的法則舉辦，不能肆意妄為。當然上有政策，下有對策，誰人

管得到？住在隔壁的人只覺不勝其擾，唯一是遷往他區。

有一年我跟朋友去看新年煙花。首先在朋友的家中吃過晚飯，然後在半夜前隨人潮走到海邊，比日間更喧嘩更熱鬧，馬路都封閉了讓大家走得更順暢。等到煙花表演過後，大家又沿着原來的路回到朋友家附近登上自己的車子離去。結果路上交通擠塞，折騰之下，凌晨三時才回到家，真是疲倦不堪。

今年我也不看電視直播，打開 iPad，看一會兒社交網絡的訊息，倒頭便睡。一覺醒來，慶幸世界沒有變樣，朋友紛紛貼上新年快樂的祝福語，電視新聞陸續重播悉尼新年煙花的片段。在幸福的城市看煙花，每一個人也感覺到這一份滿足和快樂。

二〇一六年一月四日

尋找至愛茶餐廳

茶餐廳，香港人的至愛，也是我的至愛，想想它陪伴了大家走過多少歲月？想在悉尼找一間類似港式的，不難；難的是一模一樣的格局，食物的味道和氣氛。要知道那種氣氛是別處學不來的。我還是記得年輕時在灣仔天樂里口的一間茶餐廳等候外賣奶茶。透過玻璃，看見一個師傅弄紅茶的情景。只見他熟練的不斷把熱水沖進不銹鋼壺中茶袋，不時提起又放下。升起的蒸氣裊裊，一會兒奶茶已經端到面前。回來打開紙杯蓋，奶茶的茶香和奶香依

然撲面。在冬天，在室內翻開一本書，喝一口香港式的奶茶，真是人生一大享受。

想喝一杯香滑奶茶的確不易。奶茶的茶不是一種茶葉，是由幾種中外茶葉混合而成的。我不懂喝咖啡，喜歡它的香味，但不喜歡那種苦澀，只好加奶加糖，中和了，喝得辛苦。在茶餐廳附送的咖啡或茶，只好選擇奶茶。人生有許多偏好，不是簡單幾句就可以說得清楚。愛一點奶茶，又愛一點咖啡，是不是應該叫一杯鴛鴦呢？不過我心想，茶餐廳的「茶」字，是否就指奶茶呢？

還好我現在還是喜愛奶茶，糖多吃無益，所以只是一杯無加糖的奶茶。但許多茶餐廳的奶茶還是太濃郁，熱飲尚可以。只是稍等一會兒，茶面就凝固了薄薄的一塊，難看也難喝。還是我的一個朋友想到，不如加添一些熱水，把濃茶沖淡。那時候我們晚上出來茶餐廳閒聊，喝了濃茶很難入睡，所以想到這個辦法叫侍應「溝淡 D」或者叫「淡奶茶」。回想起來，這是茶餐廳的好處，你要怎樣的奶茶就有怎樣形式的奶茶，這不是上等服務嗎？奶茶經加熱滾水後的濃淡不一，我們反而沒有所謂，正如每個人喝茶的濃淡的不一樣。

這種叫奶茶的方法，不是每一間茶餐廳都明白。在悉尼的港人聚集的地方的茶餐廳試叫「淡奶茶」，端上的奶茶做法都有不同。一般較多的做法是多加淡奶。但淡奶本身溫度較低，加進熱奶茶就使奶茶變涼了，一點也不好喝。後來就向侍應稍加解釋，說只是希望加點熱水，把濃茶稀釋沖淡，果然達到預期效果。逐漸許多餐廳都明白我這個奇怪的要求，後來我叫淡奶茶，

侍應就懂就端上一杯濃淡適中的奶茶，味道尚算不錯。

在茶餐廳進餐，本來不應該有甚麼特別要求。你不能把它的水準和一般的西餐廳比較。但我還是清楚記得以前工作地方附近的茶餐廳，它提供的午餐又快速又價錢合理，只是分量可能較適合胃口較小的人。這間屋邨的茶餐廳服務對象正好是學生，五時就關門了。然而悉尼的茶餐廳比一般西式的咖啡館更值得令我光顧是那一份親切感。這份親切感不是名稱，而是和香港一樣，除了早餐、午餐、晚餐外的常餐和下午茶餐。尤其下午茶餐，好像特別為繁忙的人而設，在香港可能你吃罷還要繼續上班。不過在悉尼，下午茶餐由二時半到五時供應，五時前進食飽了回家，就可以不用再進晚餐。在我家附近的一間北京菜餐廳，就提供了接近晚飯分量的下午茶餐。為甚麼不可以呢？吃得飽飽，晚上還有時間看電視看電影。

曾經是我的至愛茶餐廳位於距離我家三公里的華人聚居的伊士活（Eastwood）區。我在這裏重逢我的學生，茶餐廳原來是她新開設的一所分店。後來又重遇了兩個在香港工作時的同事。沒想過會在這個地方遇見故人，只能說是世界真細小。悉尼的茶餐廳早上十時營業，供應早餐到十一時半。對習慣早起我而言，真是不正常的早餐。不過有時候放假，花一小時慢慢步行到伊士活，十時正的早餐也是頗為合理的。週末有時候又可以吃過早餐後在市場和華人超市買菜。後來很多華人遷到伊士活區，餐廳也愈來愈多開業，好像到了一個惡性競爭的地步。我的至愛茶餐廳首先是星期一至五沒有提供早餐。不久我的學生在另外一區經營的茶餐廳碰到她，她說早前已將伊士活的店易手了。難怪很少在伊士活見她。

悉尼的茶餐廳不像香港般，在你我的左右。每每要刻意駕車前往，令我感到很不方便。加上許多華人駕車前來附近購物，週六早上八時已經人山人海。早上十時才前來，恐怕找到泊車位的機會微乎其微，因此我很少在週末早上到伊士活區了。茶餐廳是香港的驕傲，那種融合中外餸菜也是特色，所以必須有港式咖啡奶茶、粥粉麵飯、繁體字的餐牌和說廣東話的侍應。只是在愈來愈多國內人移居悉尼，有些餐廳也開始八時營業，提供豆漿、油條和饅頭，非香港式的早餐。

我當然不想茶餐廳沒落，沒法在此地生存。唯一的辦法是常常光顧一下，支持他們繼續經營。香港是我出生長大的地方，它的文化中西古今包容，自有份獨特的風格，跟國內的主流格格不入。茶餐廳也一樣，既不是主流，但卻是香港文化的主流。若你有空，不妨到一間港式茶餐廳，找一個卡位坐下來，叫一份蛋治加一杯熱奶茶，告訴你：三千年文化都比不上喝一口淡淡的茶香。

二〇一五年三月二十二日

▍夜不閉戶

以前上班選擇乘坐火車，因為喜歡它按時抵達目的地；雖然走在路上日曬雨淋，也不需要為找泊車的地點煩惱，也不必擔心在免費時段後要付停車

場泊車費。而且在優惠時段用 Opal 卡乘搭鐵路，車廂不太擠逼，不用付全費車票，就好像香港的港鐵一樣。不過悉尼的火車在繁忙時間非常擠逼，非繁忙時段則人流稀疏，整列八節車廂都乘客坐得疏落，冷清得令人不安。

我不是說悉尼的火車的治安令人擔憂，但經驗告訴我，不要隨便以為這是一個安全得可以夜不閉戶的城市。我有個朋友住在新州中部海岸（Central Coast）的小鎮，不用把所有窗戶緊閉，關上門就隨便出外到附近的地方散步了。我以前到過一個在維多利亞州大洋路（Great Ocean Road）小鎮的農莊投宿，農舍是不關門的，馬匹和羊群都自由自在的在山坡上。農莊主人把大門闔上就領我們往樹林走去。但他毫不擔心有甚麼陌生人會走進農莊偷竊。但我們緊張得很，回來看見行李還完好無缺放在房間內，總算放下心頭大石，但是晚上把房間上鎖後，還把行李堵塞大門，萬一午夜有人進來，會弄出聲音吵醒我們。後來心想：是不是香港人太緊張了？

的確現在有些人還是老習慣，以為虛掩窗戶和大門便就寢，半夜起來驚覺牀邊出現一條黑影。原來有人從後院走進來，或者在未關好的陽臺爬進房子。有人失去了金錢，有人被欺凌，甚至有孩子從家中擄走。要看一個地方安全與否，只看看房子的大門有沒有加固，窗戶有沒有加上防盜窗花。若果房子有這兩種防盜裝置，即是附近說治安也好不了多少。而且一戶有，鄰家也會仿效，以免讓人乘虛而入。

我們以前住過一幢四戶的聯排別墅（townhouse），停車場設在地底，有樓梯通往自己的單位。停車場設有電動大閘，用遙控器操作方便進出。但有時候有些住戶忘記關上，便給賊人有機可乘。有一天鄰居忘記關上自己的

停車位大閘，在很短時間內，便被人把生財工具全都偷走了。可見賊人在暗地裏觀察了許久，知道這個漏洞，也怪因貪一時的方便。我們事後得知，出入便要加倍留意了。

其實就算在治安較好的地區，夜不閉戶也不可一試。我們跟一般澳洲人一樣，在房子的車庫裏面放置了一些園藝工具例如割草機（lawn mower）、鼓風機（blower）和其他工具。曾經有數個晚上，我們大意忘記關上車庫的大閘，翌日一切原好無缺，真是意外。這樣的好運氣，歸功於治安，也可能是賊人不察覺車庫的閘門沒關上。

跟香港不一樣，悉尼的警察不是在街上隨便可見。別以為是社會風平浪靜，而是因為我們警察不足。甚至由於財政的困難，有些小型警局要關門大吉，數區的警方合併在一起。我們也時常在郊外的社區看到一些告示，叫做大家守望相助（Neighbourhood Watch），維持社會的安寧。最近新州西部的沃加沃加（Wagga Wagga）市的警察發起工業行動，抗議人手短缺，要增加三十二名初級和高級警務人員。反對黨工黨趁機會向選民保證，若果下屆當選後一定會多派四百八十名警員，執政的自由黨政府只答應多派三百一十名。相比之下，紐約市每一萬人中有六十八名執法者，其實沃加沃加人口約五萬人，而且又不是大都市，是否需要這麼多的警察呢？

你也可以多見悉尼的警察在火車上執勤，維持秩序，也會幫忙檢控沒有持票的乘客。根據悉尼晨鋒報（The Sydney Morning Herald）的報導，一個

四十四歲叫賈森・米爾蓋特（Jason Migate）的男子被法庭罰款五百五十澳元，因為沒有持票乘搭火車。事情是這樣：火車站的職員看見他跳上一列北行列車，趨前問他查證，他說因為趕時間沒有購買車票。職員登記了他的資料後便放行。後來上電腦查看，竟然發現過去五個月，米爾蓋特已經有十八次干犯火車的法例被票控。記者再深入調查，發現他過去十年被火車站職員和警察票控二百二十八次，但從未繳交過罰款。連同這次罰款，米爾蓋特共欠州政府五萬二千七百澳元。

你會問：這不是鼓勵犯法嗎？但這樣的刑罰有沒有人去執行，不得而知。明顯因為執行的成本太高，政府覺得不值得。也許米爾蓋特身無分文，票控對他並無作用。唯一合理解釋是這是個欺善怕惡的年代，愈怕事愈給人欺負。反而身無長物，膽正命平，勇往直前，既然沒有傷天害理，別人就無可奈何。

二〇一五年八月二日

▌郵局

前些日子朋友叫我郵寄文件回港，時間緊迫，千叮萬囑要用快郵，我說好吧。於是第二天早上就把文件準備好，放進信封，寫清楚收件人和地址，趁着午飯的時間走進郵局，看看有甚麼方法可以儘快把信件寄出。郵局的職

員一看，用海外特快郵遞吧，三至七天可到香港。若果要確認收妥，也可以加掛號。多少錢？我問。特快郵遞連特備信封要十六澳元，掛號也差不多價錢，至於特級專遞，由專人特快送到，要七十四澳元。這樣的價錢真的嚇了一跳，心想等於四百港元，也難怪要專人服侍了，只好退而思其次，選擇三至七天的快郵。

澳洲郵政有特快專遞的郵筒，黃色的，跟普通紅色的一模一樣，並置於郵局的門口左近。星期五中午放進去後，我不期望星期六和日有甚麼進展。週末是一般的休息日，一切還是留待星期一。算一算，根據最快要星期三，最慢要星期五。結果朋友在星期五的電郵說，為甚麼還沒有來到。

我倒明白，澳洲的快郵，指的是澳洲此地處理得較快。至於到了香港以後，就不由澳洲郵政這邊控制了。情況就像發送電郵一樣，我這邊送出去，接收那方的處理視乎他們的系統。記憶中，澳洲的郵政從來沒有說過究竟有多快。這個三至七天的期間，真是彈性得可以。快郵與否，信不信由你。

記憶中，愈來愈少收到郵件了。門口信箱裏的，最多是幾間大型超市下週促銷的廣告單張，其他還有附近即將拍賣的房子、也有園藝工、新開食肆的小型廣告單張。銀行戶口和信用卡月結單已經是電子化了，不再寄來。間或有新計劃的推廣，寄上單張，其實一個電子郵件，送上超連結，到網上一看不是也一清二楚嗎？所以實際上一星期只有一天兩天澳洲郵政的郵差把信送來。到現在郵件愈來愈少，難怪聽說當局提議派送郵件的次數，不再是一星期五天，改為數次了。

悉尼郊外的房子分散那麼廣泛，徒步基本不可行，除非當做運動。郵差的一般交通工具，是一輛小型的電單車。四周那麼靜，遠遠便聽到一段又一段引擎的聲響，不久就看見郵差戴着防曬帽，穿着淺綠色螢光背心，在房子前院的草地上出現，停下來把信放進你的信箱。這是一個緊張的一刻，到底是甚麼訊息？在沒有網路的年代，一封遠方的書信，帶來無限的思念。想起卞之琳的詩〈音塵〉這樣寫：「綠衣人熟稔的按門鈴／就按在住戶的心上：／是游過黃海來的魚？／是飛過西伯利亞來的雁？」詩中的綠衣人，就是郵差。

澳洲郵政的標誌，是紅色，放在路邊的郵筒也是紅色。若是忘不了香港殖民地時代的生活點滴，你也會懷念以前那紅色的圓形的郵筒，現在都成為了記憶的一部份。生活那麼忙碌，電郵那麼方便直接，相信很少人會到郵局去親身投寄信件。不過因為我有過收不到訂閱雜誌的經驗，在附近郵局開了一個郵箱，接收從海外寄來的雜誌和書籍，所以很多時要到郵局的櫃臺領取。

澳洲全國有四千四百一十七所郵局，都是小型的文具店，除了郵票和有關郵寄的產品外，裏面還售賣筆、紙、打印機、打印機油墨、硬碟、手機、書籍和音樂和電影光碟等。澳洲好像沒有像香港式的文具店，若是要買美術用品，要到專門售賣美術用品的店，超級市場也有少量的文具售賣。要知道郵局是聯邦政府的特許經營的生意，可能要投資者自負盈虧，所以只能在每一區開設一所。如果不出賣其他的物品，恐怕不足夠維持日常的營運開支。

你可以在郵局繳交許多費用，例如水費、電費和電話費。不過令大家意想不到的事，原來澳洲郵局是申請護照的地方。郵局的職員可以替你拍照

（要付費），核對你的申請表和証明文件，然後遞交。有時候真的不明白，護照是那麼重要的旅遊証件，竟然會由郵局的職員處理就可以了。我只能夠相信，凡是在節省開支的前提下，政府已為負責的郵局職員提供適當而專業的訓練。所以盡量放心由他們處理吧，也沒有聽到有甚麼嚴重的投訴。

以前的一些郵局所在的古舊建築物，因為別有特色，列為保護古蹟，所以政府將它們出售，變成小生意，例如咖啡館或餐廳。當你坐進去，喝着一杯熱騰騰的咖啡，那一刻會不會因此想起為你們送過書信的綠衣人，送上天各一方的訊息，把彼此的心連在一起。

二〇一五年七月二十五日

｜圖靈印象

在大學圖書館想找有關艾倫圖靈的書，以為很容易。誰不知差不多全都是電子書版本，可以直接從圖書館藏書庫直接下載到一個 Adobe 的電子書程式，借閱期只是七天。七天後電子書就失效了，要重新借閱下載。我真不明不白為甚麼是借閱期為七天或者更短，可能是版權限制的關係吧。但是我心想沒有可能在七天內把它看完，結果就在亞瑪遜網上書店購買了安德魯・霍奇斯（Andrew Hodges）《謎》（*The Enigma*）的電子書版本。現今上映的電影「解碼遊戲」（The Imitation Game）就是根據《謎》這本傳記改編而

成的，改編者格雷厄姆・穆爾（Graham Moore）也獲頒發今年奧斯卡最佳改編劇本 。

說到底，沒有安德魯・霍奇斯的努力，我們也許很少機會重新打開圖靈的一生來看看。霍奇斯為《謎》這本圖靈的傳記開設了一個網站：http://www.turing.org.uk，補充成書後許多不斷發現的資料。如果你像我一樣，看的是電子書版本，你還可以直接在超連結上即時打開網頁，不用另外開啟桌面電腦，省時方便得很，難怪自己逐漸遠離真正的書卷味。不過當你瀏覽一下這個網站，就知道霍奇斯其實還是以文字資料為主，鋪排得很簡單，並非要跟上現在主流的充滿了圖片和彈性的映像的網站設計。現今的網站，文字不但少，而且反而放在一個非常次要的位置。難道圖片和互動資料就是一切？到底是我們的思想退化了，還是文字被人故意塑造變成了艱深的符號，沒有人願意去理解。

要說艱難，圖靈是個數學天才，深明箇中真諦。他在二次大戰時發明的解碼器，破解德國的密碼系統 Enigma 密碼機，避免許多戰役，拯救許多人的性命，但戰後五十年代他的同性戀傾向不為社會接受，成就差不多全遭抹煞，從天堂落到地獄。任憑你如何計算，總有些人情冷暖、世態炎涼在意料之外。

圖靈網站上，我有興趣是刊載的照片。這些黑白照片得來不易，補充了圖靈傳記中的空白。其中一張是圖靈一九四六年和其他運動友人的合照，題為「一個市郊的跑手」（A suburban runner）。照片上面共有九人，圖靈站在最左邊，右腿踏在一輛私人租用的旅遊車的登車梯級上，站得很悠閒又很

神氣。這張照片中人都是倫敦西南部沃頓區（Walton）華頓田徑會（Walton Athletic Club）的成員，在一個星期六準備登車前往參加比賽，看來圖靈是先要登車的人。從部份人穿着的大衣服裝看來，拍照的時候可能正是冬季。另外一張照片捕捉了圖靈穿上一百四十號碼布比賽的情形。

圖靈性格害羞，為甚麼會參加華頓田徑會呢？據說非常偶然。一九四五年中沃頓田徑會的會員發現一個獨自在附近路上跑步的人。正確地說，他們聽到圖靈跑步時發出的噪音，正想打個招呼的時候，他已經飛快的跑遠了。幾天之後，當他們追上圖靈，問他隸屬哪個機構時，他說沒有，只是獨個兒跑。於是沃頓田徑會邀請圖靈加入成為會員，沒多久他已經成為會中最好的長跑選手。圖靈跑馬拉松的成績記載在一九四七年八月二十五日的報章上，他得到第四名，時間是兩小時四十六分三秒，同年一個南韓選手在波士頓馬拉松造出兩小時二十五分三十九秒的成績。坦白說圖靈的馬拉松比賽記錄已經相當不錯。那段期間圖靈在工作上遇到挫折。他在沃頓附近的國家物理實驗室的電腦遲遲未能完成，跑步成為他舒解壓力的方法。

現今跑馬拉松的最快時間兩小時兩分五十七秒，由肯雅選手丹尼斯傑美度（Dennis Kimetto）於二〇一四年波士頓馬拉松賽中創出，時間比一九四七年的記錄快了二十三分。你問這個記錄可以保持多久嗎？我真不知道。畢竟馬拉松四十二公里的賽事，沒有堅毅的意志力和體力，不可能完成。村上春樹也熱愛跑步，他在悉尼奧運會當記者時報導過許多長跑選手勝利和失敗的關鍵。其中關乎訓練，也關乎比賽時的心理狀態。長跑者如圖靈，一定知道如何在長途的比賽中挑戰自己的意志和體能，克服障礙。挑戰來自自己，也來自一同賽道上的選手。沒有跑過馬拉松的人，的確難以想像過程中

的種種艱難。事實上一九四八年圖靈臀部的傷患，令他失去代表英國出戰奧運會的機會，也令他遭受重大的挫折。

安德魯‧霍奇斯的圖靈傳記新版前言提到美國總統奧巴馬訪問英國，提及三個英國歷來傑出的科學家，圖靈是其中之一。一九五二年圖靈以同性戀遭到警方起訴，定罪後他選擇雌激素注射。藥物的副作用令喜愛運動的他受到身心極大的傷害。兩年後他食用浸過山埃的蘋果死亡，死因裁定為自殺，雖然他的母親認為是意外。圖靈的母親莎拉（Sara）寫過一本有關他的書，簡單的叫做《艾倫圖靈》，最近重新推出百周年紀念版，其中一段就是她極力辯護圖靈的死因不可能是自殺。不過亦有人看過這本書，說莎拉其實並不很了解她的兒子。

了解一個人就像瞎子摸象，又像玩一個拼圖遊戲。每一個人都有心目中對成就的定義，所以很難刻意追求劃一完美。有時候覺得命運弄人，身不由己。圖靈生活在這個世紀，是否成就會更大，心境會更愉快？我真的不敢回答。

二〇一五年三月

▎手錶

蘋果公司的新產品 Apple Watch，盛傳三月九日會發佈推出。蘋果的網站上早已揭露了手錶的設計、圖樣和技術規格。蘋果如果沒有打算推出手

錶,大家也許沒有考慮過要不要買一隻手錶。蘋果的行政總裁詹姆斯·庫克（James Cook）也坦承自己沒有戴手錶的習慣。不過要鼓勵大家接受這個新產品,不得不言不由衷,要戴起腕錶來了。自從有了第一個智能手機之後,跟許多人一樣,我已經很久沒有戴上手錶了。智能手機不單止顯示了時間,也是我的響鬧和計時器。有陣子某些手錶為經常奔走兩地的「太空人」移民和兩地工作的人設計了兩地時間顯示,很聰明貼心。不過智能手機更貼心,只要連接網路,時間自然調正。當你四處旅遊,你是不需要記得調校智能手機的時間的。當你打開電話,電話會曉得你身處何方,準備好把你的生活習慣搬過來了。

沒有人懷疑手錶是服飾的一部份。廣告不停提醒我們說戴上一隻合適的手錶,才能顯示你的身分。不過在悉尼的電視廣告上,很少看過手錶的廣告。間中會看過珠寶店的廣告,大多是金飾和珠寶,沒有只賣手錶的。只有某些國際雜誌的封底內頁裏,還是見到某幾個名牌手錶的廣告,例如勞力士、奧米茄、天梭、精工和 Tag Heuer 等等。澳洲網球公開賽其中之一的贊助商是勞力士,所以看直播的時候少不免要被它的訊息,例如在顯示比賽時間時,給它疲勞轟炸一番。

看電視直播網球大賽,很少球員會戴上手錶比賽,今年的女單選手莎蓮娜威廉絲（Serena Williams）可能是個例外。她戴上佩皮帶錶面闊大的手錶勝出奪冠。不過就算比賽時不佩戴手錶,頒獎禮出席時球星也要按照合約規定,乖乖戴上以增加曝光率。聽說有一回英國的網球明星、現在世界排名第五名的安迪·梅利（Andy Murray）在賽事完畢,就匆忙叫助手找尋手錶戴上,這段說話剛好給電視臺錄下了,成為賽事的花邊新聞。

我問自己為甚麼不戴手錶呢？理由數之不盡。例如我的手腕出汗較多，大熱天戴上手錶，流出的手汗弄得我很不舒服，就算換了無論膠帶皮帶金屬帶都一樣。如果戴得太緊，又好像一個緊箍一樣，只會令我感覺更加不舒服。看來我不能像名人一樣，佩戴手錶襯托我的身分。最大原因是我不是甚麼名人，所以佩戴甚麼牌子的手錶也沒有關係。印象中一般手錶的設計來來去去都是差不多。朋友說因為你看的都是一般的牌子，所以沒有甚麼好印象。如果我看的是特別的款式，大概可能對手錶的看法不一樣。想想也有道理。不過使用了智能手機之後，與時間有關的問題都解決了，豈會再佩戴傳統指針式的手錶呢？

手錶的作用是顯示時間，現在流行的智能手錶當然超越這個簡單的功能：簡單如提供血壓和步行的數據，幫助你了解達到理想的成績。我的智能手機安裝了一個步行程式，更不時提醒我達到標準沒有，發出訊息告訴我今天我走了多少路，有沒有打破昨天的記錄。若是有，下次試試新的記錄；若是沒有，要不要想辦法改變一下習慣？每個程式都是一個標準，一個健康水平的監察。有時候我懷疑這個步行監察的程式除了在記錄，還在不斷收集每個使用者的數據。每個使用者都在參與了這個數據的收集過程。每個人都在被研究和監察，在使用者的合約上，我們難道可以看清楚其中的魔鬼細節嗎？若是不同意，你會拒絕不再使用嗎？

蘋果手錶的來臨，正好反映它尋找新的商機。當年若不是蘋果推出iPhone，智能手機便不會有如此快速革命性的發展。我看蘋果的策略，是想通過手錶進一步鞏固手機的市場的佔有率。其實三星的智能手錶已經走前蘋果手錶一步，不過沒有蘋果那種蓄勢待發的宣傳策略。正如顯示時間已經不是

手錶功能的重點。手錶的重新定位是一種接收訊息的佩戴飾物。蘋果手錶上的顯示方式，根據你個人的需要，可以千變萬化。它的主要功能又強調和健康的生活有關，配合其他的配件，銷售策略實在很聰明得很。

不過我的理想手錶，暫時尚未出現。小說中的幻想會刺激科學家的思考，把虛擬變成現實。我希望一個電話和時計結合為一，又不會令我手腕出汗的手錶。這個手錶在我年輕時看的日本科幻電視劇中曾經出現過，看來成為事實的日子不會太遠吧。現在這些產品主要的問題還是在電池的壽命和規格，正如我的蘋果手機的電池持續力愈來愈短，接駁在充電器的時間愈來愈多。現在新產品的推出，不是考慮需要，而是刺激消費。這樣下去，純粹為了追求新鮮感，就真的會變成玩物喪志了。

二〇一五年三月八日

福音

要到市中心附近的皮爾蒙特（Pyrmont）區上攝影課，交通不方便。把車子泊放在大學，步行走去要三十五分鐘。乘坐火車到中央火車站走過去也要二十五分鐘。於是在網上計劃一下如果用公共交通工具接駁，結果得出一個路線圖：先乘坐火車到西賴德（West Ryde）站，在西出口下車，旁邊就是 501 號巴士，駛向悉尼市中心，中途就會經過皮爾蒙特。

不過這條路線要預先計算到西賴德的火車班次，又要看準在西賴德的巴士何時開出。不幸的是西賴德只是小站，慢車才經過。這天是星期六，火車一小時兩班次，巴士也一小時兩班次。幸好巴士在火車抵達西賴德站七分鐘後才開出。

我是按時抵步，沒有浪費時間，難得跟我當初的預算一樣。一個和我在巴士站一同候車的人卻因為回家取雨傘遲到，錯過了原來開往中央火車站的列車。我其實很想沿途看一下風景，拍攝一些值得記下的事情。但看到他打開話匣子，車站又沒有其他人，就虛應幾句。許多澳洲人性格隨和，在市郊的小鎮，很多陌生人還在路上互相問好。現在大家面面相覷，偶然相遇，所以自然攀談起來。

這個叫安德魯的男人已經六十七歲了，退休了又和妻子分了居，獨個兒住在西賴德火車站附近，閒來除了偶爾探望兒孫，就是傳道。今天本來登上列車到中央火車站旁的公園，探望住在帳篷裏的露宿者。不料今天錯過了這班列車，及時改乘搭巴士，結果遇上了我。他說起來好像是一件巧妙的事情。其實人生真的有許多奇妙的事情，只是在乎佔據了你記憶中那些位置。奇妙與否，我倒覺得不必過於驚訝。

登車後我們坐在一塊兒，他繼續介紹他的工作，他說既然世事安排得如此奇妙，自然也想向我說一些宗教的道理。我是一個很好的聽眾，心中滿是感激，因為他說得多麼起勁，還介紹我看那些經文章節。但每個人心中都有不同的信念，有些問題始終無法理解，只能說很尊重他滿腔熱誠，說得滔滔不絕。對於信仰，不如說有些人早登陸彼岸了，我還在原地尋覓。以前讀的

教會學校對我沒有甚麼啟發，現在也許更不容易。

安德魯也當然明白我這類人的心理，所以大家沿途都說說這些，也說說那些。到他拿出智能手機，向我展示小孫女兒的幾張照片的時候，我才看到他真正開懷的一面。可以想像獨自住在市郊西賴德的公寓，身邊親人一個也沒有。每日就隨便找一個目的地，可以是一個熟悉的教會，也可能是一個對所有事物都抱着懷疑態度的人，更可能是對生命失去希望的人，宣揚他篤信的宗教。除了佩服他的宗教熱忱，還能說甚麼。

我還記得讀中學時遇到一個傳教的人，那時候我和同學兩人坐在維多利亞公園的長椅上為學校的刊物校對文稿。正在忙個不亦樂乎之際，突然來了一個陌生人，問我們正在忙甚麼。答上幾句之後，他便侃侃而談，介紹起福音書來。那時候實在害怕得很，很想他快一點離開，所以沒有說甚麼。結果要等待與他一併祈禱之後，他才揚長而去。可能自此對我們的弱小心靈可能已經有一點影響吧。我固然與這個宗教無緣，我的同學好像至今也沒有甚麼信仰。

不過要說的是我明白了沉默並無用處。與其等待他把話說罷，不如早一點把心底話直說，再不然就引開到別的話題上去。不過要向你宣揚福音的是充滿過度熱誠的人，無論說話如何兜兜轉轉，最後必然把話題扯回宗教的主題上。我今天遇上的安德魯的確是一個很虔誠的教徒，巴士從西賴德駛到皮爾蒙特的途中，他不時把生活的話題轉回宗教上去。也許他覺得這樣做是神聖的工作，凡事必須如此理解，不需要理會我的態度如何。

相信無人會拒絕真正的福音。一年之將盡，世界依舊老模樣，要回首，實在不堪回首。中東戰亂不斷，難民湧入歐洲，流離失所。恐怖分子肆虐，但無人能提出積極對策，老問題拖了又拖，不知道要等多少年。其實戰禍的背後牽涉眾多人的利益在內，誰人願意犧牲走出第一步，就會容易變成輸家，難怪戰火中的平民無法聽到福音。簡單的喜樂，就是和平。

二〇一五年十二月二十日

後記

首先要感謝黎漢傑，沒有他的不斷鞭策催促，這本小書不能由編輯到結集出版。

凌冰兄為我的文章寫了序言。多年前我們相識於《大拇指》，感謝他為我這些平淡的文章增加了色彩。

這個結集的文章許多曾刊登於《852 郵報》。緣起自我的學生 Gary 夏瑋騏。二〇一四年五月他叫我每週寫一個網誌。想起不如從身邊的事情出發，開始寫寫在悉尼工作和生活的感受，第一篇就是〈排屋辦公室〉。Gary 早已離開《郵報》另有高就，我一直寫到如今。對他當年的誠意邀請，心存感激。

最後也多謝香港藝術發展局撥款支持出版。創作路上有時需要鼓勵。他們慷慨解囊，為我人生的一個階段作了總結，也令我繼續寫下去。

The
Sydney
You
Don't
Know

悉尼隨想

作　　　者　|　迅清

責任編輯　|　黎漢傑

文字校對　|　聶兆聰

設計排版　|　Kaceyellow

法律顧問　|　陳煦堂 律師

出　　　版　|　初文出版社有限公司

　　　　　　　電郵　manuscriptpublish@gmail.com

印　　　刷　|　陽光（彩美）印刷公司

發　　　行　|　香港聯合書刊物流有限公司

　　　　　　　香港新界大埔汀麗路 36 號

　　　　　　　中華商務印刷大廈 3 字樓

　　　　　　　電話 （852）2150-2100

　　　　　　　傳真 （852）2407-3062

香港藝術發展局
Hong Kong Arts Development Council 資助

香港藝術發展局全力支持藝術表達自由，
本計劃內容並不反映本局意見。

印　　刷 | 陽光（彩美）印刷公司

發　　行 | 香港聯合書刊物流有限公司
　　　　　香港新界大埔汀麗路 36 號
　　　　　中華商務印刷大廈 3 字樓
　　　　　電話（852）2150-2100
　　　　　傳真（852）2407-3062

臺灣總經銷 | 貿騰發賣股份有限公司
　　　　　地址　新北市中和區中正路 880 號 14 樓
　　　　　電話　886-2-82275988
　　　　　傳真　886-2-82275989
　　　　　網址　www.namode.com

版　　次 | 2019 年 5 月初版
國際書號 | 978-988-79367-4-9
定　　價 | 港幣 98 元　新臺幣 340 元

Published and printed in Hong Kong